# 바람의 기록

박경희 장편소설

이리

## 차례

꿈

달빛이 너무 밝아 수심이 들여다보일 것만 같았다. 시선은 호수에 비친 달에 머물러 있었다. 38만 4,400킬로미터나 떨어진 하늘이 아니라 물속에 가라앉아 빛을 발하거나 수면에 떠 있는 원반이라 해야 더 현실적으로 들릴 법했다. 예리한 다이아몬드 바늘을 얹으면 황금 원반이 돌아가며 어디서도 들을 수 없는 아름답고 신비로운 멜로디가 흘러나올까. 건져 올리기라도 할 듯 손을 담갔을 때는 흘러가는 구름에 달빛은 이미 흐려졌다.

물살을 가르며 수영을 즐기다 하늘을 향해 누웠다. 물결에 몸을 맡긴 채로 흘러가는 옅은 구름의 무리와 별들을 바라보았다. 은은한 향기가 전해지자 입가에 미소가 어렸다.

'중심에 가득 피어 있는 연꽃을 향해 흘러가고 있군.'

보름달이 다시 온전한 모습을 드러내자 강하고 밝은 빛에 눈이 부셨다. 얼핏 감았던 눈을 떴을 때, 호수 곳곳에 떠 있는 색색의 연등이 보였다. 몸을 바로 하고 팔을 넓게 휘저으면서 사방의 연등을 바라보았다.

'하나, 둘, 셋, 넷…… 와, 백 개도 넘겠는데. 언제 누가 이걸 띄웠지?'

생각해볼 틈도 없이 하나둘씩 불길에 타오르는가 싶더니 순식간에 모든 연등이 사라져버렸다. 꿈에서 다시 꿈을 꾼건가, 어둠에 휩싸인 호수를 바라보았다. 불길이 솟구쳤다. 연꽃에, 불이 붙었다.

'어, 어……'

불을 끄려고 중심으로 나아가려 했던 것인지 기슭으로 도망가려 했던 것인지, 급하게 허우적거리는 몸은 어느 쪽으로도 향할 수 없었다. 맑고 시원했던 호수의 물이 젤리처럼 변해 팔다리가 제대로 움직여지지 않는 사이 불길에 완전히 휩싸인 연꽃으로 밤의 호수는 대낮처럼 밝아졌다.

첫
번
째
주

잠에서 깨었을 때 지훈의 몸은 식은땀에 젖어 있었다. 여기가 어딘가 잠시 갈피를 잡지 못한 채로 창밖 어스름을 바라보았다.

"빼마!"

나직이 새어 나온 한마디가 날카로운 칼날이 되어 심장이나 폐의 한 귀퉁이를 찌른 듯했다. 공기 중으로 퍼지며 주변을 맴돌기 시작하는 그녀의 이름. 다시 입 안으로 삼켜 원래 있던 자리로 보내야 했다. 거기가 어디든, 그리고 봉인.

토스트기에서 튀어 올라온 빵에 땅콩버터를 발라 허겁지겁 입에 넣고 찻잔을 들어올렸다. 허기진 사람처럼 이른 아침을 먹었지만 창밖은 여전히 어두웠다. 다시 차 한잔을 따르고서야 새벽 명상과 운동을 걸렀을 뿐만 아니라, 인터넷 기사를 훑어보는 것도 피하고 있는 자신을 깨달았다.

'어떤 상념들은 서울로 달려가며 바람에 날려버리거나 도시의 빌딩숲 어딘가에 떨구고 잊어버리는 게 자리에 앉아 명상하는 것보다 더 효과적일 수 있어.'

어차피 이번 주에는 나가볼 생각이었다. 다시 일하기로 마음먹었으면서도 한 달 가까이 별 이유없이 미적거리며 때로 무기력하게 지냈다. 스튜디오를 맡아준 후배가 상업사진에 있어 더 뛰어나다는 것은 남들에게 들려주기 위해 했던 소리만은 아니었다. 녀석은 모델의 표정을 잡아내는 감각 뿐 아니라 잡지의 편집자들이나 기업의 홍보팀을 상대하는 비즈니스 능력도 본능적으로 타고났다. 그래도 그 정도 감각과 재능에 더 뛰어난 인맥과 배경을 지닌 인물들이 계속 치고 올라오는 업계에서 지난 1년 혼자 버티기가 쉽지는 않았을 것이었다.

'전등 끄는 것도 잊었군!'

다시 들어가긴 귀찮았다. 거실의 백열등이 노랗게 밝히고 있는 오두막을 뒤로 하고 출발했다. 그가 즐겨 오두막이라 부르지만 크기만 작을 뿐, 건축가인 친구에게 자문을 구해 직접 설계하고 목수와 업자들을 모아 공들여 지은 집이었다. 부친이 제주도로 떠나면서 물려준 아파트를 판 돈은 스튜디오로, 스튜디오에서 번 돈은 이 집을 짓는 데 들어갔다.

언덕길을 내려와 마을 도로로 들어선 그가 차를 멈췄다. 분명 맞은편 도로 위에 스치듯 눈에 들어온 무언가가 있었다. 서서히 후진을 하자 헤드라이트 불빛 아래 정체가 드러난 것은 커다란 고라니였다. 다리를 옆으로 누이고 덩그마니 앉아 있는.

차에 치였군, 저렇게 앉아 있는 걸 보면 치명상은 아니겠지, 단순한 충격에 그냥 좀 쉬는 건가, 다리를 다쳐 일어설 수 없나? 창문을 내리자 검고 진한 액체가 고라니 주변 바닥에 번져 있는 게 보였다.

'아, 이런……'

지훈은 얼른 차에서 내렸다. 선뜻 다가가지지는 않았다. 난감해진 그의 뇌리에 언젠가 TV에서 본 뉴스가 떠올랐다. 커다란 약탕기를 배경으로 기자가 들어올린, 주르륵 연결된 비닐봉지의 검은 액체. 먹을 것을 찾아 농가로 내려왔다 잡혔거나 산에 놓인 덫에 걸린 고라니를 고아먹고 복통과 설사를 일으킨 사람들과의 인터뷰 장면도 이어졌다. 뉴스의 요지는 고라니의 입장과는 무관한 것이었다. 야생 고라니에게 기생충 등 해로운 물질이 있을 수 있으니 복용에 주의를 요하라는.

고라니는 도망가려는 무리한 몸짓도, 당황하거나 겁먹은 기색도 없이 그대로 앉아 있었다. 고통이 너무 커서 그럴지도 몰랐다. 트렁크를 뒤져 찾아낸 비닐 돗자리를 뒷좌석에 널찍하게 깔고 조심스레 다가갔다.

"괜찮아, 도와주려는 거야."

고라니가 말을 알아듣고 동의의 눈빛을 보내기라도 했다는 듯이 지훈은 고개를 한번 끄덕여 보이고는 재빨리 안아 올렸다. 낯선 콧바람이 그의 오른쪽 귓가를 스쳤다. 생각보다 가벼운 몸무게와 따스함이 팔과 가슴으로 전해졌다. 사고 당시에만 흘렸던 것인지 다행히 피는 더 이상 흐르지 않고 멈춰 있었다.

일단 오두막의 마당에 데려다 놓으려다가 혹시나 싶어 지역 114에 전화를 했다.

"혹시, 야생동물구조센터나 24시간 진료가 되는 동물병원 전화번호가 있나요?"

"야생동물 구조병원이라고 번호가 하나 나와 있는데요, 알려드릴까요?"

"아, 네! 고맙습니다!"

의외였다. 이 지역에 그런 병원이 있다는 것도, 잠결에 전화를 받은 수의사가 친절하게 위치를 설명해준 것도. 난처한 일이 일시에 해결된 듯 기분이 상쾌해졌다. 차가 덜컥했다. 한동안 유용했던 중고 디스커버리, 너무 오래 세워둔 사이 어딘가 헐렁해진 모양이었다. 길은 어두웠고 사이사이 과속방지턱 때문에 신경이 쓰였다. 매번 느낀 것이지만, 교통사고 방지가 아니라 행락객들의 시선을 지방도로 주변 음식점들로 끌어들이기 위해 만들어놓은 것만 같았다. 고라니에게 충격이 가지 않도록 조심히 운전했다.

'조금만 참아. 천천히, 빨리 갈게.'

뒷좌석에서는 뒤척이는 기척도 없었다. 씩씩이라고도 쌕쌕이라고도 표현할 길 없는 낮은 숨소리만이 간헐적으로 들려왔다. 비에 젖은 낙엽이나 흙내음에 약간의 비릿함이 섞인 듯한 냄새가 차 안에 퍼졌다. 온전한 자연에서 살아온 야생의 개체가 뿜어내는 기운은 신선했고, 또한 신성했다. 낯선 존재에 대한 막연한 경계심 탓인지 거친 이질감 또한 느껴졌다. 등 뒤의 저 순한 초식동물에게 잡식동물인 인간의 경계심이라니, 지훈은 콧바람을 내며 소리 없이 웃었다. 잠깐 실내등을 켰다. 백미러에 비친 고라니는 처음 자세 그대로 고개를 비스듬히 든 채 앉아 있었다. 낯선 인간과 자동차에 대한 불안과 긴장으로 고개를 누이지도 못하고 저렇게 꼼짝없이 있는 걸까. 불안해졌다. 음악을 틀 수도 다른 생각을 할 수도 없었다. 가엾은 동물에게로 온통 신경이 쏠렸다. 기도처럼 마음을 모아 소리 없이 중얼거렸다.

'금방 병원에 도착할거야, 조금만 기다려…… 죽지 마……'

산등성이 너머 새벽의 푸른빛이 사위로 번져왔다. 서울 가는 길과는 반대 방향에 있는 읍내를 지나 국도로 들어섰다. 여전히 눕지도 고개를 떨구지도 않은 채 고라니는 똑같은 자세로 숨소리만 내고 있었다. 국도에서 샛길로 내려가 굴다리 아래서 유턴을 하자 수의사가 말한 마을의 표지판이 나타났다.

*

눈을 떴을 때, 조금은 근심스런 태우의 얼굴이 내려다보고 있었다.

"무슨 일이야?"

무슨 일이었지, 아주 잠깐 지훈 자신도 어리둥절했다.

"준비됐어요!"

노크 소리와 함께 낭랑한 여자의 음성이 들렸고, 지훈은 소파에서 몸을 일으켰다.

"형, 좀 있다 봐."

태우가 그의 어깨를 툭툭 치고 나갔다. 스튜디오 작업실에서는 활기와 긴장이 느껴지는 소리들이 오갔다. 익숙한 공간으로 돌아온 안도감 때문이었을까, 소파에 누워 잠시 눈을 붙였는데 깊이 잠들고 말았다. 긴 새벽을 보냈다. 아직도 꿈속에 있는 것만 같았다. 꿈보다 더 비현실적인 현실에서 느껴지는 모순에 그는 습관처럼 웃음이 났다. 그러나 웃고 있을 수만은 없는 일이었다.

'내일 전화해보고, 주말엔 음료수라도 사 들고 찾아가봐야지. 누군가 관심을 계속 보인다면 늙은 수의사가 좀 더 신경 써줄 거야……'

사무실 문을 슬쩍 밀고, 태우의 작업을 건너다봤다. 조명 아래 포즈를 취하고 있는 모델은 요즘 가장 잘나가는 연예인이었다. 드라마 여주인공으로 큰 관심을 받았고, CF에도 매일 나오는 그녀는 청순하고 어려보이면서도 섹시한 매력, 요즘의 트렌드를 제대로 갖췄다. 카메라 셔터 소리가 그녀의 다양한 포즈를 따라가고 있었다. 오두막에서의 일상에 비하면 오늘은 정말 버라이어티하다는 생각이 들었다. 그러나 지훈은 그녀가 지닌 장점들에 약간의 감탄과 찬사의 눈빛을 던질 뿐이었다. 태우에게 스튜디오를 맡기고 오두막을 짓기 시작했을 때, 이런 매력녀들과 여신들에 둘러싸인 생활에 이미 진력이 났었다. 그런 생활을 즐기고 있을 때조차도 거기에 진실로 빠져들지 못하는 스스로를 알고 있었다.

"저 오 작가님 팬이에요."

수줍게 말하는 데도 화사함이 가득했다.

"저도 고은비 씨 팬입니다."

그가 손을 내밀었다.

"왜들이래요? 은비 씨 화보는 내가 찍었는데!"

의례적인 악수에 태우가 끼어들었다. 자신의 모델에 대한 자부심과 함께 약간의 질투가 드러났다.

"그럼요, 김 작가님 덕분에 제가 이렇게 컸죠."

"아, 또 이런다. 밥이나 먹으러 갑시다, 서로 팬인 두 분이 만났으니……"

태우가 아차 하며 은비의 매니저에게 시선을 던졌다.

"저 오후 스케줄 펑크 났대요. 이럴 줄 알았으면 오후에 할걸…… 얼굴 부어서 좀 별로였죠?"

그녀가 두 손으로 얼굴을 살짝 감싸며 지훈과 태우를 번갈아 보았다.

"별로면 내가 셔터를 눌렀겠어? 판타스틱했다니까!"

'저 녀석이 원래 저렇게 오버하는 타입이었나?' 만족스런 은비의 시선이 지훈의 답을 기다리고 있었다. 그녀의 오전과 오후를 비교할 기회가 없었지만, 판타스틱했다는 말을 굳이 부정할 필요는 없었다. 엄지와 검지로 오케이 사인을 만들며 고개까지 끄덕여주었다. 보일 듯 말 듯 눈웃음을 지어 보인 은비가 두 남자의 팔짱을 하나씩 끼며 말했다.

"제가 완전 쏠게요, 우리 좋은 데 가서 점심 먹어요!"

엉겁결에 한쪽 팔을 내주고, 태우와 양옆에서 호위라도 하는 모양새가 되었다. 불쾌하지 않았다. 부드럽고 화사한 그녀의 기운이 좋았다면 모를까.

배가 몹시 고팠던 듯 그녀는 아기자기하게 차려진 일본식 퓨전요리들과 회 접시로 부지런히 젓가락질을 했다. 그러면서도 지훈의 말에 귀 기울였다. 갑자기 서울로 달려온 이유를 묻는 태우에게 그는 고라니 얘기를 하고 있었다.

"다행이에요! 어쩜 그렇게 침착하게 버텼을까요!"

안도의 표정으로 은비가 말했다.

그의 미간이 언뜻 찌푸려지는 것을 보고 태우가 입을 열었다.

"반전이 있어! 형 아까 소파에서 자는 모습이 뭔가 상심에 차 있더라구."

내가 그랬나, 다시 새벽의 꿈이 떠올랐다.

"자는 모습이 상심에 차 있는 건 어떤 거죠? 상상이 안 돼요."

은비가 눈을 반짝이며 물었다.

"그렇게밖에 표현할 길 없는 얼굴이었어. 카메라로 찍어 보여주지 못한 게 아쉽네."

태우가 말하며, 지훈의 잔에 가볍게 잔을 부딪쳤다.

"나중에 연기할 때 고민해봐야겠어요."

스타덤에 올라 반짝하는 연예인이 아니라 진지한 자세를 갖춘 건가, 지훈이 술잔을 내려놓으며 그녀를 보았다.

"저도 한잔 주세요."

그녀가 지훈에게 앙증맞은 사케 잔을 내밀었다.

"괜찮겠어?"

태우가 말했다.

"오후 스케줄도 비었다잖아요! 밥 다 먹으니, 이제 술 고파요! 저녁에 영화사 사람들하고 미팅 있는데, 그전에 빨리 마시고 깨야죠! 근데요, 김 작가님이 지금 매니저처럼 말씀하신 거 아시죠?"

태우에게 선을 긋듯 빤히 보며 또박또박 말했지만, 입가엔 웃음을 짓고 있었다. 어깨를 으쓱해 보인 태우는 눈에 띄지 않을 만큼만 머쓱해했다.

"그래서요, 정말 반전인건가요?"

은비가 지훈을 보며 물었다.

그는 잠시 망설였다. 그녀의 화사함에 마음속 작은 어둠의 덩어리들이 툭툭 터져나가는 듯했다. 세상이 주는 고통이 아프듯 웃음이 기분 좋은 것 또한 사실이었다. 찰나의 위안이 때론 필요하고, 특히 오늘이 그랬다. 이야기를 계속하면 웃음이 사라질 테지만, 그녀의 눈은 재촉하고 있었다.

그곳엔 21세기에 어울릴 만한 의료시설이 전무했다. 병원까지만 무사히 가면 안심이라 여겼던 순진한 기대에 대한 배반, 반전이었다. 간판도 없는 병원에, 생전 처음 보는 내부 구조. 구식 목욕탕 바닥 같은 타일이 깔린 좁은 공간에 싱크대 비슷한 진료대가 놓여 있었고, 미닫이 샷시문을 사이에 두고 연결된 작은 방에 약상자가 놓인 선반과 작은 캐비닛이 전부였다. 내상에 대한 정밀검사를 할 만한 장비나 기구뿐 아니라 세심한 진료의 의지도 없어 보였다.

햇볕에 그을은 얼굴과 작은 키에 단단한 체구를 지닌 늙은 수의사는 진료대 위의 고라니를 훑어보며 고개를 끄덕였고, 심상히 말했다.

"좀 지켜봐야겠네요."

"아, 네……"

지훈은 진료실에 들어선 후 계속 할 말을 찾지 못했다. 상처 난 다리에 소독약을 바르고 붕대로 감아준 것이 치료의 전부였다. 다른 관습과 신념이 지배하는 또 다른 세계. 로마에 가면 로마의 법을 따르듯, 늙은 수의사의 세계를 존중할밖에. 고라니를 번쩍 안아올린 수의사가 진료실 밖으로 향하자 엉거주춤 뒤를 따랐다. 차를 세운 마당 우측으로 아까는 보지 못했던 공간이 보였다. 아래위로 층을 이루어 일렬로 늘어선 1미터 높이의 빈 철창들. 고라니를 안은 채로 수의사는 위쪽에 있는 문 하나를 익숙하게 열었다. 얇은 판자 위에 웅숭그린 고라니를 뒤로하고 쇳소리와 함께 이내 문이 닫혔다.

진료실로 돌아온 수의사는 곧바로 서류철을 내밀며 서명을 요구했다. 새벽에 전화를 받아주고, 마을로 들어서며 길이 헷갈려 다시 연락했을 때도 친절히 대해주었던 이유가 처음과는 다르게 받아들여졌다. 군청과 연계된 동물구조 병원이었기 때문에 그의 서명은 하나의 실적을 의미했다.

수의사가 커피 한잔을 권했다.

"내가 올해 일흔이에요. 이젠 소 키우는 농가도 줄어서 송아지 받아낼 출장일도 없고, 이렇게 야생동물 들어오면 돌봐주고, 근근히 살지, 저 앞에 텃밭 가꾸고. 말이 텃밭이지, 너무 커. 여름엔 잡초 뽑느라 허리가 휘지, 늙은이 둘이 하기엔 벅차."

살림채에서 늙은 아내가 아침 식사를 준비하는 동안 수의사의 두서없는 넋두리가 이어졌다. 지훈의 시선이 벽에 걸린 액자에 닿았다. 조악한 솜씨로 그려진 사슴이 연못가에 서 있는 수묵화. 여백에는 반세기 전 한 여류 시인의 시가 역시 조악한 붓글씨로 씌어 있었다. 모가지가 길어서 슬픈 짐승이여, 언제나 점잖은 편 말이 없구나. 관이 향기로운 너는 무척 높은 족속이었나 보다. 물속의 제 그림자를 들여다보고 잃었던 전설을 생각해내고는, 어찌할 수 없는 향수에 먼 데 산을 쳐다본다.

"고맙다고 선물로 그려준 건데, 누구였더라……"

기억 저편을 되짚는 수의사의 눈빛이 그림 속 사슴처럼 먼 산을 보듯 아득해졌다.

"기력 회복했다고 좋아한 손님들이 정말 많았지. 내가 여기서 사슴농장도 했잖아요. 자식들 서울 보내고, 미국 유학까지 시킨 것도 다 그 덕이었는데. 그만둔 지 10년 됐나 이제."

수의사의 얼굴에 내려앉은 검버섯 사이로 전성기를 그리는 아련한 향수가 자부심과 함께 피어올랐다.

"아, 네……"

타일 바닥과 수도, 특이한 구조로 된 진료실의 용도가 마당의 철창과 함께 분명히 가늠되는 순간이었다. 손에 들고 있던 종이컵의 식은 커피가 붉은 피라도 되듯 목으로 넘겨지지 않았다.

"아, 공포영화 같아요."

은비가 손을 교차해 자신의 양팔을 감싸며 말했다.

담담하게 얘기하고 있었지만, 그의 묘사는 실감났다.

"귀에서 막 소리가 들리는 것 같더라고요. 검버섯 핀 삐쩍 마른 노인이, 배불뚝이 중년 남자가, 대머리에 윤기 흐르는 아저씨가, 눈을 번뜩이고 서로 앞다퉈 여기저기서……"

지훈의 손가락이 세련되고 아늑한 레스토랑 룸의 여기저기를 가리켰고, 은비의 긴장된 시선이 그 끝을 따랐다. 태우의 시선은 짓궂은 웃음을 터뜨릴 태세로 은비를 향했다.

"빨대를 꽂고 후르륵 쪽쪽, 후르륵 쪽쪽."

"대접엔 피가 뚝뚝!"

태우가 덧붙였다.

"하!"

얼굴을 일그러뜨린 그녀가 낮게 한마디를 뱉었다. 아래로 떨궈졌던 은비의 시선이 다시 지훈과 만났다. 태우의 기대와는 달리 호들갑스런 반응 대신에 그녀는 조금 깊어진 눈빛이었다. 식탁 위에는 그들이 먹다만 야채와 새우튀김뿐 아니라, 얼음 조각 위에 아직도 선홍색인 냉동 참치회와 싱싱한 날생선 조각들이 사시미 칼에 베어진 모양 그대로 예쁜 장식과 함께 놓여 있었다. 허기를 채우느라 미처 관심 갖지 못했던 은비는 지훈이 회를 먹지 않았다는 것을 뒤늦게 알아차렸다. 그녀는 술 한 잔을 입에 털어 넣었다.

"생피를 마시는 그 수의사나 늙은 아저씨들하고 우리가, 뭐 그렇게 별다를 것도 없는 거죠? 살아 있는 살을 베어먹는!"

지훈의 생각을 확인하듯 은비가 물었고, 회접시 위에서 젓가락을 멈췄다.

"아, 어쨌든 지금은 못 먹겠어요. 가엾은 사슴들하고 고라니가 생각나서……"

"괜한 얘기를 했네요. 미안해요."

진심으로 말했다. 우호적인 점심 식사 분위기에 맞게 약간의 유머와 윤색을 곁들였어야 했다. 그녀에 대한 호감을 떨치려고 일부러 더 냉정하고 세세하게 묘사했던 걸까, 순간 그녀가 자신의 속마음을 알아차린 것 같다는 생각이 들었다.

"아니에요. 재미있게 들었어요. 그렇게 아름다운 시를 벽에 걸어놓고, 살아 있는 사슴 목에 빨대를 꽂아 피를 빨아먹는 사람들이 누군가의 할아버지, 아버지, 삼촌 그 누구일 수도 있는 거잖아요. 우리 아빠는 아니길 바라지만요. 어떨 땐 우리가 사는 현실이, 뱀파이어 영화나 꿈보다 더 비현실적이어서 깜짝깜짝 놀라곤 해요. 회복됐는지 나중에 저한테도 꼭 알려주세요."

그녀가 스마트폰을 들고 지훈을 바라보았다. 번호를 말해주자 입력하고 버튼을 눌렀다. 그의 스마트폰에서 수신음이 울리는 것을 듣고 그녀가 자리에서 일어섰다.

꿈보다 비현실적인 현실, 그가 아까 했던 생각이었다. 등이 서늘해졌다.

*

연꽃은 불에 탈 수 없다, 호수도 불에 탈 수 없다, 당연히, 연꽃 호수는 불에 탈 수 없다.

하나의 명제처럼, 속으로 천천히 말했다. 그럼에도 연꽃은 불에 탔고, 호수는 불꽃에 휩싸였다. 불가능한 일이다. 꿈이라 가능했다. 현실에선? 소름이 돋았다. 있을 수 없는 일. 좁은 골목길에서 만난 작은 연두색 쉐보레와 빨간색 폭스바겐이 속도를 늦추며 가까스로 비껴가는 모습이 보였다. 낮은 빌라들 너머로 높은 빌딩들이 눈에 들어왔다. 서울, 눈앞에 보이는 강남의 풍경은 대체로 회색이었지만 하늘은 맑고 모든 게 선명했다. 그러나 꿈속의 달과 호수, 연꽃, 그리고 타오르는 불꽃은 이보다 훨씬 더 선명하고 강렬했다.

'그 꿈은 아무것도 아니야! 의식과 잠재의식, 무의식의 가닥들이

뒤엉켜 만들어낸 이미지에 불과해.'

앞서 걷던 태우가 그를 흘깃 돌아봤다.

"뭐야, 느리게 걷기 명상?"

태우가 슬로모션으로 걸음을 내딛으며 건물로 올라섰다.

"짜식! 먼저 들어가, 난 차 좀 손보고 올게."

반주로 마신 사케는 몇 잔 되지 않았다. 스튜디오 주차장에서 차를 빼 정비소에 다녀왔다. 머릿속에서는 솟아오르려는 어떤, 생각 하나가 사라지지 않았다. 그것을 떨치기 위해서라도 꿈의 의미를 하나하나 유추하기 시작했다.

'잠들기 전에 보름달을 봤지. 정월 대보름, 밝고 둥근달이 분명 인상적이었어. 그래서 꿈에 등장했겠지. 불붙은 연등, 백 개라고 생각한 것은 며칠 전에 본 기사 때문이야. 연꽃이 가득 핀 호수는, 물론, 아마도, 그녀를 의미할 수도 있겠지.'

호수에 몸을 담그고 연꽃 향기를 맡았던 것은, 의식 깊이 묻어놓고 들춰보지 못했던 그녀에 대한 욕망이나 그리움의 표현이었을까. 고개를 저었다.

'꿈의 모든 디테일이 대단한 의미를 갖는 건 아냐. 수영하는 꿈은 날아다니는 꿈처럼 언제나 자주 꿨던 꿈이잖아.'

생각은 다시 멈췄다. 꿈속의 불꽃은, 창밖의 저 노을보다 붉었다. '기사에서 받은 충격이 그런 식으로 표현됐을 뿐이야!'

이렇게 단정짓고 나자, 그의 뇌리에 떠오르는 것이 있었다. 한두 해 전에 보았던 인터넷 동영상의 기억도 꿈속에 섞여들었을 법했다.

티베트 승려들의 소신공양이 시작될 즈음이었다. 인터넷에는 실

시간에서 멀지 않게 그 충격적인 동영상들이 올라왔다. 끔찍한 환영같은, 현실이었다. 활활 타는 불길에 휩싸인 승려의 정지 화면 이미지들은 단 한 번의 클릭으로 누구나 볼 수 있는 동영상으로 움직일 터였다. 차마 볼 수가 없어 다른 화면으로 들어갔다. 추도회가 진행되는 영상이었다. 웅성임과 기도문 소리, 흐느낌, 한탄 등이 뒤섞였고 움직이는 카메라는 운집한 군중들과 승려들을 불안하게 훑고 지나갔다. 고지대 사람들, 하늘과 가까워 더 순수한 영혼을 지녔으되 태양과도 가까워 더 검게 그을릴 수밖에 없는 얼굴의 사람들이 삭막하고 넓은 구릉지대를 채우고 있었다. 죽은 승려의 소지품이었을까, 뭔가를 태우며 붉은 가사의 승려들이 기도를 했다. 카메라가 다시 움직였고, 연기가 솟아오르는 주변에 모여 선 사람들이 보여졌다. 순간 지훈은 눈을 크게 뜨며 긴장했다. 빼마가 저기에? 미세한 전율이 몸을 훑고 지나갔다. 그럴 리가, 닮은 누구겠지, 그녀는 캐나다에 있다고 했잖아. 거칠게 촬영된 1분 50초의 짧은 동영상 속에 단 1초 남짓, 다시 클릭해 화면을 멈추고 반복해 볼수록 그녀라고 단언하기 어려워졌다. 기억 속에도 희미해진 그녀의 얼굴을 한눈에 식별하기에 동영상은 너무 짧았고, 정지 화면은 너무 흐릿했다. 그 여인이 빼마일 확률보다는 단지 이름이 빼마일 확률이 훨씬 높으리라. 그 이름은 티베트 사람이라면 여자건 남자건 너무도 흔한 이름이므로. 그럼에도 지훈은 그 여인이 빼마라는 생각에 사로잡혔었다. 캐나다에서 시민권을 얻은 그녀가 마침 고향을 방문했다가 희생자의 추도식에 참석했을 수도 있다고 넘겨짚으며.

예의상의 짧은 벨소리에 이어 코드 누르는 소리가 들렸다.

'어쨌든, 연꽃도, 호수도, 불에 탈 수 없어!'

그는 마음속으로 짧게 끊어 말했다.

*

"아무래도 내가 방을 빼야 할 분위긴데!"

노을을 등지고 돌아서는 그에게 태우가 말했다.

"왜, 내가 가방이라도 싸들고 온 거 같아?"

대답 대신 태우가 전등을 켰다. 생각에 빠져 있느라 주의 깊게 보지 않았던 실내엔 물건이 늘어나 있었다. 벽에 걸린 옷들, 베란다의 작은 화분들, 주르륵 놓인 포도주병들, 책들, 장식 소품들, 허공에 매달린 샌드백에, 벽에는 은비를 비롯해 태우가 촬영한 여배우들의 화보 몇 장까지 붙어 있었다.

"여기다 살림을 차렸구나."

"공간이 아까워서 활용도를 좀 높였지. 처음엔 일주일에 한두 번 갔는데, 두세 번으로 늘더니 이젠 일주일에 한두 번 집에 들어가게 되더라구."

"저 사진 속 모델들이 다 이 방을 거쳐간 건 아니겠지?"

"그건 희망사항일 뿐이고! 형처럼 되고 싶은."

"그렇지, 다 나처럼 될 수 있는 건 아니지!"

주먹 쥔 태우가 라이트 레프트 훅 흉내를 내며 다가왔고, 피하는 지훈의 팔뚝을 가볍게 쳤다.

"그래서 아침에 이리 안 올라오고 스튜디오에서 자고 있었구나!

나를 상당히 과대평가하고 계셨군. 좋아, 기대에 부응하도록 분발해야겠어."

"있을 때 기회를 살리지. 니 말대로 내가 다시 유리방에 입성해야겠는데!"

언뜻 온실처럼 보일 정도로 커다란 유리 베란다를 설치한 이 근사한 원룸을 지훈은 유리방이라고 불렀다. 지하 스튜디오와 5층의 옥탑방을 건물주에게서 매입했을 때, 계약은 서로에게 흡족한 것이었다. 리모델링을 마친 후 낮에는 지하에서 작업하고 밤에는 유리방에서 지내는 생활이 이어졌다. 조명으로 완벽하게 빛을 통제하고 모델의 감정선을 흔들어 감춰졌던 표정과 새로운 분위기를 끌어내는 일은 상반되면서도 흥미로운 작업이었다. 순간을 포착하고 셔터를 누를 때면 이성과 감성의 집중과 긴장으로 자신의 몸이 당겨진 활시위나 현악기의 줄처럼 찰나 찰나 생생하고 신선해지는 것 같았다. 그렇게 몇 년이 지나자 결과물에 대한 회의와 함께 작업 과정이 주는 쾌감도 시들해졌다. 상품으로 소비되는 이미지들을 넘어 영혼에 이를 수 있는 사진을 찍고 싶은 마음이 깊어졌지만, 습관처럼 하던 일들에서 벗어나지 못하고 있었다.

"이것 봐, 아이섀도 색깔 죽인다. 나 주말에 데이트 있는데, 이렇게 하고 나가볼까?"

"너한텐 좀 아닌 거 같은데."

지훈의 뒤에서 도로를 향한 창가 의자에 엉덩이를 걸치고 있는 여자들의 말소리가 들렸다.

"내 눈이 어때서!"

"잘 봐! 수술발이겠지만 쌍꺼풀 완전 크고, 양쪽으로 앞트임 뒤트임 2밀리 이상 찢은 거야. 그래서 이 아이섀도 분위기가 업된 거라구!"

"그런가? 그러고보니 이 모델 광대뼈에도 뭐 넣은 거 같다. 근데 나도 뒤트임만 좀 하면 비슷할 거 같지 않아?"

주문벨 소리를 듣고 일어선 지훈의 눈에 잡지의 사진이 보였다. 우수에 젖은 눈빛으로 카메라를 쏘아보는 모델의 사진은 그가 촬영한 것이었다. 가장 마음에 들어하는 컷들 중 하나였고, 그녀와 그가 함께 완성한 작품이었다. 그녀는 그리 유명한 모델도 아니었고 카메라 앞에서 능숙하게 자신의 깊이를 드러내 보일 수 있는 기술도 없었다. 촬영 전날 큰 실연까지 당한 그녀는 너무 울어서 눈도 부은 채로 스튜디오에 나타났다. 그는 약속된 촬영 시간을 연기하고, 진토닉 한잔을 권했다. 눈에 찜질할 얼음팩을 수건에 싸서 건네자 그녀가 마음속 얘기를 꺼냈다. 지훈과의 첫 작업이었지만 그날 그녀는 분노와 체념, 아직 식지 않은 사랑에 대한 열망과 슬픔의 힘으로 자신의 내밀한 감성과 깊이를 표현해낼 수 있었다.

계산대에서 분쇄된 원두커피 봉지를 받아든 그가 여자들 옆을 지나치다가 입을 열었다.

"그 모델 자연미인이거든요!"

깜짝 놀란 두 여자가 황당한 얼굴로 수군거렸다.

"어머, 자기가 이 모델 남친이야 뭐야?"

커피 전문점을 나서려던 그가 덧붙였다.

"그리고 전체적인 분위기와 표정을 같이 보신다면, 메이크업과

의상도 더 잘 파악되실 텐데요!"

유리방으로 돌아온 지훈은 울적한 기분으로 커피를 내려 마셨다. 그 둘의 입장에서는 몹시 황당했을 것이다. 남친들이 옆에 있었다면 시비가 붙었을지도 모를 일이었다. 여름은 끝났지만 아직 가을도 아니었다. 타히티에서 화보 촬영을 마치고 돌아와 모처럼 혼자 보내는 휴일. 매연에도 초록에도 지친 가로수 잎들이 창밖 대기 속에 뿌옇게 부유하고 있었다. 그녀와는 아니었지만, 가끔은 모델들과 개인적인 관계로 이어지는 일들도 있었다. 타히티에서의 작업이 휴가를 겸했던 것도 그런 이유에서였다. 마음과 감각을 열고 대하다 보면 누구하고든 사랑에 빠지는 것은 쉬웠다. 사랑하지 않을 이유도 없었지만, 그 관계 혹은 사랑을 한 사람하고만 이어가야 할 이유도 찾을 수 없었다. 그러나 그런 식의 열정 혹은 관계를 되풀이할 수 없다는 것도 점점 분명해졌다. 절대적이고 순수한 사랑을 찾던 10대 후반도, 사랑을 부정하며 모험을 즐기던 20대도 이미 지난 그에게, 감각에 의존한 관계들은 점차 무의미해졌다. 어쩌면 상대편이 지훈만큼 쿨하지 않았기 때문인지도 몰랐다. '일시적 사랑조차 충분히 의미 있고, 육체적 환희는 삶의 윤활유가 될 수도 있을 텐데……' 아쉽게도 그녀들에게 삶은 그렇게 단순하지만은 않은 듯했다. 상대에게 상처가 되는 방식을 고집하고 싶지도 않고, 그렇다고 자신의 방식을 굳이 포기하고 싶지도 않다면, 관계 자체를 재고해야 했다. '차라리 출가 승려가 되는 편이 나았으려나!'

어쨌든 그날 지훈은 유리방과 스튜디오를 떠나 푸른 나무 아래로, 흙을 밟을 수 있는 곳으로 떠나고 싶은 강한 충동을 느꼈다. 천편일률의 소비와 욕망, 천편일률의 인공과 회색이 아닌 곳이 그리웠다. 그 길로 차를 몰아 서울을 벗어났고, 한 시간 15분 후에는 남한강변의 시골 마을에 이르러 있었다. 과속방지턱을 넘느라 속력을 늦췄을 때 음식점들 사이로 부동산 간판과 플래카드가 보였다. 전원주택지 급매. 겨울이 깊어지기 전 그는 오두막을 완공했고 결국 거기 들어앉았다.

"진짜 하산하는 거야?"

"완전히는 아니고……, 너하고 얘기 좀 해보고."

"나야 뭐 대표님 분부대로 하는 거지."

"김 작가님 왜 이러시나. 어쨌든 유리방을 내가 좀 활용하게 될 것 같네. 나 서울 나오는 날은 집에 들어가 주무셔야겠어."

"어째 느낌이 쏴 하더라. 방 빼란 얘기 맞구만."

"짜식, 집에서 어머니 해주시는 밥 먹을 때가 좋은 거야."

무심히 던진 말이었으나, 누가 먼저였는지는 몰라도 둘 다 잠시 멈칫했다.

"일 얘긴 나중에 하고 오늘은 술이나 한잔 할까?"

지훈이 아무렇지 않게 덧붙였다.

"고라니 때문이 아니었지?"

와인병을 꺼내며 태우가 말했다.

"뭐가?"

"산속에서 도 닦던 사람이 새벽에 갑자기 달려온 거 말야. 답답해서 온 거 아냐?"

"너야말로 돗자리 깔아야겠네."

태우의 말이 무엇을 의미하는지는 몰라도 오늘 하루 답답했던 것은 사실이었으므로 그가 가볍게 대꾸했다.

"한 열흘 됐나? 기사 보고 진짜 갑갑했어. 뭐라도 해야 하는 거 아닌가 싶고. 백 번째 분신이라니 너무하잖아. 티베트 사람들이 다 사라져버리길 기다리는 거야 뭐야!"

지훈이 태우를 바라보았다.

'잊고 있었군, 이 녀석을 처음 만난 게 인도였지. 나한테 다람살라를 소개한 사람이 바로 태우였잖아……'

"중국뿐 아니라 손 놓고 바라보는 세계가 다 한통속이야! 글로벌의 진정한 국면은 정의가 아닌 욕망과의 내통에서 이루어지고 있어."

태우가 흥분한 어조로 덧붙였다.

"어쩌겠어, 자기희생이 그들의 저항 방식이고, 정의보다는 이해관계와 손잡는 게 세상의 방식인걸."

"그러니까! 타인과 세상의 행복을 위해 아침마다 기도하는 그들의 종교관에서 중국을 상대로 무고한 시민들에게 폭탄을 던지겠어 어쩌겠어!"

지훈이 말없이 술잔을 기울이자 태우가 겸연쩍게 씩 웃었다.

"하기야 우리 작업도 욕망과 소비를 부추기는 측면이 강하지. 인정! 가끔 떠나버리고 싶을 때가 있긴 하지만, 난 태생적으로 형만큼 욕망에서 자유롭지 못한 놈인거 같고. 어쨌든, 하여간 말야, 백 명 분신이 말이 되냐고!"

어쨌든, 하여간, 지훈은 이 대화를 피하고 싶었다.

"너 고은비 씨한테 관심 있어 보이더라!"

태우의 빈 잔을 채워주며 지훈이 대화의 방향을 바꿨다.

"좀 남다른 애정이 있지. 내가 스튜디오 맡으면서 작업한 첫 모델인데, 무명에서 급 스타로 뜨는 과정을 내 카메라가 함께 했으니까. 그렇다고 딴 맘이 있는 건 아닌데……, 이 여자는 내 모델이다, 뭐 그런 건 좀 있는 거 같아. 근데 형은 이상하게, 티베트 관련 얘기만 나오면 피하더라!"

"내가 뭘?"

"처음엔 관심이 없어서 그런가 했는데, 그런 건 아닌 거 같고. 보면 항상, 건너뛰려고 하거나, 디테일이 비어! 지금도 봐, 내가 분신 얘기 꺼낼 때 분명 형 얼굴이 관심 없는 표정이 아니었는데, 이젠 연기를 하네!"

"술안주로 삼기엔 너무 위중하고, 가슴 아픈 일이잖아."

"언제였지……, 우리가 서울에서 처음 술 마신 날, 좀 그런 걸 느꼈어. 그리고 그 다음에도, 다람살라나 티베트 얘기 나올 때면 그런 느낌이 있다니까."

녀석이 이렇게 기억력이 좋고 섬세한 놈이었나, 잘못하면 케이오 당하겠군. 답변을 찾지 못한 지훈의 시선이 샌드백에 닿았다. 가벼운 라이트 레프트 훅에 이어 곧 스트레이트가 날아올 것만 같았는데, 마침 태우의 스마트폰이 울렸다.

"응, 은비야……, 이 아래 있다고?"

태우가 소리나지 않게 입 모양과 손짓으로 말했다. '이리 오겠데!'

"그럼, 대환영이지!"

먼저 말해놓고는, 지훈에게 동의를 구하는 표정을 지었다.

"내가 내려갈게……. 아냐, 층계에 전등 나간 데가 있어."

어느덧 어둠에 싸인 도시는 가로등과 자동차 불빛들로 희부옇게 정체불명의 상태로 보였다. 지훈은 벌써 오두막이 그리워졌다. 그곳의 밤은 선명했고, 밤다웠다. 오늘 하루는 충분히 길었는데, 아직도 그 끝이 멀어보였다. 의식의 미세한 곳에서 이미 알고 있으나 아직 생각으로 떠오르지 않는 것. 오두막으로 돌아가면 그것의 정체를 보게 될 것만 같았다. 동시에 가슴속에서 무언가 치밀어 올랐다, 두려움의 씨앗 같기도 한. 그래서 한편으로는 돌아가기가 싫었다.

"이따 전화해!" "그러게 올라오지 말라니깐요!" 은비와 매니저가 나누는 대화가 들렸다. 덩치가 있던데 5층을 다시 걸어 내려가려면 숨 좀 차겠군, 현관으로 가서 문을 열었다.

은비가 화사한 눈웃음으로 지훈을 보며 물었다.

"저 불청객 아니죠?"

매니저에게 건네받은 봉지를 양손에 든 태우가 뒤에서 재촉했다.

"얼른 들어가, 환영 플래카드 걸어놨을 거야."

정말 플래카드라도 찾듯이 방 안을 둘러보며 은비가 말했다.

"이렇게 큰 줄 몰랐어요. 멋져요, 유리방!"

그녀는 언젠가 태우가 했던 말을 기억하고 있었지만, 길에서는 잘 안 보였기 때문에 그저 작은 방인 줄로만 알고 있었다.

봉지에 든 푸짐한 안주와 포도주를 식탁 위에 차리며 태우가 말했다.

"우리가 여기 있을 줄 어떻게 알고 이런 걸 미리 사 들고 전화했어?"

"영화사가 근처였는데 미팅이 좀 빨리 끝났어요. 집에 가려는데 이쪽 안테나가 자꾸 윙윙 울리잖아요."

그녀가 손가락으로 짧은 안테나 모양을 만들어 귓가에 대고 말했다.

"제가 촉이 좀 좋은 거죠!"

"촉 좋은 사람들 오늘 여기 다 모였군!"

태우가 아까 하던 대화를 떠올린 듯 지훈에게 말했다.

"오 작가님한테 제가 불청객 맞는 거 같아요. 한마디도 안 하시니 저 그냥 갈까봐요."

술잔을 손가락으로 건드리며 은비가 말했다.

'청하진 않았지!' 지훈은 그녀의 잔에 포도주를 따르며 미소 지었다.

"전 인사말 아니고 진짜 팬이에요. 숲의 노래 블로그도 좋아하고요."

각자 다르긴 해도 두 남자의 반응이 의외였는지 그녀가 실수했나 싶어 당황하며 물었다.

"비밀이었어요?"

"아니요, 뭐 비밀이랄 것까지야. 근데 아무한테도 말하지 않았는데 어떻게 알았죠?"

"뭐야, 무슨 비밀 블로그를 개설했어?"

태우가 물었고, 은비는 둘을 번갈아 보며 비로소 의기양양하게 말했다.

"비밀 아니시라잖아요. 인터넷 검색하다 우연히 들어갔는데 감이 왔죠, 오 작가님 블로그라는!"

"그러니까 어떻게요?"

지훈이 다시 물었다.

"아니, 대체 무슨 블로근데 그래? 숲에 노래?"

답답해진 태우는 아이패드로 검색에 들어갔다.

숲의 노래는 오두막 주변에서 찍은 사진들을 올린 블로그였다. 본명을 밝히지 않은 데다, 그동안의 사진들과도 전혀 다른데 은비가 대체 어떻게 알았을까, 의아했다.

"뭐야, 무슨 식물원같군. 전부 나뭇잎, 풀잎, 꽃잎…… 어, 점점 형체도 불분명한 추상의 세계로……, 빌 베클리하고 언뜻 비슷해 보이는 것도 있고……, 완전 새로운 세계를 모색하고 있었구나……"

블로그에 올라온 사진들을 훑으며 태우가 중얼거렸다.

"하다보니 그렇게 된 거지 뭐."

중얼거리듯 대꾸하며 지훈은 은비의 답변을 기다렸다.

"숲의 노래, 읽거나 보거나 혹은 듣거나."

그녀의 답은 블로그 상단에 소개글로 올려놓은 단 한 문장이었다.

여전히 아리송해하는 지훈을 보며 그녀가 덧붙였다.

"전에 어느 잡지하고 인터뷰한 기사를 본 적이 있어요. 이 경이로운 숲의 노래를 사진으로 들려줄 수는 없을까, 라고 하셨죠. 인상적이어서 기억에 남아 있었거든요. 그런데 블로그에 그 문장이 있잖아요. 같은 생각을 가진 다른 사람이려니 했지만, 막상 사진의 느낌이 오 작가님하고 비슷한 거예요. 감 잡았죠! 더군다나 산속 오두막에 사신다는 것도 김 작가님 통해 알고 있었으니깐요."

"오, 예리한데!"

태우가 감탄했다.

"어떤 느낌이 비슷했는데요?"

지훈이 물었다.

"음, 어떤, 아련함? 뭔가 더 있을 것 같은 여운? 제 개인적인 느낌인지는 모르겠지만, 예전에 오 작가님 패션 사진이나 영화 포스터 사진에서도 그런 게 느껴졌거든요. 뭔가 딱 떨어지지 않는, 뭔가 좀 더, 생각하거나 보거나 혹은 들어야 할 것 같은!"

마지막 말의 운율에 스스로 만족하며 그녀가 말했다.

"의도적으로 뭘 더 남긴 건 없는데…… 내 의도는 아주 단순해요. 어떤 생각들이 떠오른다면 하나의 텍스트로 읽어도 좋고, 그냥 눈에 보이는 대로, 혹은 마음으로 느끼거나. 그저 편하게 감상하길 바랐을 뿐이에요. 각자의 취향과 세계관에 따라."

지훈이 울적하게 말했다.

"어머, 그런 뜻으로 말씀드린 게 아니었어요. 말로 설명하려다 보니 그렇게 됐지만, 저도 편하게 즐기고 감상했어요."

그녀가 덧붙였다.

"여운이라고 한 건, 다른 이미지들에서 받던 관습적 반응하고 다른 반응 혹은 느낌을 갖게 된다는 뜻에서 한 말이었어요. 예를 들면, 형체는 흐릿하지만 컬러의 강렬함이나 부드럽게 퍼진 입자들, 정체된 게 아닌 움직이는 듯한 율동감에서 꽃이나 나뭇잎의 느낌이 더 살아났어요. 숲의 숨결을 느끼고, 숲의 노래를 듣는 그런 느낌! 아, 역시 말로 설명하려니 힘드네요. 그래서 사진으로 표현하려는 거죠, 두 분은?"

화사한 웃음을 눈에 담으며 지훈과 태우를 번갈아 보았다.

"은비가 우리를 들었다 났다 하는군! 부탁인데 난 거기서 빼 줘."

태우가 자신의 잔에 술을 따르려 했다. 지훈이 병을 들어 그의 잔을 채워주고, 그녀에게 물었다.

"은비 씨는 전공이 뭐예요?"

"봐요, 오 작가님은 제 팬 아니시잖아요!. 드라마나 CF 말고는 저에 대해 모르시는 거죠."

지훈이 소리내 웃었다. 이 아가씨 집요하군, 예의상 던진 빈말을 마음에 담아두다니. 빈말이 지훈 스스로도 달갑지는 않았다. 오두막에서는 전혀 필요 없던 것이 서울에 오니 자신도 모르게 튀어나왔다. 빈말에 정색할 수 없어 빈말로 답했던 건데, 그녀는 진심이었나 보다. 웃음이 전파된 듯 태우와 은비도 큭큭 거리며 웃기 시작했다.

"그래서 여길 다시 온 거예요?"

눈가에 웃음을 담고 그가 물었다.

"꼭 그런 건 아니에요. 오 작가님이 오늘 굉장히 상심하고 울적해 보였기 때문에 위로해 드리려고 왔죠. 팬의 입장에서."

"내가 졌어요. 고마워요, 위로 방문해줘서."

"형, 오늘 일진이 별로네. 새벽부터 고라니에, 늙은 수의사에, 아까 나한테도 뭔가 감춰진 꼬리를 밟힌 거 같은데, 은비가 결정타를 날렸어. 네네, 아무래도 아직 하산할 때가 아닌가 봅니다."

태우가 말하고는 혀를 입천장에 부딪치며 똑딱똑딱 소리를 냈다.

"자, 자정까지 얼마 안 남았습니다. 고은비 선수, 펀치를 좀 더 날려주시죠. 내일이면 운세가 바뀔 수 있으니까요. 역공 들어오면 우리가 불리합니다. 오지훈 선수 알고 보면 내공 장난 아니거든요!"

태우의 중계방송 말투에 다 같이 웃었고, 술자리는 유쾌한 수다로 이어졌다. 오랜만에 혈액을 흐르는 알코올은 지난 1년간 느끼거나 사용해본 적 없던 다양한 감정과 감각들을 되살려냈다. 아름다운 색깔과 향기로 가득한 꽃밭에 풀썩 몸을 던진 듯했다. 다양한 화제들, 피와 살을 가진 사람들과 나누는 다정함과 친밀감. 혼자 명상하며 지낼 때와는 다른 느낌의 행복감에 몸은 취해갔지만, 정신은 선명하게 날이 서 있었다. 그러다 급격히 피곤이 몰려왔다.

"와, 저기 좀 보세요!"

발그레하게 홍조 띤 은비가 외쳤다.

유리방 위로 보름달이 떠올라 있었다. 도심의 달은 눈이 부실 정도로 밝지 않았다. 크고 둥근 원반 모양의 달은 주황빛 색종이로 오려 붙인 동화 속 달처럼 뜬금없어 보였고 그래서 오히려, 환상적이었다.

"어제 소원 못 빌었는데! 아직 효력 있겠죠?"

은비가 일어나 유리문 쪽으로 갔고 두 남자가 따라 일어섰다. 잠금쇠를 풀고 문을 열자 차가운 밤공기가 피부로 스며들었다. 은비가 손을 모으며 눈을 감았다. 태우도 얼결에 눈을 감고 잠시 소원을 떠올렸다. 하늘을 올려다보는 지훈의 두 눈 가득 보름달이 들어왔다.

점퍼 주머니에 손을 찔러 넣고, 어슬렁어슬렁 걸었다. 술자리는
자정을 넘기고 끝났다. 화기애애했고, 의기투합했던 시간이었다. 은
비의 매니저가 그녀를 집으로 데려다주러 왔다. 자고 가라는 권유도
태워주겠다는 호의도 굳이 사양하며 태우는 다섯 정거장이나 떨어
진 부모님의 아파트까지 걸어가겠다고 호기롭게 거리로 나섰다. 몰
려왔던 피곤과 술기운마저 어느 사이엔가 사라져버린 지훈의 정신
은 더욱 또렷해졌다. 술병과 쓰레기를 치우고 빈 접시와 잔들을 설
거지하고 나서도 잠이 오지 않았다. 어둠에 잠긴 도시는 유리창 밖
에서 새벽을 기다리고 있었다. 뜨거운 물로 샤워를 하고 모든 블라
인드를 내리고 침대에 들어가 이불을 머리까지 올렸다. 마침내 잠이
쏟아졌다. 푹 자고 일어난 아침은 도시든 시골이든 개운했다. 수의
사와의 통화마저 좋은 소식이었다.

"가망 없으려나 했는데, 오늘 아침에 보니 기운을 좀 차렸더라고
요. 물도 좀 먹고, 마누라가 쒀 준 풀죽도 입에 대고."

심각한 내상은 괜한 걱정이었나 싶고, 연로한 수의사 부부가 고
맙고 괜히 미안한 마음까지 들었다.

골목 어귀 콩나물 국밥집은 여전히 맛있었다. 식당에서 나와 커
피 전문점으로 향했다. 오두막에서는 절대 맛볼 수 없는 도시의 매
력이지, 흡족한 미소가 절로 나왔다. 강변을 따라 식당도 많았고 제
법 맛이 괜찮은 집들도 있었지만, 차를 타고 가야 했다. 자연의 품
에 안길 수 있는 대신 그곳엔 몇 걸음으로 닿을 수 있는 식당과 상

점이 없었다. 아쉬울 것도 없다, 그것이 직접 텃밭을 가꾸고 밥을 짓는 오두막 생활의 느리고 소박한 매력이니까. 오랜만에 도시의 편리함을 즐기며 지훈은 생각했다. 카페모카의 생크림이 혀에서 감미롭게 녹았다. 커피를 목으로 넘기기도 전에 또 다른 각성이 그를 감미로움에서 떼어놓았다. 더 이상 커피를 마시지 못하는 에티오피아 어느 마을의 꿈과 현실이 천천히 몸으로 흘러드는 것을 느꼈고, 머리 위에 맴도는 먹구름처럼 짙어지는 탄소발자국 수치로 북극곰이 내디딜 발걸음이 줄어든다는 것도 떠올랐다. 그러나 예전처럼 슬픔만으로 이끌리지는 않았다. 도시의 일상에 들어선 스스로를 낯선 사람 보듯 약간은 흥미롭게 바라보았다. 그냥 이대로 서울 생활에 복귀해도 좋을 듯했다. 1년은 짧은 시간이 아니었다. 심지어 목표를 넘어 기대 이상의 결과를 얻었으니. 모든 게 다행이고 만족스러운 새로운 하루, 새로운 시작인 것만 같았다.

산책 삼아 골목을 한 바퀴 돌고 스튜디오로 향했다. 진행되고 있는 작업에 대해 태우와 이야기를 나눴다. 역시 중요한 거래처 몇은 빠져나갔고, 이제 돌아올 때도 됐다며 지훈의 귀환을 기다리거나, 태우에게 만족하고 계속 작업을 의뢰하거나 그러는 중이었다. 새로 인연을 맺은 곳들도 있었다. 가장 눈에 띄는 성과는 은비였다. 그녀의 매니지먼트사가 태우와의 작업에 만족해 하면서 이런저런 일들로 이어질 수 있는 연결 고리가 되고 있었다.

"근데 이 정도면 하산할 필요 없이 니가 나 먹여 살려도 되겠다."

"그럼 로테이션 어때? 나도 몇 년 하다가 나만의 세계를 좀 모색해보게. 그때는 형이 나 좀 먹여 살려주라!"

지훈의 반농담을 태우가 반농담으로 받았다.

"좋아, 작년에 니가 내 구원투수로 나서줬으니까! 근데 너한테 오두막 생활이 맞을까?"

"그건 형 스타일이고. 난 떠돌이가 될지도 몰라. 기회가 주어진다면……"

"기회야 만들면 되지. 정말 원하기만 하면……"

방향을 잃고 아득해지는 태우의 눈빛에 그는 말을 멈췄다. '내면에 원하는 것들이 서로 엉켜 있어 하나를 원할 때 다른 것과 부딪치곤 하지. 유년의 바람이 청년기의 바람과 부딪치기도 해. 가장 깊은 곳에 있는 하나를 찾아내 지켜가는 것 자체가 무언가를 성취하는 것보다 더 어려울 수도 있어. 우리는 먼 전생들이든 어린 시절이든 과거 어느 시기 혹은 순간의 꿈을 마침내 뒤늦게 살아내고 있는 건지도 몰라. 또 너와 나 모두의 꿈과 현실이 시공을 넘어 서로 겹치고 얽혀 있잖아. 부조리하고 복잡해 보이는 이 모두를 우리가 다 알기는 어려워. 그래도 무엇이든 원인과 결과가 있으니 가닥을 잡을 수는 있겠지. 하지만 그 일부를 파악하고 규정하는 순간엔 미처 보지 못한 나머지를 왜곡시켜 결국 진정한 의미에서 멀어지고 말지…… 대체 우리가 제대로 알고 할 수 있는 게 뭘까?' 단어나 언어의 형태를 갖추기도 전에 스쳐간 생각과 질문이었다. 생각의 속도가 빨라졌다. 아니, 단지 그것을 알아차리는 속도가 빨라졌다고 해야 하나. 지훈이 입을 열었을 때는, 이상과 적성 사이에서 여러 차례 방황했던 태우를 위해 좀 더 현실적인 말이 흘러나왔다.

"꼭 보도사진을 통해서만 니 꿈을 이룰 수 있는 건 아냐. 거친 현장이나 시사적인 문제를 다룬 사진만이 세상을 변화시키고 사회에 기여하는 건 아니잖아. 때론 이 일이 소비적이고 감각적인 문화에 휩쓸리거나 그것을 부추기는 측면이 있지. 그렇지만 이 분야의 사진이 없어질 게 아니라면 이곳을 건강하게 지키는 것도 중요한 일이야. 표피적인 거짓 미소, 포장된 우아함이 아닌 진정성 있는 하나의 얼굴, 한 장의 이미지로 동시대 사람들에게 새로운 감각이 주는 신선함과 즐거움, 또는 순간의 진실을 전달한다면 충분히 의미 있는 일이잖아."

태우가 어깨를 으쓱했다.

"지난 1년 동안 얻은 결실의 한 말씀?"

"그렇게 받아주면 고맙고! 나도 일을 시작할게. 우선 3분의 2는 니가 맡고 나는 1정도만 하는 걸로. 그리고 형식적이라도 우리 계약서는 하나 만들자. 물론 구원투수도 조건에 넣어서!"

"이젠 정식으로 형이 갑이고 내가 을인 거군!"

태우가 천천히 고개를 끄덕이며 말했고, 지훈이 덧붙였다.

"일단은……, 스튜디오 작업은 월화수로 몰아서 서울에 머물면서 할게."

"미팅이든 촬영이든 그렇게 정해놓고 스케줄을 맞출 수 있을까? 형 하고만 작업해야겠다는 데가 분명 있을 텐데, 무조건 월요일 출근 수요일 퇴근?"

태우가 반문했다.

"가능한 일정들은 맞춰보고, 정 어려울 경우엔 한 번 더 나오는 걸로!"

지훈이 한발 물러섰다.

"내 나머지 시간들은 오두막 생활의 연장에, 나머지는 새로운 프로젝트에 써보려고."

"그 블로그 사진들 말야? 구상과 비구상의 경계에서 부르는 숲의 노래!"

"듣고 보니 그럴 듯한데! 근데 그건 그냥 오두막 생활의 일부야."

"뭐가 더 있어?"

"작년에 서울 가끔씩 올 때 언뜻언뜻 떠오른 게 있었어. 한마디로 한다면……, 도시의 춤?"

"의욕과 열정이 넘치는걸! 혹시 심봤다? 형, 몰래 산삼 캐먹고 온 거지?"

웃음을 터뜨리는 그에게 태우가 덧붙였다.

"노래와 춤이라, 곧 댄스 가수로 데뷔하시겠군!"

춤과 노래를 정말 잘한다면 그것도 좋겠지, 유리방으로 향하는 계단을 오르며 지훈은 생각했다. 사진이든 무엇이든 고집할 이유가 내면에서 사라져 있었다. 아직 좋다고도 나쁘다고도 할 수 없었다. 하나의 형태에 대한 집착이 사라지고 순수한 열정의 빛이 강해진 것은 좋았다. 간혹 무기력하게 안개 속을 떠도는 듯한 상태가 문제였다. '하지만 잘 살펴보면 해결할 수 있을 거야.'

특별히 할 일이 있는 것도 아니었는데 뭔가에 발목이라도 잡힌 듯 그는 오두막으로 돌아가지 않았다.

*

과거의 마음도 현재의 마음도 미래의 마음도 얻을 수 없다.

금강경 구절이었다. 과거는 이미 지나갔으므로 잡을 수 없고, 현재는 그 정확한 시점을 찾으려는 찰나 이미 과거가 되어버리고, 미래는 아직 오지 않았으므로 잡을 수 없다. 마치 양자역학에서 입자와 파동의 전환처럼. 입자의 위치를 밝힐 수 있을 때 그 운동량을 알 수 없고, 운동량을 측정할 때 그 위치는 알 수 없는 것처럼.

늘 그렇지만은 않다는 어느 일본 과학자의 연구 결과도 있긴 했다. 불확정성의 세계에서 확정적인 순간을 짚어낼 수도 있다는 얘기는 과학적 진위를 떠나 흥미로웠다. 어쨌든 과거와 현재와 미래는 그 순간을 진정 살아냄으로써 있는 것이지 그것을 규정하려할 때 이미 놓치고 마는 것이다. 또한 삶은 제한된 양자의 세계를 넘어선다. 어둠이 깃드는 유리방, 지훈은 홀로 앉아 생각에 잠겨 있었다.

생각은 다시 경의 구절로 돌아갔다.

과거의 마음도 현재의 마음도 미래의 마음도 얻을 수 없다, 이것은 세 시점이 궁극에서는 하나임을 의미한다, 그것이 예시가 가능한 이유이며 또한 경에서는 시간을 예로 들었지만 세상의 다른 모든 것 또한 마찬가지다, 그는 스스로에게 말하고 있었다. 한 나무에 달린 수많은 나뭇잎이 서로 각각이되 하나의 뿌리를 가졌듯이 모든 마음과 마음은 가장 깊은 혹은 가장 미세한 차원에서 하나의 근원을 갖고 있다, 그러므로 각기 다른 생각 속에 있을 때조차 서로 연결의 가능태 속에 있다, 깊이 연결된 가족이나 친구 혹은 연인뿐만 아니라 편견이나 표피의 경계에 얽매이지 않는 순간 낯선 타인과도 마음이 통할 수 있는 이유가 바로 그것이다, 그는 오두막에서처럼 자신만의 생각에 골똘했다.

'그 꿈은 나의 현재의 마음이 미래의 마음을 통해서 보게 된 하나의 예시거나, 혹은 뻬마의 마음 상태가 지금 그러함을 나의 마음이 본 것이었어……'

이런저런 설명과 핑계로 외면하고 부인하려던 것이 마침내 표면으로 떠오른 듯했다.

'그녀가, 자신을 희생하려 한다!'

생각만으로도 온몸이 슬픔으로 떨리면서 눈물이 솟구쳤다. 비로소 깨달았다. 자신이 했던 생각들 중 과연 어느 것이 참이고 거짓인지 알 수 없으나, 이 슬픔과 떨림 그리고 흘러내리는 눈물은 부정할 수 없는 단순하고 명백한 사실임을. 그녀를 이토록 깊이 사랑하고 있었음을.

'무엇이 진실을 가리고 있었을까?'

깊은 회한이 밀려왔다.

육체적 욕망이나 어떤 원인에 의해 촉발되고 고무된 호르몬의 화학작용이 있을 뿐, 사랑은 없다고 여기던 시절이었다. 그것이 있다고 여겼어도 그 당시 어찌할 수 있었을까. 사진으로의 진로 변경, 불확실한 직업과 미래를 앞두고 있었다. 흔들리는 감정에 대해 섣부른 판단을 내릴 수 없었다. 애써 외면했다. 두려웠으리라. 그저 지나가는 감정이라면, 채워지고 난 후 증발해버릴 욕망이거나 곧 차갑게 식어버릴 열정이라면, 망명사회의 일원인 그녀를 두고 무책임하게 떠나버릴 여행객이 되고 만다면.

무엇보다 중요했던 것은, 6년 전 그때 시작했고 결국 오두막에서 마무리했던 그것이었다. 단 하나에만 마음을 쏟으려 했다. 긴 삶의 여정에서 천천히 자연스럽게 하는 것이 불가능한 일이라고 할 수는 없겠지만, 그때는 당장 그것만이 중요했다. 뒤로 미루고 사랑을 택했다면, 삶의 소용돌이 속에 결코 하지 못할 수도 있는 일이었다. 처음 2, 3년은 사랑의 매혹에 빠져서 그리고 이후에는 아이를 낳고 돈을 벌고 일상의 관성과 삶의 무게에 치여서. 끄덕끄덕, 지훈은 변명처럼 고개를 주억거렸다.

빼마 초모, 그 뜻을 알고 심지어 그들의 문자로 정확하고 반듯하게 글자를 쓸 수 있음에도, 지훈은 '연꽃 호수'라고 해야만 단어의 의미가 명확하게 다가오는 듯했다. 언제나 낯선, 현실이었다. 다람살라에 머물렀던 날들은 석 달하고 7일, 3월과 5월은 31일씩이니 99일이었다. 99, 상서로움에 이르기엔 부족한 숫자였던가. 그곳에 하루만 더 머물렀더라면, 동굴에서 100일 동안 마늘과 쑥을 먹고 곰에서 사람으로의 변신에 성공한 신화 속 민족의 조상, 기껏 기계에서 기계로의 변신인 트랜스포머 1, 2, 3보다 놀라운 변신을 이룬 곰의 기적처럼 무언가를 이루었을까. 다른 환경에 속한 둘 사이에 보이지 않으나 분명 존재했던 높은 산맥과 무수한 협곡들을 평평한 땅으로 변화시킬 수 있었을까. 대지로 변한 그것이 하나의 대륙만큼의 크기로 둘 사이에 다시 가로놓였다면, 멀고 먼 거리를 좁히고 좁혀 서로의 손을 뻗으면 닿을 100센티로, 서로의 입김이 닿을 100밀리로, 그리고 마침내 서로가 서로 속에 존재하는 하나의 몸으로……, 부질

없는 생각에 빠져들고 있는 스스로에 화들짝 놀랐다. 뺨을 적신 눈물이 아직 마르지도 않았는데.

그런데, 그녀는 정말 자신을 희생하려는 걸까? 지훈은 공황 상태에 빠져드는 자신을 바라보는 것 말고 할 수 있는 게 없었다. 그녀를 외면했다는 죄책감과 이루지 못한 사랑에 대한 회한과 함께.

그는 다음 날도 서울에 머물렀다. 오두막으로 돌아가면 결국 사랑을, 두 번 버리고 말 것이었다. 자신만의 완벽한 내면의 방에서, 무한히 확장되는 시공처럼 모든 것이 흩어지고 빛으로 가득한 상태에서, 강렬한 사랑도 깊은 회한도 사라지고 말 것이었다. 어제는 진실을 대면하기가 두려웠고, 오늘은 그것을 넘어서기가 망설여졌다. 낮에는 스튜디오에서 이런저런 일처리들을 했다. 그가 서울에 있는 것을 알고 지인들에게서 연락이 오기 시작했다. 일과 관련된 사람들, 동창들도 있었다. '우리 전시회, 생각만 해도 기분 업돼요!' 은비에게서도 문자 메시지가 왔다. 저녁에 유리방으로 올라와서 스마트폰을 껐다. 태우가 사다놓은 포도주를 따서 혼자 마시기 시작했다.

테이블 위에 떠 있는 그녀의 손. 길지도 짧지도 않은 가느다란 손가락을 가지런히 붙이고 비스듬히 내민. "만나서 반갑습니다." 독특한 억양의 영어가 그녀의 입술에서 흘러나왔고, 자력처럼 그의 손을 끌어당겼다. 한없이 천천히였는지, 덥석 잡았는지, 손을 들어올리기까지의 시간은 여전히 그에게 가늠되지 않았다. 손이 올라갔고 상대의 손을 그러쥐었다. 손가락 하나 움직이지 않는, 미동조차 없는 그녀의 손. 민망한 그의 손에서 슬쩍 힘이 빠졌고, 바람처럼 임무를 마치고 칼집으로 들어가는 단검처럼 그녀의 손은 악수를 끝냈다. 마주 닿았을 때의 미미한 감촉마저 없었다면 과연 악수를 했던 것인가 싶을 정도의 짧은 순간. 기억에 각인되어 이렇게 다시 생생하게 환기되자, 찰나가 아니라 영원과도 같은 긴 시간 동안 그녀와 악수를 나눴던 것처럼 느껴졌고 그는 슬픔에 젖었다.

충분히 많은 시간이 흐르고 충분히 멀리 떨어져 있는 지금에야, 사랑이라는 것을 인정하고 나서야, 이렇게 포도주 한 병을 비우고 나서야, 그녀의 이름을 떠올리는 것만으로도 몸의 또 다른 중심이 절정을 향해 날아오를 것만 같았다. 창문을 열고 차가운 밤공기를 깊이 들이마시고 내쉬기를 반복했다.

'그녀를 찾아야 해!'

다음 날 눈을 뜬 지훈의 머릿속에 처음 떠오른 생각이었다.

\*

콩나물 국밥집으로 걸어가는 지훈의 등 뒤에서 경적 소리가 들렸다.

"어이, 오 작가!"

갤러리를 하는 선배가 차창을 열고 손짓했다.

"웬일이세요?"

"오랜만에 만나는 인사가 웬일이 뭐야, 섭섭하게."

바람은 차고 배도 고팠다.

"아침 드셨어요?"

선배는 깔깔 웃었다.

"시간이 몇 신데! 애 유치원 데려다주고 운동하고 오는 길이야. 타! 굴국밥집 맛있게 하는 데 있어."

뭐라 말하려다 그냥 차에 올라탔다.

어제 저녁도 거른 탓인지 숟가락을 들자마자 한 그릇을 금세 비웠다. 국밥으로 따뜻해진 것과는 다른 열기가 몸에서 느껴졌다. 창문을 제대로 안 닫고 잠들어 감기에 걸린 모양이었다.

"한 그릇 더 먹을래?"

"배불러요. 용건이나 말씀하세요."

차에 타고 식사를 마칠 때까지도 선배는 아이 키우는 얘기와 새로 배운 필라테스와 헬스의 차이점에 대한 수다만 늘어놓고 있었다. 지훈은 그녀와의 만남이 우연이 아니라 볼일이 있어서 찾아온 것으로 보였다.

"하산하셨다고!"

밥알은 걸러내며 굴만 골라먹던 선배가 숟가락을 놓고 말했다.

"소문 한번 빠르네요. 더군다나 오보가."

"김 작가한테 직접 들은 얘긴데, 아니야?"

"아니, 뭐 3월부터 천천히요."

"오 작가님, 내일이 3월 1일이에요. 산속에서는 날짜 가는 것도 모르나봐!"

선배가 깔깔 웃으며 지훈을 봤다.

서울에 나온 지 벌써 사흘이나 지났군, 갑자기 마음이 급해졌다.

"서울하고 시골 반반 지낼 거 같아요."

"그러니까! 숲의 노래 말야."

비밀이라고 할걸 그랬군, 태우가 입이 가벼운 놈이 아닌데, 언제 나처럼 선배가 수완이 좋은 탓일 터였다.

"나 깜놀했잖아, 그런 사진을 찍고 있을 줄이야 누가 생각이나 했겠어! 역시 오지훈이 산으로 떠난 이유는? 멋졌어! 솔직히 이런 사진일 줄은 예상 못했지만, 크게 한 건 해올 거라고는 기대하고 있었지."

선배가 곧 현실적인 얼굴로 돌아왔다.

"자기가 그동안 찍었던 여배우들 사진하고 같이 해서 일단 기획전 한번 하자! 아이디어가 막 샘솟더라구. 전혀 다른 세계인 거 같지만 이게 맥락이 있어. 그지? 추상적인 숲의 느낌과 매혹적인 여배우들의 구체적 얼굴들 사이에……"

도시의 춤에 대해선 모르는 모양이었다.

"아직은, 개인적인 사진에 불과해요."

지훈이 분명하게 말하자, 선배가 바로 수긍했다.

"오케이, 알았어, 할 수 없지 뭐. 나도 무조건 들이댄 건 아니야, 봄 여름 가을 겨울이 다 담겨 있어서 일단 마무리가 된 거라고 생각했지. 좋아, 언제쯤 공개할 계획인데?"

"글쎄요, 구체적으로 생각해보지 않았어요. 그냥 시골 생활의 일환으로 시작했던 거고, 블로그에 올려보니 사람들 반응도 별로 없고 뭐."

"그 블로그에 사람들이 어떻게 알고 들어가 보겠어! 들어가도 누구 건지도 모르고 지나칠 수밖에 없겠더라구. 그 사진들은 크게 봐야 돼, 그렇잖아?"

크게 보고 싶기는 했다. 그러나 도시의 춤이 구체화된 후에 함께 시도해볼 생각이었다. 지훈에게서 말이 없자 선배가 다시 말했다.

"내가 느낀 건 말야, 깊은 휴식이었어. 도시인에게 나직히 들려주는 숲의 휘파람 같기도 하고. 근데 이미지의 추상성 때문에 작은 크기로는 대중적인 힘이 약해. 크게 걸어놓고 바라보면서 숲에 들어선 듯한 느낌을 끌어내는 게 답이야! 그지? 이렇게 하자, 오 작가! 숲의 노래가 마음속에서 정리되면 나한테 맡기는 걸로!"

그녀는 늘 그랬듯 빠르고 명쾌하게 자신만의 결론을 내렸다.

"다른 사람 주기 없기!"

한 손을 내밀었다. 미소와 함께 얇게 말아 올려진 입술 양끝 1.2센티, 매력적인 보조개는 서른을 훌쩍 넘기고도 여전했다. 자신의 매력을 활용할 줄 아는 선배에게 늘 당하고 만다는 생각에 그는 헛웃음이 나왔다.

"숲의 노래가 뭐가 좀 될 것 같아요?"

"내 감을 믿어봐!"

손을 마주 잡으라는 듯이 살짝 흔들어 보였지만 지훈은 잡지 않았다.

"그 손 잡기 전에 나도 조건이 있어요."

선배가 손을 내리며 눈을 동그랗게 떴다.

"와우, 오지훈 작가님! 말씀하시죠."

"여배우들 사진과 묶는 건 좀 아닌 거 같아요. 전체적인 컨셉은 나중에 다시 얘기하는 게 좋겠어요. 다른 갤러리에 우선해서 의논할게요. 근데 서두르지 않을래요. 이제는 떠밀리듯 작업하지 않으려고요. 각자의 호흡이나 리듬, 혹은 삶이나 일을 운용하는 궤도가 있잖아요. 예전에 스튜디오 작업하면서 그런 걸 잃어버렸던 것 같아요."

"음, 이젠 다시 찾았고! 좋아, 그렇게 합시다."

이익분배에 대한 계약 조건이라고 지레 짐작했던 선배가 오해를 풀며 고개를 끄덕이자, 지훈이 짓궂게 덧붙였다.

"하나 더 있는데……"

"또 뭐?"

선배의 얼굴에 다시 오해의 빛이 스쳤다. 그녀의 외모는 학창 시절 이상의 윤기와 성숙함으로 아름다웠지만, 생활과 비즈니스로 주름진 내면이 드러나고 있었다. 자연스런 미를 대신해 부단한 시술로 팽팽함을 자랑할 40대에는 마음속에 각질과 기미가 쌓이고 생각의 주름은 더욱 늘어갈지도 몰랐다. 담백하고 순수했던 시절이 그의 눈가를 스쳤다.

"다음에 얘기할게요. 김 작가하고 정식으로 의논해보고 나서."

괜한 말을 꺼냈다. 그녀를 찾아야 해, 마음이 다시 다급해졌다.

"뭔데, 나 뜸들이는 거 싫어하잖아. 어제 김 작가도 할 얘기 있는 것 같더니, 딴 얘기만 하고 말더라구. 가서 차 한잔 하면서 같이 얘기하자!"

'지금 이럴 때가 아닌데……' 하면서도 그는 다시 선배의 차에 올라 스튜디오로 향했다.

은비와의 술자리에서 오간 얘기 때문이었다.

*

"아까 우리가 무슨 얘기했었냐면 말야……, 티베트 알지?"

"알죠, 조금, 달라이 라마?"

은비가 자신 없어 하며 말꼬리를 내렸다.

바로 전까지 유쾌하게 어울렸던 지훈의 마음이 불편해졌지만, 태우는 눈치채지 못한 듯 말을 이었다.

"관심 없으면 당연히, 자세히는 모르지!"

태우가 간략히 설명해주자, 이야기는 의외의 방향으로 이어졌다.

"우리나라하고 비슷하네요! 근데 우리는 36년만에 끝났는데, 거기는 60년이 넘었다니. 얼마나 절망적이면 자기들 몸을!"

아직 20대 초반인 은비는 태우나 지훈보다 더 흥분했고, 감정이 입했다.

"국제기구나 다른 나라들이 도움을 줄 수는 없는 건가요?"

국내문제라고 우기는 중국의 입장과 경제적 이해관계에 얽혀 압력을 행사하기 어려운 국제정세에 대해 태우가 다시 설명했다.

"세상에, 남의 나라 가로채고 하는 말들도 완전 똑같네요. 일본도 우리가 자기네 일부라고 역사왜곡 했잖아요! 근데, 같은 처지였던 우리가 중국 눈치 보는 데는 또 제일이네요. 달라이 라마한테 비자도 안 주는 거의 유일한 나라?"

태우가 어깨를 으쓱했고, 은비가 한숨처럼 작게 내뱉었다.

"아, 쪽팔려!"

좌중은 잠시 우울해졌다.

"지금은 21세기니까, SNS로 다같이 중국에 메시지를 보내면 어떨까요?"

그녀의 말에 아무도 반응하지 않았다.

"전 세계가 분홍신을 신고 춤을 추는데 누군가 '다같이 멈춰라!'라고 소리치면 멈출 수 있을까?"

말없이 술잔을 기울이던 지훈이 스스로에게 묻듯 말했다. 넘치는 물자들은 소비와 욕망의 분홍신에 다름 아니었다. 한국에서 쓰는 모든 물품들이 O.E.M.을 비롯해 중국현지 공장에서 만들어지고 있었다. 메이드 인 차이나가 아닌 제품을 찾기 어려운 현실. 세 명의 옷깃을 뒤집어보면 거기에도, 저편에 있는 침대 위 이불, 그 아래 메트리스 한 모퉁이 상표를 보아도, 책장도, 신고 있는 실내화도, 은비가 들고 온 피자를 포장한 저 종이박스도, 어쩌면 피자 위에 뿌려진 소스에도, 손에 들고 있는 와인잔도. 그들이 앉아 있는 옥상을 리모델링하며 들어간 시멘트 안의 철골마저! 겨우 20년 사이에 벌어진 일이었다. 값싼 중국 노동력에 의존해 더 싸게, 더 많이, 더 자주, 소비하고 누리는 사이에 얽힌 이해관계 속에 당당하고 정의로운 말은 뒤로 숨어버렸다. 하지만 그 값은 점차 올라갈 것이고, 욕망의 대가는 어떤식으로든 치러질 수밖에 없다. 봄이면 불어오는 중국 황사의 중금속과 청명한 한반도의 가을마저 앗아가는 스모그 행렬, 대기에 퍼지는 이 기운은 이미 단순한 전조 이상이다.

"당연히 안 통하죠. 분홍신은 동화고, 다같이 멈춰라는 게임이니까!"

은비가 뿌루퉁하게 말하자, 태우가 피식 웃었다.

"뭐하시는 거예요?"

은비가 물었다.

지훈이 종이 위에 한글 철자를 쓰더니 그 밑에 낯선 문자를 적어 넣고 있었다.

"한글을 티베트 철자로 쓰면 이렇게 돼요."

가나다라마바사아자차카타파하

ཀ་ན་ད་ལ་མ་བ་ཟ་འ་ཏ་ཚ་ཁ་ཐ་ཕ་ཧ

은비가 신기한 듯이 들여다보았다.

"와, 예쁘다. 한글하고 완전히 다른 것 같으면서도 어딘가 비슷해 보여요. 언제 이런 걸 배우셨어요?"

"음, 전생에?"

"전생? 에이, 말해주세요. 어떻게 된 거예요?"

그가 빙긋 웃을 뿐 답하지 않았다.

"이 형하고 나하고, 우리가 인도에서 처음 만났거든. 내가 그때 강추했지, 다람살라에 꼭 한번 가보라고. 근데 거기 가서 글자까지 배운 거야!"

태우가 지훈의 눈치를 슬쩍 살피며 말했다.

"고등학교 선후배 아니셨어요?"

"그때는 서로 몰랐고, 여행 중에 우연히 만나 통성명하다 알게 됐지."

"멋져요, 인도에서의 우연한 만남! 인연이 깊네요."

얘기가 그렇게 되나? 지훈과 태우가 새삼 서로를 보았고, 눈이 마주치자 피식 웃었다.

"티베트 글자 좀 더 보여주세요!"

"다 잊어버렸어요……"

말하면서도, 그는 머릿속에 맴도는 단어를 써보았다.

པདྨ

"빼마, 연꽃을 뜻하죠, lotus."

"빼, 마. 연꽃!"

은비가 손가락으로 하나씩 글자를 짚으며 말했다.

"사람 이름이기도 하죠."

지훈의 말에 태우가 의미심장하게 그를 보았고, 은비도 호기심 어린 표정으로 물었다.

"여자 이름?"

"남자 이름이기도 해요. 불교에서는 중요한 상징이고요, 지혜를 뜻하는."

지훈이 아무렇지 않게 말하자, 은비가 다시 본래의 이야기로 돌아갔다.

"이렇게 멋진 글자까지 보고 나니까 정말 더 속상해요! 우리 뭔가 해봐요. 조금이라도 도울 수 있지 않을까요?"

그래서 나온 아이디어였다. 티베트와 티베트인들을 소개하고 공감대를 형성할 수 있는 방법에 대한 이야기가 오갔다. 국내에 거주하는 남녀 티베트인들을 섭외해서 그들의 모습을 화보처럼 사진에 담아보자고 했다. 스튜디오에서 모델처럼 헤어와 메이크업을 해서 그들의 모습을 우리 눈에 익숙한 방식으로 아름답게 보여줌으로써 그들의 존재감을 환기시켜보자는 것이었다. 중국에 있는 가족에게 불이익이 갈까 얼굴을 보이고 싶어하지 않을 경우에는, 더욱 진하고 과장된 메이크업으로 색다른 분위기를 연출할 수도 있을 거란 대안도 떠올랐다. 은비가 그들의 전통의상을 입거나 혹은 현대의 패션으로 티베트 젊은이와 포즈를 취하는 사진도 들어갈 것이었다. 분신한 100인의 사진을 인터넷에서 인쇄해 콜라주로 티베트 문자를 형상화한 작품을 만들어보자고도 했다. 말없이 있던 지훈이 평화라는 글자를 써서 보여줬다. 은비는 빼마라고 하자고 했다. 그 말에 지훈의 가슴 한쪽이 아렸다. 어쨌든 그들이 할 수 있는 일, 사진과 스튜디오 작업으로 전시회를 열기로 했다. 지훈도 점차 분위기에 동조하고 있었다. 태우는 이전부터 뭔가 해보고 싶은 마음이 있었던 듯 적극적이었고, 제안자였던 은비는 말할 것도 없었다. 티베트인들에게 중요한 항거의 날이었던 3월 10일을 기념해 매년 이런 작은 이벤트를 해나가자고도 했다. 물론 올해는 이미 늦었으니 5월쯤 전시회를 열 수 있도록 준비하고, 내년부터는 3월 10일에 맞추자고 했다. 다시 누군가가 덧붙였다. 우리가 일본 식민지에 항거했던 3.1절에 시작해서 티베트인의 민중 봉기 기념일인 3월 10일까지 열흘간 지속되는 전시회로 정착시켜보자고 했고, 손뼉을 쳤다.

열심히 설명을 마친 태우가 덧붙였다.

"이게 뭐 큰 도움은 안 되겠지만, 국내에 있는 티베트인들에게 관심을 기울이면 작은 위로와 힘이 되지 않을까 싶어요. 같은 아시아인으로서 의무감도 있고요."

지훈의 눈에는 이미 다른 생각을 하고 있는 선배의 얼굴이 보였다.

"이렇게 하자."

선배가 입을 열었다.

"솔직히 까놓고 말할게. 우리 신랑이 중국에 공장을 지었는데, 거기 내 이름이 얹혀져 있어. 나는 아트 말고 비즈니스엔 관심 없으니, 자세히는 몰라. 어쨌든 편의상 필요하다 해서 그렇게 됐어. 부부 일심동체라나 뭐라나 그러니 낸들 어떡해! 야하게 옷 빼입고 얼마 전에 거기 행사에도 다녀왔거든. 내가 뭐 그쪽 눈치 보고 싶지도 않고 그럴 필요까지도 없는 일이긴 하지만, 기왕이면 맘 편하게 가자. 내가 이건 책임지고 다른 갤러리 알아봐줄게. 우리보다 더 좋은 데로!"

선배가 단숨에 말을 마치고 보조개가 살짝 파인 매력적인 미소를 지어 보였다. 그러나 예상치 못한 일격을 맞은 듯 태우의 눈에 실망의 빛이 역력했다.

"김 작가! 더 좋은 데로 해준다니까 왜 그래?"

선배가 눈을 동그랗게 뜨며 태우를 보았다.

"알았어요, 이해해요."

태우의 어깨를 툭 치며 지훈이 대신 말했다. 선배의 갤러리 배경에는 남편의 경제력이 뒷받침되고 있다는 것을 알고 있었지만, 이런 일은 미처 생각지 못했다. 미열이 오르는 이마를 짚으며 성급했던 발설을 다시 후회했다.

"정보 없이 얘기한 우리가 잘못이지 뭐. 그리고 갑자기 만난 김에 생각을 털어놓은 거지, 추진된 계획이라고 할 것까지도 아니었어요, 아직은."

"이건 오 작가 조건이었잖아! 난 진심이야, 취지를 충분히 이해했고, 돕고 싶어! 괜한 말 아니라구. 고은비 씨가 합세하면 얘깃거리도 되고. 자기들 다른 갤러리 섭외쯤 문제 없는 거 알고 있다구. 나 빼지마! 물밑 작업 확실히 책임질 거야."

선배가 정색을 하며 단언했지만, 태우가 품은 실망감은 금세 가시지 않았다. 사소하게 넘길 만한 이 작은 벽이 현실의 높고 두터운 벽을 대변한다는 생각을 지훈도 떨치기 어려웠다. 공교롭게 됐지만, 도처에 있을 이러한 일은 이미 공교로움이 아닐 것이었다. 은비의 참여도 쉽지 않을 수 있었다. 태우의 실망이 컸던 것은 그래서였을 것이다. 또한 그들이 발을 담고 있는 상업사진 분야와 그 전시회의 간극이 그만큼 넓다는 것일 수도 있었다.

"보도사진이나 우리가 다른 쪽 분야였다면 손 닿는 곳에서 첫 번째 협력자를 발견하는 일이 좀 더 쉬웠겠지."

선배가 가고 나서 태우가 씁쓸하게 말했다.

"근데 태우야! 이거, 우리 진짜 추진하는 거냐?"

태우가 겸연쩍게 웃었다. 은비하고도 맨정신으로 의논해봐야 했다. 모두 함께 들떠 있었으니, 그 흥분과 아이디어는 단지 술기운이 만들어낸 신기루에 불과할 수 있다.

스튜디오로 지인들이 하나둘 찾아왔고, 오랜만에 만난 사람들과 수다와 일 얘기로 오후 내내 시간을 보냈다. 저녁에는 다른 팀과 연결돼 함께 어울려 클럽까지 갔다. 지훈이 오두막에 칩거하는 동안 전 세계 10억 이상이 보고 들었다는 싸이의 강남스타일이 강남 한복판의 클럽에서 울려 퍼졌다. 유행을 따라잡기라도 하듯 그는 곧바로 전염성 강한 흥겨운 리듬에 맞추어 말춤을 따라 추었다. 신이 난 젊은 남녀가 외치는 후렴구에도 목청을 보탰다. 오빠 강남스따일!

머릿속에 또렷이 자리하고 있는 하나의 생각과는 별개로 사람들과 일과 유희의 흐름 속에 몸을 맡기고 있었다. 감기로 막혀오는 코를 쿵쿵거리며, 서울에서 혼자만의 깊은 호흡을 유지하기란 쉽지 않다고 생각했다. 귀청을 울리는 음악과 비트에 맞춰 젊고 아름다운 아가씨들과 함께 춤추며, 자신만의 리듬을 따른다는 것 또한 쉽지 않다는 것을 떠올렸다. 여러 사람과 어울리는 도시 생활에서 자신의 궤도를 유지한다는 것이 정말 쉽지 않으리란 생각으로 마음 한 구석이 의기소침해졌다. '아니야, 자신만의 무엇이랄 것도 없어. 어떤 흐름 속에 있더라도 순간순간 깨어 있는 것이 중요해!' 아직은 힘이 더 필요했고, 오두막 생활이 더욱 소중하게 여겨졌다. 아침에 떠올랐던 생각도 이 맥주 거품처럼 사라지도록 놓아버려야 하는 게 아닐까……. 구석 자리에서 잠시 숨을 돌리던 그의 손을 누군가 잡았다. 현란한 조명 아래 스테이지로 끌려가면서는 질문도 답도 거품처럼 사라져갔다.

*

오두막으로 돌아가기 전에 고라니에게 먼저 들를 생각이었다.

"죽었어요. 이틀 전에."

수의사가 심상하게 말했다.

잘 묻어주었냐고 묻지 않았다. 늙은 수의사에게 인정 많은 젊은이에서 정신 나간 어린놈으로 재인식될 뿐, 달라질 게 없을 바에야. 수고하셨습니다, 안녕히 계십시오. 정중하게, 한편으로 진심을 담아 말하고 전화를 끊었다. 결국, 회복은 그저 막연한 기대에 불과했다. 은비가 생각났지만 연락하지 않았다.

　뜨거운 콩나물 국밥으로 속을 풀고, 약국에 들렀다. 나을 줄 알았던 감기가 심해지고 있었다. '고라니 소식 궁금요^^~ 많이 나왔나요?' 촉이 좋다는 은비의 문자였다. '슬픈 소식… 세상을 떠났어요.' 다시 문자가 왔다. '지금 어디 계세요?' '스튜디오 앞이요.' '잠깐 들르면, 차 한잔 주실 수 있어요?'

　토요일이라 어시스턴트는 출근하지 않았고, 태우는 이미 나가고 없었다. 커피를 내렸을 즈음 종이 박스를 든 은비가 들어섰다.

　"커피 향, 좋아요."

　그녀는 너무 바빠서 점심도 거르고, 이동하는 차 안에서 이제야 먹으려던 참이었는데 여기서 잠깐 먹어도 되겠냐고 물었다.

　"전 차 안에서 먹는 게 정말 싫어요. 그렇지만 지금은 함께 슬픔을 나누려고 온 거예요, 먹으러 온 게 아니라."

　물기 어린 눈으로 입안 가득 식은 피자를 우물거리며 말했고, 눈물방울이 아이라인을 넘어 흘러내리기 전에 냅킨으로 얼른 눌렀다. 울지도 웃지도 못할 애도식. 그는 재채기를 하며 크리넥스로 손을 뻗었고 콧물을 닦아내며 그녀의 앳된 얼굴을 보았다.

　"시간 날 때 잠깐씩 맘속으로 기도도 했는데, 빨리 나으라고."

　전시회 문제는 누구도 꺼내지 않았다. 그녀는 몹시 바쁜 일정 속에 움직이고 있었다.

　"전 너무 바쁜 게 좋기도 하지만 싫기도 해요. 정신없이 일에 끌려다니면 내가 누군지 다 없어져버리는 거 같아요. 상황이 요구하는 딴 사람이 돼 있는 거 같고. 어쩌면 고라니를 걱정하는 순간 내가 누군지 제대로 느낄 수 있었기 때문에 생각하고 기도하고 그랬나 봐요."

커피 한 모금을 마시고 그녀는 다시 화사한 미소를 되찾았다. 그녀와 마음을 나눈 것으로 지훈도 위로 삼았다. 오늘 밤 그녀가 어느 회식 자리에서 다른 초식동물의 갈비살을 씩씩하게 뜯고 있을 지라도.

서울을 뒤로 하고 미사리로 들어서면서 차의 속력을 높였다. 열이 높아져 있었다. 어두운 새벽길을 함께 했던, 낯선 동행이 떠올랐다. 신성한 생명의 내음을 서늘하게 뿜어내던, 위기와 고통 속에도 존재의 위엄을 잃지 않던, 고라니…… 수많은 죽음들 가운데 너무 미미한 죽음인가. 소박한 생존이 아니라 상대적 허기를 채우려는 욕망과 무지로 인간이 다른 종과 생명들을 이렇게나 가볍게 여긴 적은 역사 이래, 아니 선사시대에도 없었으리라. 자연스런 잡식동물의 경계를 넘어선 인간의 세상에서, 5천만 한국인을 위해 공장식 축사에 꼼짝없이 갇혀 살다가 구제역이나 조류독감이 돌면 수백 수천만의 생명들이 잔인한 생죽음을 당하는 세상에서, 북아메리카의 투명한 유리창에 매년 1억 마리의 새가 부딪쳐 죽는 세상에서……, 붓다가 전한 인간과 모든 생명을 똑같이 대하는 마음이 무엇인지에 대해 지난해 마침내 답을 얻었다고 자부했음에도 이 모든 상황이, 자신이 느꼈던 순간의 위안마저 슬프고 우스꽝스러워졌다. 붓다의 지혜와 하나가 되지 못한 채로, 미소 대신 경직된 입술로, '지금은 몸이 아파서 그래!' 핑계처럼 중얼거렸다.

지방도로에서 마을길로 우회전 하면서 습관처럼 창문을 열었다. 오두막을 짓느라 서울에서 오가던 때부터 춥거나 비가 와도 폐 깊숙이 공기를 들이마시곤 했다. 스스로에게 내린 축복 같은 은신처로, 현실에서 마법의 세계로, 혼탁함에서 청정한 빛의 세계로 들어서는 초입이었다. "에취!" 지금은 굴을 찾아드는 들짐승의 심정뿐, 기침과 함께 얼른 창문을 닫고 콧물을 훔쳤다. 마을회관 옆 슈퍼를 지나치며 뭔가 샀어야 했다는 생각이 스쳤지만 얼른 집에 가 눕고만 싶었다. 어차피 거기는 과자나 라면 말고는 달리 먹을 만한 걸 팔지도 않으니. 푸른 어둠으로 물드는 산속, 끄지 않고 나갔던 등불에 밝게 떠 있는 오두막을 보자 기운이 났다. 머릿속을 맴돌던 또 다른 의혹이 정체를 드러냈다. 액셀을 밟으며 언덕길을 서둘러 올라갔다.

인터넷을 켜야 했다. 확인해야 했다. 현재나 미래의 마음과 관련된 것이 아니라면, 이미 과거에 벌어진 일이라면! 뜨거운 불을 삼킨 듯 가슴이 타들어갔다. 몸이 떨려왔다. 감기로 인한 오한인지 막연했던 불안의 정체를 확인한 탓인지 구별할 수 없었다. 짙은 어둠 바닷속, 얼음장처럼 차갑고 거대한 파도에 휩쓸린 듯했다. 몸과 마음을 지켜주던 둑 하나가 허물어졌다. 가슴속 불길은 식지 않았고, 눈에서는 자꾸만 눈물이 흘러내렸다.

한밤중에 잠깐 눈을 떴다. 하늘에 별이 총총했다. 꿈을 꾼 후로, 첫 번째 일주일이 가고 있었다.

두
번
째
주

잠에 취해 깨었다 잠들었다를 반복했다. 어느 꿈에서는 푸른 숲에서 고라니가 껑충껑충 뛰놀기도 했다. 꿈도 없는 깊은 잠에 빠져들기도 했고, 온몸을 쑤시는 통증으로 끙끙 앓기도 했다. 사이사이 열이 내리고 정신을 차렸을 때 인터넷을 켜고 싶은 생각이 들기도 했지만 그만두었다. 아닐 거야, 라는 생각과 이미 벌어진 일이라면 지금 그것을 확인해 무엇하랴 싶었다. 비몽사몽, 귓가에 환청처럼 들려오는 소리. 부드럽고 낮게 속삭이는 여자의 음성, 친근한 느낌이었지만 누구인지도 내용도 알 수 없는. 깊은 동굴에서 울려나오듯 장중하게 웅얼거리는 티베트 승려들의 경 읽는 소리와도 달랐고, 또박또박 읽어주던 그녀의 티베트어 발음도 아니었다. 녹음 테이프를 뒤로 돌리는 듯 알아들을 수 없이 이어지는 말소리를 들으며 지훈은 실눈을 떴다. 아침인지 대낮인지 창은 눈부시게 밝았다. 가위에 눌린 몸은 저항하지 않고 그대로 다시 잠에 빠져들었다.

*

"토요일에는 경전 공부를 하면 어떨까요?"

그녀의 반듯한 이마에 옅은 주름이 잡혔다.

"경전이라뇨?"

지훈의 티베트어 실력으로는 말도 안 되는 소리였다. 그는 고집했다. 한글과 한문으로 이미 내용을 알고 있는 짧은 경전 하나를 본다면 아직 낯설기만 한 문자에 친숙해질 것만 같았다. 월요일부터 토요일까지 이어지는 수업 관행이 조금 지루하기도 했다. 토요일 수업을 그만두자고 하면 주 6회에 2천 루피로 약속된 수업료를 그녀가 조정할지도 몰랐다. 내심 그녀를 위해 내놓은 제안이었다. 수업이 없다면 토요일에는 그녀를 못 볼 테고, 마음 깊은 곳에서는 분명그것 역시 원치 않고 있었다.

"난 한문 『반야심경』이 정말 탁월한 번역이 아닐까 생각해왔어요. 공사상의 핵심이 제목을 포함해 단 270자 안에 담긴 간결하고아름다운 시라고 할 수 있죠. 티베트어로도 한번 보고 싶어요."

"산스크리트에서 직접 번역한 티베트본이 가장 정확할 거예요! 경전은 오류없이 정확해야 진정 아름답다고 할 수 있죠!"

같은 소리글자인 산스크리트에서 티베트글로의 번역이 뜻글자인한문보다 원본에 더 가까우리라는 말은 당연해 보였다. 어쩌면, 중국어 번역본을 칭찬하는 말에 그녀의 기분이 조금 언짢아졌을지도몰랐다. 티베트어를 배운지 한 달째. 자음 30자와 모음 4자, 그리고 조금은 복잡한 철자의 조합을 익히고 나서, 이제 겨우 '내 이름은 지훈입니다, 나는 한국인입니다' 정도를 배웠을 때였다. 생전 처음 보는 문자임에도 빠르게 철자를 익히고 문법을 배울 수 있게 된 것에 신기해했고, 의기양양해했다. 그녀는 대학 시절에 아르바이트로 가르쳤던 어느 오스트리아 남학생의 놀라운 실력에 비하면 평범한 수준이라고 단언함으로써 지훈의 콧대를 가볍게 꺾었다. 붓다가 첫 설법을 했던 사르나트에 있는 대학교에서 언어와 문화를 전공했던 그녀의 학창 시절과 여름방학 동안 그곳에 머물렀다는 서양의 어느 금발 청년이 떠올랐다. '쳇, 그 녀석은 전생에 분명 티베트인이었을 테지!' 지훈은 더 열심히 티베트어를 공부했다.

결국 티베트어 『반야심경』을 수업 전 노트에 미리 옮겨 적는 예습을 하면, 그녀가 경을 읽어주고 단어의 뜻을 알려주는 수업을 시작했다.

"나도 자세한 뜻은 몰라요!"

그녀는 매번 조금 날카로워져 있었다. 단순히 문맥에 대한 질문을 할 때조차 그랬다. 경전의 글귀에 해당하는 영어 단어를 알려주는 이상은 하지 않았다. 19년의 경전 공부가 선행되는 승려들에게나 가능한 일이라는 게 그녀의 생각이었다. 깊은 의미를 제대로 이해하지 못하면서 함부로 설명할 수 없다는 티베트인의 조심성과 겸손 그리고 경전에 대한 존경심. 그는 어쩔 수 없이 한문 반야심경을 기억 속에서 되살려 티베트 문자 밑에 적어가면서 의미와 문맥을 파악해나갔다. 그곳에서 구입한 작은 구형 카세트 녹음기를 작동시켜 그녀가 읽어주는 경을 녹음했고, 발음을 눈과 귀로 익히려 애썼다. 그녀의 음성을 반복해서 듣게 된 셈이었다.

두 번째 수업을 준비하면서 티영사전을 펼쳤던 지훈은 '챈니'라는 단어의 음절 조합과 의미에 매혹되었다. 이름의 높임말을 뜻하기도 하고 밤을 뜻하기도 하는 챈과 그 자체를 뜻하는 니의 결합. 어둡고 깊은 미지의 밤 그 자체, 무언가를 일컫는 이름 그 자체가 '1.근원적 혹은 자연적 특성 2.논리학, 논리토론, 불교철학'이란 두 가지 사전적 의미로 치환되어 있었다. 가장 신비롭고 매혹적인 누군가의 이름을 부르듯 그는 챈니를 몇 번이고 나직이 발음해보았다. 발음과 발음 사이 혀끝에서 심연의 밤에 잠긴 세계가 마침내 이름을 갖추고 불려나와 그 근원적 특성을 드러내며 스스로 논리를 형성하고 치열하고 정밀한 토론을 거친 후 다시 정체를 알 수 없는 이름만으로 남았다가 곧 멀고 깊은 어둠 속으로 자취를 감추는 듯했다.

이 단어가 한문 『반야심경』에 누락되어 있다는 것을 그는 곧 깨달았다. '불생불멸' 바로 앞에 나왔어야 할 구절 '챈니 메빠(챈니 없음)'. 이것을 뺀 것은 운율을 맞추기 위해서였을까, 인도로의 고된 순례길에서 중국으로 돌아온 삼장법사의 번역 실수였을까, 아니면 산스크리트 원본에 다른 종류가 있었던 걸까.

수학적이고 논리적인 사고에 뛰어났던 인도의 정통 불교를 받아들인 티베트 승려가 거쳐야 하는 논리토론이 바로 챈니였고, 그 중요성을 입증하듯 챈니대학이 다람살라의 중심에 있었다. 무슨 까닭에선가 먼 동쪽 나라로 갔던 한 인도 승려에 의해 시작된 중국의 선불교와 그것을 환영한 한국의 선불교에서는 그 구절이 그리 중요해 보이지 않았을지도. 어쩌면 동북아시아의 선승들은 추상적인 화두의 지름길에 매혹되었을지도. 그것이 붓다의 마음에 도달하는 하나의 방법일 수는 있겠지만 한국의 주요 불교 전통이 돼버린 것이 지훈은 못내 미심쩍고 씁쓸했다. 그날 느꼈던 커다란 매혹도 씁쓸함도 그녀에게는 말하지 않았다. 영어로 쉽게 전달할 자신도 없었다.

한 달만에 티베트어 『반야심경』을 읽고 외울 수 있게 되자, 약간의 욕심이 생겼다. 다른 경전도 해보고 싶었다. 긴 경전이라 사전을 찾거나 외울 엄두는 낼 수 없었다. 티베트어로 사경하고, 한국어 번역본에서 순서대로 해당 구절을 찾아 뜻을 옮겨 적는 것이 할 수 있는 전부였다. 이번에는 그녀가 쉽게 수락했다. 녹음할 수 있도록 경전을 읽어주고, 그가 사경한 것을 한번 훑어봐주면 되었다. 모든 불교 행사에 독송되어 한국인에게 친숙한 것이 '챈니'가 누락된 한문 『반야심경』이듯, 지혜와 함께 자비의 실천을 새의 양 날개에 비유하는 티베트인에게 익숙한 것이 그 경전이었다. 그녀는 때로 매우 집중했고 의미를 마음에 되새기는 듯했다. 그럴 때면 그녀의 음색이 더욱 깊어졌다.

낯선 세계 환상의 시간 속으로 들어선 듯 갑자기 엄지 손톱만한 우박이 쏟아져 처마 밑으로 뛰어들게 했다가 해가 쨍한 날도 있었고, 창밖으로 비가 쏟아지다 어느새 멈추고 쌍무지개가 뜨기도 했다. 검지 손가락으로 닿을 듯 말 듯 그녀의 어깨를 슬쩍 밀었다. 창으로 향하는 그의 손가락을 따라 그녀의 시선이 무지개로 옮겨지면서 입으로는 계속 경을 읽었다. 붉은 입술에 보일 듯 말 듯 미소가 어렸고, 페이지를 넘기면서 그에게로 잠깐 시선을 던졌다. 검푸른 빛으로 고요히 빛나던 그녀의 눈동자…….

꿈결처럼 지나간 날들을 떠올리며 벽에 기대앉았다. 온몸을 강타

했던 감기 기운은 물러났으나 먹은 것 없이 앓은 탓에 기운이 없고 목도 말랐다. 침대에서 나와 꿀물을 타 마셨다. 힘이 좀 나자 그리움이 사무쳤다. 다람살라에서의 날들이 어제 일처럼 다시 떠올랐다.

게스트하우스의 넓은 방은 벽 두 면이 유리로 되어 있었다. 북쪽 창 바로 앞은 침엽수 숲이었고, 그 너머로 설산이 보였다. 눈 덮인 봉우리가 아침 햇살에 장엄하고 신비롭게 빛났다. 숲에서는 새들이 노래했다. '인도의 새들은 멜로디를 아는군!' 매일 아침 감탄했다. 단순한 우짖음의 반복이 아니라 곡조가 있는 듯 아름다운 소리. 쌍무지개를 보았던 날은 한밤중에 깨어 발코니로 나갔다. 어둠을 시원하게 밝히는 둥근 달을 한참동안 올려다보았다. 6월 초 그곳을 떠나던 마지막 토요일까지 그녀는 조용하고 차분한 음성으로, 분명한 발음으로, 유려하게 경을 읽었다. 책장 넘기는 소리, 작은 기침소리, 한 모금 차 마시는 소리가 함께 녹음되었다. 간혹 일정한 톤이 되어 기계적으로 읊조릴 때는 그녀가 지루해하고 있다는 것을 알 수 있었지만, 모른 척하며 그녀가 읽고 넘겨주는 낱장의 경전들을 들여다보았다. 주중의 수업 시간에는 농담도 하고 웃기도 했지만 경전을 읽을 때는 둘 다 조금은 경건했다. 때론 피곤에 지친 그녀의 목소리가 안으로 잠겨들었다. 그녀의 고단한 일상에 가슴 한쪽이 시려왔지만 역시 모른 척하며 더운 찻물을 부어줄 뿐이었다.

책장 깊숙한 곳에서 찾아낸 〈입보리행론 / 빼마 독송〉. 녹음을 다 채우지 못했던 테이프를 손에 들고 바라보았다. 카세트는 떠나기 전 그녀에게 주었고, 오두막에는 시디플레이어 밖에 없었다. 더운 물로 샤워하고, 주방에서 간신히 라면 하나를 찾아내 끓여 먹었다.

백 번째 희생이 있었던 2월 13일부터 19일까지 다섯 명, 그리고 지훈이 서울에 머물렀던 지난주에만도 세 명의 희생이 더 있었다. 모두 남자였다. '알려지지' 않은 희생의 가능성을 배제할 수는 없지만, 그녀가 거기 포함되었다고는 생각하지 않기로 했다. '두려움이 낳은 급작스런 기우였던 거야. 그녀는 살아 있어!' 부정하려 애썼던, 처음의 직감과 판단이 차라리 나았다. 그녀가 스스로를 희생할 마음을 품고 있다는 것이 이미 실행에 옮겨졌다는 가정에 비하면 얼마나 희망적인가. '생각이란 바뀔 수도 있고, 실행으로 옮겨지지 않을 수도 있는 거니까.' 두려움을 희망으로 바꾸며 생각했다. 현실의 어떤 장면보다도 강렬했던 그 꿈. 그녀의 생각이 그만큼 강하다는 뜻일까? 그렇다면 실행에 옮겨질 가능성도 높으리라, 밀려드는 두려움으로 숨이 막힐 듯했으나 마음을 가라앉혔다. 오래된 이메일함에서 두 개의 주소를 찾아냈다. 그녀에게, 이어 체링에게 안부를 묻는 메일을 보냈다. 두 번째 메일을 다 쓰기도 전에 그녀에게 보낸 메일이 되돌아왔다. 폐쇄된 주소. 예상못한 일은 아니었다. 6년 전 것을 여전히 사용하란 법은 없으니. 그녀가 취직했던 자원 봉사단체의 이름이 비슷하게나마 떠올랐다. 영어로 된 명칭과 홈페이지를 인터넷에서 쉽게 찾아냈다. 연락처를 문의하는 메일 한 통을 보냈다.

'바뀐 메일 주소를 금방 알아낼 수 있을 거야.'

옷을 챙겨 입고 나가 마당을 거닐었다. 나뭇가지들에 봄소식이 전해지고 있을 터였지만 작은 새싹조차 보이지 않았다. 다음 달이면 분홍빛의 큰 꽃을 먼저 피우고 이어 진록의 잎이 자라 시원한 그늘을 내어줄, 아직 빈 가지 뿐인 자목련 아래 통나무 의자에 걸터앉았다.

그녀와 메일을 주고받았던 것은 단 한 차례, 그가 보낸 건 두 번이었다.

그곳을 떠나 델리에 도착한 날 아침, 5개월여의 인도 여행을 마치고 집으로 돌아간다는 기쁨 대신 마음을 차지한 알 수 없는 공허를 티베트 빵 발렙과 인도 차 짜이 한잔으로 채우고 나서, 이메일을 띄웠다. '하이! 난 델리에 잘 도착했어요. 자다가 깨니 사람들이 버스에서 내리더군요. 바로 티베탄 콜로니 앞이었죠. 터미널까지 안 가고, 나도 얼른 따라 내렸어요. 덕분에 아침 식사로 발렙을 한 번 더 먹는 행운을 누렸죠. 델리에 머물지 않고 오늘 밤 바로 서울로 갈 수 있게 됐어요. 여기 여행사를 통해 좌석을 구했어요. 아주 작은 티베트인 거류지인데도 모든 것이 다 있네요. 초소형 다람살라 같아요. 선량하고 유쾌한 사람들도 그렇고요.. 하지만 거기서 매일 보던 설산 봉우리를 볼 수 없으니.. 벌써 그리워지네요.. 콜로니 뒤편으로 흐르는 야무나 강가를 산책하며 마음을 달랬어요. 나의 선생님, 성실한 학생 한 명을 잃은 슬픔에 너무 깊이 빠져 있는 건 아니겠죠? 서울에 도착해서 또 연락할게요. 그럼.. 항상 건강하고, 행복과 행운이 함께 하길.' 저녁에 공항으로 출발하기 전 그녀의 답장을 확인할 수 있었다. '하이! 델리에 잘 도착했군요. 한국까지 먼 길 무사히 가길 바래요. 당신도 행복하길 기도할게요.' 형식적인 인사말로 보이는 간단한 답장이었다. 떠나는 버스에 오를 때 카닥을 걸어주며 배웅하던 그녀의 눈망울에 담겨 있던 그 깊은 슬픔과 복잡한 감정들은 모두 증발해버린 듯이. 서울에 도착한 다음에 보냈던 두 번째 메일에는 아예 답장이 없었다. 그곳에 PC방은 많았지만 전력 상황이 나빠 하루에도 몇 번씩 전기가 나가는 일이 빈번했으므로 이메일을 바로 확인하기 어려울 수도 있었다. 사무실 컴퓨터로는 주중의 업무 시간에 사적인 메일을 보내지 않는 것일 수도 있었다. 주말쯤엔 답장이 오리라 기대했다. 답은 없었고, 복잡한 서울의 삶으로 돌아온 즉시 지훈의 머릿속에서도 다람살라는 빠르게 사라지고 있었다. 눈앞에 펼쳐진 것들에 집중했고 뒤돌아보지 않았다. 헤어질 때 보았던 혹은 보았다고 여겼던 감정의 가닥은 이별이라는 특별한 상황이 증폭시키고 과장한 것이라 여기며 지워버렸다.

사진을 찍으며 그 후에도 많은 사람들을 보았지만 그렇게 복잡하면서도 깊고 맑은 눈동자는 본 적이 없다. 다시 생생히 떠오르는 그녀의 눈동자, 거기 담긴 이야기 속으로, 6년 전으로, 지훈은 한 걸음씩 다가갔다. 블랙홀과 화이트홀 그리고 웜홀이 멀고 먼 우주나 수학에만 있는 것이 아니라 바로 여기에도 있는 듯, 지워지고 사라졌던 날들이 그의 마음속에 다시 펼쳐졌다.

*

요가, 명상, 불교공부, 무료 영어강습, 인도 요리, 티베트 요리, 전통 마사지, 망명사회를 위한 자원봉사 활동, 트리운드 마운틴과 인근 산악지대로의 하이킹 등 다람살라에서 시간을 보낼 방법들이 3일, 일주일, 혹은 한 달 코스로 다양하게 나와 있는 전단지를 넘기던 지훈이 선택한 것은 '티베트어 배우기'였다. 카메라가 있었다면 여가 시간에 당연히 사진을 찍으러 다녔겠지만.

델리에서 카메라를 잃어버렸다.

목에 걸고 있거나 아니면 오른쪽 손목에 감아쥐고 있던 것인데, 대체 어찌 된 일인지 알 수 없었다. 숨이 턱에 차도록 뛰었지만, 택시를 따라잡을 수는 없는 일이었다. 헉헉대며 등에서 배낭을 내리고 길가에 주저앉았다. 카메라를 잃어버렸다니, 실감이 나지 않았다. 흔들리는 오토릭샤를 탔더라면 몸에서 떼어놓았을 리 없었을 텐데, 편안한 택시였기 때문에 방심하고 잠시 풀어놓았을지도 몰랐다. 어쨌든 이해할 수 없었다. 사소한 물건도 잊어버리거나 흘리고 다닌 적이 없는데 아끼는 카메라를, 더군다나 조심해야 한다는 것을 이미 터득한 인도에서 차에 두고 내리다니.

커다란 배낭을 다시 둘러메고 일어섰다. 터덜터덜 목적 없는 걸음을 옮기다 보니 맥도널드가 눈에 들어왔다. 잊고 있던 인스턴트 햄버거 맛이 생각나면서 입맛이 당겼다.

"하이!"

옆자리의 동양 남자가 영어로 인사를 했다. 자신의 카메라를 향한 지훈의 시선 때문이었다.

"하이! 미안해요. 방금 카메라를 잃어버려서 나도 모르게 보고 있었어요."

지훈이 겸연쩍게 말하고 햄버거를 베어 물었다. 기분 탓인지 아무 맛도 나지 않았다.

"안됐네요. 같은 캐논이었나요?"

"아니요. 라이카, M6……"

"이런, 대형 사고네요! 설마 클래식?"

"그래요, M6 클래식."

그가 쓸쓸하게 대꾸했다.

"오 마이 갓! 구하기 쉽지 않을 텐데……"

영어로 주고받던 태우가 뒷말을 한국말로 해놓고는 씩 웃으며 손을 내밀었다.

"안녕하세요, 김태웁니다."

'짜식, 진작 말하지.' 태우의 영어 발음으로 국적 판단이 애매했던 지훈이 씩 웃으며 그의 손을 잡았다.

그날 둘은 여행자들의 거리인 파하르간즈에 숙소를 구하고 가까운 한국식당으로 향했다. 춘장이 섞여 거무스름한 된장찌개를 먹으며, 황당하고 재미있었던 인도 경험담들을 배틀식으로 늘어놓았다. 실랑이를 거쳐야만 하는 뻔한 바가지 요금들에 대해, 거스름 돈을 계산대 밑이나 손바닥에 감추었다가 항의를 받고 나서야 깜박했다는 듯 씩 웃으며 내주는 식당 주인의 태연한 얼굴과 때 묻은 행주로 접시를 문지르며 하얀 이빨을 드러내고 미소짓는 선량한 종업원의 때 낀 손톱에 대해, 기찻길 가에 언덕처럼 쌓인 쓰레기 더미와 그 사이에서 엉덩이를 내놓고 볼일을 보는 아이들에 대해, 어디서든 나타나 손을 내미는 걸인들에 대해. 주고받는 한국말 속에 점점 목소리도 높아지다가 서로 눈이 마주치며 머쓱하게 웃었다. "그러면서도 왜 우린 인도 여행을 하는 거지?" "불평을 한 방에 날려버리는 뭔가가 있잖아!" 대화는 슬그머니 칭찬모드로 전환되었고, 거대한 유적지들에 대한 이야기로 옮겨갔다. 지훈은 타지마할에서 느꼈던 아름다움과 슬픔이 다시 떠올랐다. 티베트 망명정부가 있는 다람살라를 꼭 가볼 곳으로 추천하는 태우에게, 보드가야의 보리수 근처에서 보았던 붉은 승복의 티베트 승려들이 매우 인상적이었다고만 답했다. 자리를 옮겨 야외 테라스에서 맥주를 마셨다. 2월 말 델리의 밤은 아직 선선했고, 그들은 사진이라는 공통분모와 불확실한 미래에 대해 주고받을 이야기가 많은 20대 젊은이들이었다.

태우는 원래 꿈이었던 사진 전공으로 뉴욕 유학을 떠났으나 자신이 정말 찍고 싶어하는 게 무엇인지에 대한 고민이 깊어졌다. 두 번째 방황의 시기였고, 도망치듯 인도로 향했다고 털어놓았다. 조각을 전공했던 지훈은 사진에 끌리고 있었다. 조각이 세상에 없던 무언가를 자신의 두 손으로 창조해내는 일인 듯했다면, 사진은 눈에 보이는 사물과 세상 속에서 보이지 않는 진실을 발견하거나 새롭게 제시하는 작업이었다. 더군다나 사진은 손가락을 맞부딪혀 딱소리가 나는 것보다 훨씬 짧은 찰나, 60분의 1초, 125분의 1초라는 한순간, 셔터가 열리고 닫히며 필름에 닿은 빛의 흔적과 그 투영이라는 점이 새삼 흥미로웠다. 장식장 속에 잠들어 있던 아버지의 카메라는 어린 시절부터 늘 보던 것인데, 뒤늦게야 사진의 매력을 느꼈다. "어느 날부턴가, 나무를 깎아서 뭘 만들기보다 그냥 땅에 서 있는 나무를 보는 게 더 좋더라구!" "사진은 이거 하나로도 되니까 괜히 힘들여 조각하기 싫어진 거 아냐!" 셔터 누르듯 까딱이는 태우의 손가락과 농담에 지훈의 진지했던 얼굴이 풀리며 웃음이 터졌다. 어쨌든 인도 여행은 하나를 버리고 하나를 택하기 위한 시간이었다. 며칠 전 한국에서는 대학교 졸업식이 있었지만 그는 부친에게 양해를 구하고 여행을 계속하던 중이었다.

인도에는 세상의 모든 것이 있는 듯했다. 눈에 보이는 최상의 호화로움과 최하의 비참함뿐 아니라 다양한 종교와 수많은 종류의 신들까지. 갠지스 강의 모래알만큼 많은 숫자의 강들이 있고 다시 그 강들의 모래알만큼 많은 세계들이라든지, 겁을 넘어 아승지 겁까지, 헤아릴 수 없이 엄청난 수와 시간 단위를 갖는 비유들에는 절대적이 아닌 상대적으로 표현되는 현명함도 갖추고 있었다. 상상 속에 펼쳐진 것으로 보였던 인도의 놀라운 수치들은 이제 현대 과학에서 현실로 다뤄지고 있었다. 물리학의 나노미터 단위 미시 세계에서든 천문학의 헤아릴 수 없이 많은 은하들과 수억 광년을 넘는 거대 우주 범위에서든. 또한 그들이 처음 만들어 제시한 0의 개념처럼 인도는 놀랍고 버거운 그 모든 것을 흡수해 무화하면서, 동시에 다시 화려하게 펼쳐놓는 듯했다.

'가야 할 길을 미리 알고 계획해야만 하는 건 아냐. 발길이 멈춘 곳에서 일단 주어진 일을 하다 보면 거기서 또 다른 길이 열릴 거야.' 태우의 고민과 방황쯤은 인도가 가뿐히 흡수해버리기라도 한 듯이 여행을 마칠 즈음엔 다시 열정으로 가득했다. 그러나 지훈은 카메라와 함께 여행의 의미마저 잃어버렸다. '이것이 어떤 의미일 수도 있을까, 단순한 사고일까…… 두 달이나 인도를 헤매고 다녔어, 그만 한국으로 돌아갈 때가 된 거야. 결국엔 미련 없이 조각을 떠나 사진을 택할 거잖아. 근데 이 아쉬움은 뭐지, 남인도로 내려가 2월의 푸른 바다에 풍덩 뛰어들어 아라비아 해와 인도양을 한꺼번에 맛보고 떠날까. 한반도 삼면을 둘러싼 동해, 서해, 태평양 어디든 짠 바닷물 맛이야 다 마찬가지겠지만……' 지훈은 비좁은 호텔 방에 누워 이런저런 생각에 잠겼다.

"형!"

태우가 맞은편 침대에서 불렀다. 만난 지 겨우 열두 시간도 안 됐으나 같은 고교 출신이란 것을 알게 된 순간부터 스스럼없이 형이라 부르고 있었다.

"라이카 잃어버린 김에……, 필름 대신 디지털을 시도해보는 건 어때?"

태우가 카메라를 들고 와 지훈의 침대에 걸터앉았다. 그의 카메라는 묵직해 보이는 전문가용임에도 생각보다 가벼웠고, 편리하고 다양한 기능이 갖춰져 있었다.

"원래 캐논이란 이름이 한자 볼 '관'에 소리 '음'의 일본어 발음, 관음보살에서 유래했다는 거 알고 있니?"

"관음보살?"

"관세음보살이라고도 하지. 고통에 찬 세상의 소리를 보고 도움을 준다는 자비로운 보살 말야."

"그런 깊은 뜻이? 근데 왜 소리를 듣는다고 안 하고 본다고 하지?"

"표피적으로 듣거나 읽는 것을 넘어 완전히 통찰할 때, 불교에서는 본다는 표현을 쓰거든. 세상의 소리를 보다, 시적인 표현이지!"

'역시 심미적인 사진보다는 고통에 찬 현장을 담아내 세상을 바꾸는 일을 해야 하는 걸까?' 다시 일렁이는 파문을 잠재우기라도 하려는 듯 배낭을 뒤적이며 짐을 정리하던 태우가 소형 디지털 카메라를 꺼내들었다.

"여분으로 챙겨온 똑딱인데, 빈손으로 다니는 것보다는 나을 거야. 이것도 캐논, 작은 관음보살 잘 모셨다 나중에 돌려줘. 비싼 건 아니지만 나름 추억이 있거든."

카메라를 받아 살피는 사이, 태우가 이번엔 배낭에서 책 한 권을 찾아냈다.

"어쩌면, 여긴 진짜 관세음보살일지도 몰라."

책의 표지 전체에 미소 짓는 달라이 라마의 얼굴이 담겨 있었다.

"가이드북 말고 배낭에 챙겨 온 유일한 책이야. 유학 가기 전에 토론토에 있는 숙부집에 어학연수 겸해서 한 학기 정도 있었거든. 그때 마침 달라이 라마 법회가 있었어. 뭐랬더라, 시간의 수레바퀴? 불교도 모르고, 영어도 서툴고, 그냥 구경 삼아 가본 거지. 중국에 점령당한 티베트의 지도자라는 정치사회적인 관심은 좀 있었고. 비폭력, 평화, 자비, 뭐 그런 태도로 일관하는 분이잖아. 사실 반발심이 좀 있었어. 근데 설명하기 어려운, 굉장히 좋은 인상을 받은 거야. 강렬한 카리스마도 그렇고. 어쨌든 오래전에 뉴욕에서 강연한 내용인데, 우리나라에도 출간이 됐더라고. 다 이해하지도 못하겠고, 실천할 수도 없지만 솔직히 어떤 동경심은 생기더라. 분노를 사랑으로, 교만을 겸손으로, 이기심을 자비심으로 바꾸는 마음수련법! 표지의 말이 폼나지? 폼으로 들고온 건 아닌데……, 왠지 형한테 더 어울릴 거 같다."

구구절절한 설명 끝에 건네준 책이 소형 카메라를 들고 있던 지훈의 다른 쪽 손에 쥐어졌다.

다음 날 뉴욕으로 떠날 태우가 코를 골며 잠든 사이, 여행을 계속할지에 대한 고민으로 잠못 이루던 지훈은 책장을 넘겼다. 모친의 부재와 할머니의 죽음이 유년기와 사춘기를 근원적인 질문들로 이끌게도 했겠지만, 그는 항상 눈앞의 세상에 대한 의문에서 놓여날 수 없었다. 과학은 원자 안에서 계속 또 다른 미립자들을 찾아내 이름 붙이고는 있지만, 물질의 진짜 실체를 발견했다는 소식도 가능성도 제시하지 못했다. 신을 포함해 존재 자체란, 누구도 증명할 수 없는 믿거나 말거나였다. '이 모든 게 정말 존재하는 걸까, 다만 이렇게 보이고 느끼고 인식되는 것뿐일까?' 그럴 때면 바닥도 끝도 경계도 없는 거대한 우주에 홀로 선 듯했고, 아래서 잡아당기는 중력이란 오직 답 없이 맴도는 그 질문뿐이었다. 그럼에도 공포에 휩싸이지 않은 것은 지구의 한 조각을 밟고 선 양쪽 발에서 느껴지는 분명하고 안정된 감각 덕분이었을까. 아니면 그가 자아의 실재마저도 의심하고 있었기 때문이었을까. 어쨌든 머릿속에서 이 호기심이 고개를 들 때면 심장이 조여드는 듯, 유일무이한 독화살처럼 치명적이고 분명한 통증이 가슴 깊은 곳에서 느껴지곤 했다. 지훈에게는 꽤 절실했던 이 내면의 현실이 장자의 나비꿈 이야기나 키아누 리브스가 맹활약을 펼쳤던 영화 메트릭스의 영향 때문이 아닌 건 분명했다. 그의 유전자에 새겨진 의문이었거나, 사물과 인간과 세상을 바라보며 시작된 끊임없는 사유와 슬픔에서 파생된 심연이었을런지도.

책의 내용은 불교 철학에 관심이 많았던 그에게는 크게 새로울 게 없었다. 그럼에도 한 문장 한 문장이 마음에 와 닿았고, 어디서도 반론이나 회의가 일지 않는 뜻밖의 독서였다. 삶에서 중요하게 생각했던 것들이 간결하고 명확하게 책 속에 제시돼 있었고, '공'에 대한 설명도 마음에 들었다. 마지막 페이지까지 단숨에 읽었다. 후반부에 소개된 명상을 당장 시작해보고 싶은 강한 열망에 휩싸였다.

다음 날 저녁 지훈은 다람살라행 버스에 올라 있었다.

*

열두 시간 동안 흔들리는 버스를 타고 있었지만, 실제로 이동한 거리는 400킬로가 못 되었다. 도로가 고르지 않은 탓에 버스는 속력을 내지 못했고 몇 번의 정거장에서는 멈추기도 했다. 델리를 벗어나 날이 완전히 어두워진 후, 창밖으로 점점이 스쳐가는 불빛을 내다보던 그는 이내 잠들었다. 전날 못 잔 덕분에 불편함 속에서도 제법 달게 잘 수 있었다. 눈을 떴을 때는 새벽이었다. 높은 산과 계곡을 지나고 아슬아슬해 보이는 산허리의 도로를 지나 목적지에 가까워지고 있었다. 식민지 시대에 영국인들의 여름별장이 있었으나 세기 초에 지진으로 폐허가 됐던 곳. 이제는 전 세계의 순례객과 여행자들이 몰려드는 영혼의 성지. 다람살라로 통칭되는 작은 계곡 마을, 맥그로드 간즈.

1959년 고국을 떠났던 달라이 라마와 티베트인들이 이곳에 망명정부를 세우고 정착했다. 티베트인들이 인도의 더위에 적응하지 못해 병을 얻은 후, 북쪽의 서늘한 날씨와 계곡의 높은 고도가 고려된 결정이었다. 십만의 난민을 받아준 것은 오랜 이웃 나라로서의 의리나 중국과의 역학관계로만은 설명할 수 없는……, 모든 일이 가능한 놀라운 인도의 힘이야, 지훈은 나중에 생각했다.

델리에서 출발한 버스는 로우 다람살라가 종점이어서, 12킬로쯤 더 올라가야 했다. 택시 기사는 맥그로드 간즈의 손바닥만한 버스 터미널 앞에 지훈을 내려놓았다. 마침내 도착한 목적지였지만 아침 8시 30분이었고, 날씨는 생각보다 꽤 쌀쌀했다. 좀 막막했다. 앞쪽으로 두 개의 길이 보였다. 하나는 달라이 라마의 왕궁과 사원으로 향하는 길이었고, 다른 하나는 시장통 사이로 난 비좁은 길. 둘은 그곳의 중심 도로인 셈이었고, 망명사회의 어디로든 연결되었다.

시장통 초입에서 마주 오는 소를 피해 엉겁결에 한 계단 발을 올린 곳이 샹그릴라였다. 어린 시절 읽었던 '잃어버린 지평선'의 낙원을 이름으로 한 그 호텔 겸 식당은 승려들이 운영하는 곳이었다. 2월의 북인도는 비수기인지 홀은 텅 비어 있었다. 메뉴에 나온 다양한 요리의 이름을 훑어보다가 태우가 권했던 뗀뚝을 시켰다. 맛도 모양도 수제비와 비슷했다. 따끈한 음식으로 배를 채우고 국물 한 방울까지 말끔히 먹어 치웠을 때, 계산대 뒤에 서 있는 젊은 승려와 눈이 마주쳤다.

"티칭에 참석하러 왔나요?"

"티칭……, 이라구요?"

햇빛으로 거뭇하게 그을린 얼굴에 선하고 맑은 눈으로 웃고 있는 승려에게 자신도 모르게 마주 미소 지으며 되물었다.

"다음 주에 달라이 라마의 다르마 티칭이 있는 걸 모르나요?"

다르마 티칭, 법회를 영어로 그렇게 표현하는 모양이었다.

"난 몰랐어요. 여기, 다람살라에서요?"

"그럼요. 티베트 설날인 로싸가 끝나고 매년 열리는 대규모 법회예요. 전 세계에서 사람들이 몰려오죠. 당신은 어느 나라에서 왔나요?"

"한국이요."

"한국인 통역도 있어요."

"와우! 그런데 전 세계인들이 온다면 한국어 통역을 어떻게 듣죠?"

승려가 쾌활한 소리로 웃었다.

"라디오만 있으면 돼요. 나라별로 채널을 맞추고, 이어폰으로 통역을 듣죠."

"대단하네요! 좋은 정보 고마워요. 근데 다음 주 언제인가요?"

"일요일에 시작해서 보통 열흘에서 보름 동안 계속 이어지죠."

책에 소개된 명상을 실행할 장소로 선택했을 뿐이었는데, 그 책의 저자나 다름없는 인물이 열흘 넘게 직접 가르침을 준다니 뜻밖의 행운이었다.

"그녀도 한국 사람이에요."

승려의 말에 지훈이 깜짝 놀라 뒤돌아보았다. 후식으로 주문했던 짜이를 가져왔던 종업원은 뒷모습만 남기고 주방으로 사라졌다. 희고 고운 피부에 뿔테 안경을 쓴 얼굴이 어딘가 낯익었지만, 이런 곳에 음식을 서빙하는 한국 사람이 있을 줄은 몰랐다.

그녀는 인도 여행 중에 우연히 다람살라에 오게 됐는데 왠지 모르게 이곳이 너무 편하고 마음에 들어 네팔에서 비자를 갱신하고 돌아와 몇 달째 체류 중이며, 아르바이트 삼아 주방과 홀 서빙 일을 거들고 있다고 승려가 설명했다. 독특한 발음과 억양의 영어였지만, 젊은 승려는 단순한 표현들로 쉽게 의사를 전달했다. 그러고는 계산대 아래서 책 한 권을 꺼냈다. 법회 교재에 해당하는 경전인데 어느 한국 여행객이 그녀에게 주고 간 것이라며, 원하면 가져가서 읽고 돌려주거나 혹은 복사해도 좋을 거라고 말했다. 『입보리행론』, 지훈에게는 처음 보는 책이었다.

"고맙습니다. 근데 그녀에게 물어봐야 하지 않을까요?"

승려가 짓궂은 미소를 지었다.

"그녀는 카운터에 앉아 있을 때나 가끔씩 들춰볼 뿐이에요. 책보다는 국수를 더 좋아하죠. 그래도 다 읽긴 한 거 같더라고요."

그러고는 지하에 있는 주방을 향해 큰 소리로 물었다.

"해우운! 쬐죽(입행론), 이 한국인에게 빌려줄까?"

"맘대로 하세요!"

둘이 주고받은 것은 티베트 말이라서 지훈이 알아들을 수는 없었지만 짐작 가능한 얘기였고, 격식이나 허물 없이 익살맞아 보였다.

책을 배낭에 넣었다. 도착하자마자 예상치 않은 일들이 기다리고 있는 듯했다. 어떤 이들에게 인도는, 그리고 다람살라는, 그런 곳이었다. 우연처럼 벌어지는 이런 일들을 불교에서는 인연 혹은 업이라고 했다. 'cause and effect' 혹은 'karma'라며 미소 짓는 젊은 승려의 새까만 눈동자가 아침 햇살에 너무 맑게 빛나 지훈은 한순간 정말 샹그릴라에 온 듯한 착각이 일었다.

그곳에 방을 얻을까도 생각했지만, 다음 주에는 이미 예약이 가득 차 있어서 어차피 옮겨야 했다. 무엇보다 처음의 목적을 떠올리며 배낭을 둘러메고 나섰다. 다른 여행객들을 사귀거나 식당에서 선하고 유쾌한 승려와 대화를 나누기에는 좋겠지만, 홀로 명상을 하기에는 적합치 않아 보였다. 시장통의 좁다란 길에는 가게와 식당, 호텔, 서점, 노점 등이 줄줄이 이어졌다. 야채와 과일을 파는 수레가 있는 삼거리에 이르자 겨우 자동차 한 대가 지나다닐 만한 폭으로 길이 넓어졌고 왼편으로 설산이 눈에 들어왔다. 지훈은 천천히 구경을 하며 걸어 내려갔다. 그리고 그 길 끝에 있는 게스트하우스 2층에서, 숲과 마주한 매우 조용해 보이는 방을 발견했다.

주인은 뚱뚱하고 무뚝뚝한 인도 남자였다. 다음 주부터가 시즌 시작이고, 지금 계약하지 않으면 이만한 방은 어디서도 구하지 못하리라 단언하며 한달치 방세를 미리 요구했다. 그 못지않게 큰 몸집에 언변과 수완은 더욱 뛰어난 오스트레일리아 여자가 스스로를 매니저라며 방세 계약에 함께 했지만, 사실은 게스트하우스 옥상에 있는 태국 음식점 주인일 뿐이었다. 어쨌든 그 둘은 사업 파트너였고, 묘하게도 잘 어울려 보였다. 그들은 선심 쓰듯 계약금만으로 12시 이전의 체크인을 허용해주었고, 나머지 돈은 버스 터미널 근처에 있는 현금인출기에서 찾아오라며 친절하게 약도까지 그려줬다.

*

그의 인도 비자는 3개월 조금 넘게 남아 있었다.

책에 소개된 명상은 일체의 잡념과 부정적인 감정 없이, 침울하게 가라앉지도 들뜨지도 않은 상태로, 고요하고 집중된 마음을 유지하는 훈련이었다. 마음의 힘을 키우게 되면 차츰 깨달음에 이르는 지혜를 개발할 수 있다고 나와 있었지만, 그의 기대는 소박했고 깨달음에는 관심이 없었다. '비행기를 타고 휭 날아가건 돛단배를 저어가건 아메리카에 도착한다고 해서 1492년의 콜럼버스가 아니듯, 고타마 싯다르타의 깨달음은 그 한 사람뿐이야! 중요한 건 이미 그가다 말해준걸, 감히 내가 뭘 새로 깨닫는다고 하겠어. 더군다나 콜럼버스가 항로를 발견하기 전에도 그 대륙엔 이미 원주민들이 살고 있었고, 우리 안엔 불성이 다 있는걸!' 그의 겸허 혹은 깊은 절망. '그리고 내 진짜 의문의 답은 세상 어디에서도, 누구도 찾을 수 없어. 인간이 더 나은 유기체로 진화한다 해도 마찬가질 테고!'

하루에 15분씩 12회 정도로 시작해서 점차 시간은 늘리고 횟수를 줄여간다면, 초보자라도 6개월 안에 세 시간의 고요히 머물기가 가능하다고 했다. 물론 착실히, 부지런히 수행해야 한다는 전제가 있었다. 지훈은 생각했다, '하루에 여섯 시간 이상 노력한다면 3개월에 끝낼 수도 있지 않을까?' 여행 내내 덥수룩하게 길렀던 수염을 깨끗이 밀고 샤워를 마친 후, 침대 위에 자리를 잡았다. 매트리스가 제법 딱딱한 덕분에 잇대어진 두 개의 싱글 침대 중 하나를 명상용으로 활용할 만했다. 반가부좌를 하고 숲을 바라보았다. 3분도 안돼 다리가 저려오기 시작했고, 잡념이 떠올랐다. '맘 편하게 현금인출기 먼저 다녀올걸 그랬나!' '익숙했던 것을 버리고 사진이라는 새로운 직업을 향해 가는 건 쉽지 않겠지, 하지만 태우같은 방황을 겪지 않으리란 건 또 무슨 자신감이지?' '다리가 너무 아픈걸, 내가 지금 왜 이러고 앉아 있는 거야!' 생각이 이리저리 건너뛰고 있었고, 당연히 마음은 고요하지 않았다. 아무 생각도 하지 않으려고 억누를수록 생각들은 튀어나왔고, 과거의 단편적인 기억들이 스치며 그에 관련된 감정들도 일어났다. 답답함, 슬픔, 행복, 기쁨, 고통, 자만심…… 다리만 저리지 않는다면 마음을 흐트러뜨리지 않고 고요함에 집중할 수 있을 것 같은 생각도 들었다. 10분쯤 지났을 때 자리에서 벌떡 일어나버릴 뻔했다. '자세가 중요한 건 아니잖아. 걷는 명상도 있는데!' 그러나 얼른 초심으로 돌아가 마음을 한곳에 모으기 위해 노력했다. 어느 순간 잡념도 다리의 통증도 완전히 사라져 고요함 속에 마음이 환하게 밝아졌다. 혈관 옆에 또 다른 통로라도 있는 듯이 신선한 기쁨이 찾아와 온몸으로 흘러드는 느낌이었다. 길게 느껴졌지만 시계를 확인했을 때 분침은 그대로였다. 불과 1분 이내의 짧은 경험임에도 자신감이 생겼다.

'오늘 1분 성공했으니 이것의 180배인 세 시간에 이르려면 180일, 결국 6개월이 정답이군! 네팔에서 비자를 갱신해 오거나, 아니면 여기서 기본만 맛보고 나머지는 한국에 가서 할 수도 있겠지. 어쨌든 방도 계약했으니 일단 한 달은 여기서 해봐야지.' 조각이나 사진 작업도 잡념 없이 하나에 집중하는 일이었기 때문에 명상도 쉽게 할 수 있으리라 여겼지만, 예상보다 어려웠다. 특히 앉는 자세가 익숙치 않은 게 문제였다. 방을 오가며 무릎을 굽혔다 폈다 다리를 풀고나서, 두 번째 수행에 들어갔다. 왼쪽 다리도 몹시 저렸지만, 오른쪽은 고통스러웠다. 군대에서의 사고가 떠올랐고, 생각은 또 다른 생각들로 이어졌다. 다친 오른쪽 무릎으로 제대도 1년이나 빨리 했고 재활 치료가 성공적으로 끝나 일상생활엔 별 문제가 없었다. '명상에 이렇게 예상치 않은 복병이 될 줄이야, 하지만 차츰 자세에 익숙해지면 통증도 사라지겠지?' 지훈은 아픔을 참으며 고집스레 자리에 앉아 있었고, 떠도는 생각들이 사라지도록 마음을 집중했다.

정오가 지나 방에서 나왔다. 15분씩 네 번을 마친 후였다. 천천히 계단을 올라 옥상의 태국식당으로 향했다. 점심 먹으러 올라오라고 그렇게나 권했던 뚱뚱한 여주인은 보이지 않았다. 까무잡잡한 얼굴에 잘생긴 요리사가 주방에서 얼굴을 내밀고 직접 주문을 받더니 재빨리 요리한 볶음밥을 서빙까지 했다. 묻지 않았는데 그가 설명했다.

"겨울은 성수기가 아니라서 쉐프인 나 혼자도 문제없어요. 그렇지만 사흘 후엔 네팔에서 동생들이 일하러 올 거예요. 법회가 시작되면, 전 세계에서 사람들이 몰려들거든요."

"아, 네에. 당신은 네팔 사람이군요."

인도인의 건물에 호주 여주인의 식당에서 네팔 주방장이 요리한 태국 볶음밥은 짭짤했고 먹을 만했다. 자리를 뜨지 않고 여전히 테이블 앞에 서 있는 그를 다시 바라보니, 초롱초롱한 눈동자에 쌍꺼풀진 둥근 눈매의 꼬리가 살짝 처져 귀염성 있는 소년의 인상이었다.

"당신이 어느 나라에서 왔는지 맞춰볼게요, 대만인은 아니고, 일본? 아니, 아니……, 한국!"

요리사는 대화를 이어가고 싶어 했다. 결국 앞자리에 앉으라고 권하자 기다렸다는 듯 친구처럼 마주 앉더니 식사하는 그를 상대로 다정하게 수다를 늘어놓기 시작했다. 순박하면서도 사교성 많은 청년에게 호감은 갔지만, 머리를 비우고 고요해지려 애쓰다 나온 지훈의 귀에 갑작스런 수다도 영어도 낯설기만 했다. 다행히 다른 손님이 들어섰고, 청년은 단 하나의 직원이었다. 아쉬운 눈빛을 던지며 일어선 그는 아가씨 두 명에게로 환한 미소를 띠며 주문을 받으러 갔다. '하이!' 시선이 마주쳤을 때 지훈도 그녀들과 관례적인 인사를 나눴다. 무심한 듯 밥을 먹었지만, 일어설 때는 갈색 파마 머리를 길게 늘어뜨린 예쁘장한 여자에게로 다시 시선이 옮겨졌다. 입구의 진열대에서 지도와 전단지를 챙기는 사이 그녀에게 얼결에라도 미소나 윙크를 던진 건 아니었지만 얼른 야외 테이블로 나왔다. 남북으로 이어진 작은 계곡 마을의 남쪽 끝, 식당을 빙 둘러 사방으로 열린 넓직한 테라스에서는 서편을 제외한 대부분의 풍광이 한눈에 들어왔다.

'쉽지 않겠어. 여기가 영혼의 성지라지만, 이 초보자의 마음을 흐트러뜨릴 일들이 꽤 있겠는걸.'

주의하지 않으면 여기 온 목적이 즉시 공중분해될 듯했다. 명상을 위해서는 번잡함을 떠난 환경이 무엇보다 중요하다고 책에 씌여 있었다. 그렇다고 초보자가 방 안에서 하루 종일 명상만 하며 앉아 있을 수도 없고. 무리하게 애쓴다면 몸도 마음도 비효율과 싫증으로 이어질 가능성이 컸다. 도착하자마자 실행했던 네 번의 시도로 그는 다른 생각 없이 책에서 제시한 방법을 따르기로 굳게 마음먹었다. '15분씩 12회, 점차 시간은 늘리고 횟수는 줄인다. 제시된 방법을 따른다면 당연히, 제시된 결과에 이르지 않겠는가!' 총 실행 시간은 세 시간에 불과해도 하루의 나머지 시간에 외적인 환경과 내적인 상태를 고르게 유지하는 것이 목표를 성취하는 데에 중요한 요인이 될 터였다. 태우의 소형 카메라로는 기념 촬영 이상의 진지한 작업은 어렵겠고…… 뭘 하면 좋을까…… 전단지를 들여다보던 그가 고개를 갸우뚱했다.

'티베트에도 고유 언어와 문자가 있었나?'

*

어린 원숭이가 빤히 보고 있었다. 사진 몇 장을 찍는 사이에도 달아나지 않았다. 주머니에 과자 부스러기라도 있으면 좋을 텐데, 아쉬워하는 사이 원숭이는 옆 벤치로 쪼르르 달려가 어린 여자아이가 내미는 과자를 조심스레 나꿔채 두 손으로 잡고 오물거리며 먹기 시작했다.

"하이!"

"따시델레!"

아이가 수줍은 미소를 지으며 작은 소리로 답했다.

'나마스테가 아니고, 타시대래? 티베트 인사말인가보군. 난 정말 아무런 준비 없이 하룻밤 사이에 갑자기 낯선 나라로 불쑥 뛰어든 셈이야.'

저편에서 커다란 개가 어슬렁거리다가 기둥에 슬쩍 오줌을 뿌렸다. 달라이 라마의 왕궁과 바로 마주한 사원 마당임에도 아무도 개나 원숭이를 내쫓으려 하지 않았다. 법당 아래쪽으로는 기다란 나무판자 위에서 오체투지하는 할머니 할아버지들이 보였다. 킬킬거리고 웃으며 유쾌하게 대화를 나누는 승려들도, 심각한 표정으로 수군거리며 지나가는 승려들도 있었다. 사원 마당을 놀이터 삼아 뛰어노는 아이들, 히말라야를 걸어서 넘어온 듯 새까맣게 그을린 얼굴에 남루한 옷차림으로 염주를 돌리며 지나가는 사람들, 카메라를 들고 두리번거리는 여행객들, 맨 뒤편 벤치에는 가부좌를 틀고 홀로 명상에 잠긴 서양인이, 오른편 기둥 앞에는 긴 치마에 말끔한 얼굴의 동양 여인이 명상 자세로 앉아 있었다. 정갈하게 규격화된 한국의 사원과는 너무나 다른 풍경이 시각적으로는 낯설었다. 그러나 모든 것들이 조화롭고 평화롭게 어우러져 있음이 느껴졌고, 지훈의 마음속으로도 그러한 평화가 흘러드는 것만 같았다. '내일 아침부터 나도 여기서 오체투지를 해볼까? 팔굽혀펴기에 다리운동까지……, 아주 괜찮은 전신운동이 될 거 같은데!' 합장한 손을 머리 위로 올렸다가 가슴 앞으로 내리며 무릎 꿇고, 온몸을 낮춰 바닥에 온전히 엎드린 자세로 절하는 사람들을 보면서 생각했다.

"타시대래!"

혼자 있는 아이의 벤치로 엉거주춤 옮겨가 인사말을 던졌으나 다음 말이 궁했다. 어린 원숭이는 어느 틈엔가 사라지고 없었다. 근처에서 뛰어놀던 아이들이 다가왔다. 열 살쯤 된 여자아이가 말했다.

"하이! 메이 아이 헬프 유?"

'이 녀석 봐라, 날 도와주겠다네!'

"아니, 고마워. 넌 영어를 할 줄 아는구나."

"조금요."

"이름이 뭐니?"

"치미."

어쩌면 치미가 지훈의 첫 티베트어 선생님이었다. 아이가 가방에서 꺼내 보여준 교과서에 인쇄된 문자들, 간결한 직선과 멋지게 늘어진 곡선의 조합이 마음을 사로잡았다. ㅇ과 비슷한 철자는 자음이었고 그 위에 내려앉은 모음은 새의 양날개를 닮았다. 지훈의 이름을 듣고 잠깐 생각에 잠긴 아이는 이내 노트에 써서 보여줬다. 삐뚤빼뚤하지만 정성껏 눌러쓴 글자, 오지훈의 오에도 새 한 마리가 날고 있었다.

사원 앞은 어림잡아 네 개의 길이 갈라지는 곳이었다. 물론 골목길처럼 좁은 것까지 포함했을 때다. 광장이라 부르기엔 너무 협소한 공간 바로 옆으로는 둔덕으로 이루어진 작은 공터에 손님을 기다리는 택시 몇 대가 있었고, 노점들, 카페와 가게들 그리고 그 입구에 누워 느긋하게 햇볕을 쬐는 개들, 쓰레기통을 기웃거리는 소까지 하나의 풍경으로 어우러져 있었다. 지훈은 눈에 띈 PC방으로 들어가 그 한쪽에 있는 전화 부스에서 전단지에 있는 번호로 전화를 걸어보았다. 아무도 받지 않았다. 한국의 부친에게 이메일을 보내고 밖으로 나왔다. 아침에 보았던 길 중 하나, 사원 앞 템플로드를 따라 버스 터미널 쪽으로 현금인출기를 찾아 거슬러 올라갔다. 우측으로 기념품 가게와 호텔, 식당, 노점이 이어진 것은 시장통의 조기바라로드와 비슷했지만, 좌측으로는 서쪽 계곡 너머가 시원하게 열린 전망이 내내 트여 있었고 마주 오는 차가 비켜갈 수는 있을 정도로 길도 더 넓었다. 구경 삼아 천천히 걷다가 눈에 띈 다른 PC방의 전화 부스로 들어갔다. 여자가 전화를 받았다. 설명대로 찾아간 곳은 걸어서 5분 거리였다.

외국에서 온 학생과 전문가들이 티베트인들에게 영어와 컴퓨터를 가르치고 의료 봉사활동을 하는 비영리 자선단체들 가운데 하나인 그곳은 해외의 기부로 운영되는 한편으로 일반 외국인들을 대상으로 티베트어나 요리 등의 유료 프로그램을 병행했다. 좁은 계단을 올라간 2층 복도에는 사무실로 보이는 몇 개의 방이 잇대어 있었고, 그중 하나의 문이 열려 있었다. 입구의 개수대에서 설거지를 하던 린첸이 손의 물기를 닦으며 지훈을 맞았다.

"음, 오전, 오후 그 시간대에는 이미 기초를 마친 다른 학생이 있어요……."

서글서글한 눈매 아래 뜨거운 인도 태양의 흔적이 거뭇한 기미로 내려앉은 30대 중반의 그녀가 지훈의 눈을 가만히 들여다보았다. 그는 하루에 계획된 명상 시간표가 우선이라고 이미 밝혔다. 여러 차례 방에서 나오는 번잡함을 피하기 위해서는 점심시간 전후가 좋다고 했다. 아침에 사원에서 오체투지를 해보고 싶은데 돌아가는 길에 여기서 티베트어를 배울 수 있으면 더욱 좋겠다는 말도 했다.

"그럼 혹시, 다른 개인 선생님한테 배울 생각 있어요? 수업료는 여기보다 좀 비쌀 거예요. 한 시간씩 주 6회고요."

마침내 결정한 듯 그녀가 입을 열었다.

"먼저 확인을 해봐야겠지만, 아마 당신과 시간을 맞추기는 훨씬 쉬울 거예요. 게스트하우스로 직접 가서 수업을 할 수도 있으니까요. 더군다나 그녀는 당신과 가까운 곳에 살고 있어요."

\*

레와, 그들이 처음 만난 곳은 희망이라는 이름의 카페였다.

'그녀가 왜 나를 한동안 바라보았는지 알겠어.'

지훈은 빼마와 인사를 나누고 나서야 봉사단체의 린첸이 그를 판단하느라 그랬다는 것을 알 수 있었다. 이렇게 젊고 매력적인 아가씨가 선생님이라면, 게스트하우스에서 단둘이 진행되는 수업의 학생은 믿을 만한 사람이어야 했다. 그에게도 또 다른 도전이었다. 하지만 그것에 마음을 두지 않음으로써 함정에 빠지지 않으리라 스스로 자신했다. 신중했던 린첸의 시선과 표정이 다시 떠올랐다. 그녀의 신뢰에 신뢰로 답해야 했다.

"선생님이 티베트 말로 뭐죠?"

"게겐라. 게는 선행, 겐은 나이든 사람을 뜻하고, 라는 호칭에 붙는 높임말이에요."

"한국하고 비슷하군요! 나를 가르칠 분이니 앞으로 당신을 게겐라 라고 불러도 되겠죠?"

처음 듣는 호칭에 그녀의 뺨이 살짝 붉어졌다. 주로 서양 학생들이었을 테고, 당연히 다들 그냥 이름을 불렀을 터였다. 표정을 드러내지 않고 담담히 대화를 이어가고 있었지만 그녀는 감성이 매우 풍부해 보였다. 다만 그에게는 익숙하지도, 쉽게 가늠되지도 않는 것이었다. 이후로도 그녀는 손이 닿지 않아 바라만 보게 되는 향기로운 연꽃, 경쾌한 빗방울의 노래, 때론 소리 없는 천둥의 울림, 바람에 출렁이는 물결, 어둠과 밝음에 따라 주변의 풍광이 비치는 거울, 하늘의 변화가 담겨 그 형상을 하나로 파악할 수 없는 신비로운 호수 그 자체였다. 그러나 그녀는 그것을 밖으로 드러낸 적이 없었다. 이 모든 것은 언제나 그녀의 눈동자 속에 머물러 있었다.

"게겐라!"

그가 그녀를 부르자, 카페에 있던 사람들이 킥킥 웃음을 터뜨렸다. 다들 둘의 만남을 처음부터 관심 있게 지켜보고 있었다. 그녀가 티베트어로 뭔가를 설명하자, 수긍한 듯 고개를 끄덕였으나 입가의 웃음들이 가시지는 않았다.

입구에 레와카페 라고 씌여 있는 그곳은 겨우 비바람을 피할 정도의 허름한 간이식당이었다. 두 평 남짓 되는 실내에 테이블 네 개와 등받이 없는 딱딱한 나무 의자 뿐이었고, 길로 향한 쪽은 위로 감아올려진 얇은 셔터를 제외하곤 열고 들어갈 문이랄 것도 없이 개방돼 있었다. 안쪽에 벽돌을 쌓아 만든 조리대가 공간을 구분 짓는 유일한 구조물이었기 때문에 주인은 요리하면서 손님들과 대화를 나누기도 하고, 길가에 오가는 사람들을 내다볼 수도 있었다.

"저쪽은 왕겔, 여기는 소남, 락빠, 푼촉."

그녀는 카페 안의 모든 사람과 잘 알고 지내는 듯 소개했다. 왕겔은 카페 주인이었고 다른 이들은 그가 곧 매일 마주치게 될 젊은 이들, 베이커리 보이즈였다.

"하이, 만나서 반가워요. 난 지훈이라고 해요. 이제 그녀의 학생이고, 당신들의 이웃이에요. 바로 옆에 있는 게스트하우스에 묵거든요."

"아침에 이 앞으로 지나가는 거 봤어요. 한 달 계약했다면서요!"

날카로운 얼굴의 왕겔이 말했다. 숱이 많은 검은 머리칼은 기름때로 반들거렸지만 마르고 큰 키에 검은 가죽점퍼로 나름 멋을 내고 있었다.

"터무니없이 비싸게 했더라구요. 진작에 알았으면 정보를 좀 줬을 텐데……, 이 동네에 지내면서 도움이 필요하면 언제든 말해요."

게스트하우스에서 일하는 인도 청년이 한국에서 온 얼간이에 대해 벌써 말해준 모양이었다. 현금인출기에서 찾은 돈이 아직 배낭에 있었다. 억울한 기분이 들었지만, 숲으로 향한 방을 포기하고 싶지도, 그 수완 좋은 게스트하우스 주인에게 이미 치른 계약금을 다시 받아낼 자신도 없었다.

카페 안의 젊은이들은 모두 영어로 간단한 의사소통을 할 수 있었고, 친절과 호기심을 동시에 드러냈다. 지훈은 그들이 진짜 이웃처럼 정겹게 느껴졌다. 한편으로 소문이 빠른 곳이라는 생각이 들었다. 그녀가 좋은 평판과 신뢰를 얻지 못했다면 이런 개인 레슨 자체가 작은 공동체에서 남의 말에 오르내릴 수도 있을 터였다. 지훈은 수염을 밀어버린 턱을 슬며시 문질렀다. 카페 주인은 눈썰미도 예리한 게 분명했다.

잠시 기다리라며 나갔던 그녀가 티베트어 알파벳이 인쇄된 종이를 들고 나타났다.

"가능하다면 수업 전에 한번 보세요. 그럼 월요일 두 시에 봐요!"

종이를 건네주고 조용히 자리를 떴다. 떠나기 전 별다른 말도 동작도 없었지만, 카페 안의 모든 사람들과 그녀가 인사를 나눴다고 그는 생각했다. 처음에 악수를 하고 수업에 관한 대화를 나누는 동안에도 그녀는 주위의 모든 사람과 상황을 느끼고 미세하게 반응하고 있었다. 작은 눈짓과 느낌만으로도 소통이 가능한 것은 이 커뮤니티의 특징일까, 그녀만의 특별함일까, 알 수 없었지만 지훈에게는 매우 인상적이었다. 저녁 식사를 하러 오겠다고 카페 주인에게 말하고 그도 일어섰다.

방으로 돌아가 고요히 머물기를 했다. 처음 시도했을 때보다 어려웠고 졸리기까지 했다. 간신히 네 번을 마치고, 그녀가 준 인쇄지를 들여다보며 표시된 순서대로 글자를 써보았다. 그녀의 얼굴이 떠올랐다. 거의 동시에 뭐라 규정할 수 없는 감정이 일었다. '이게 뭐지?'

저녁 식사로 뚝빠라는 굵은 국수를 먹다가 그녀를 다시 보았다. 전기가 나가서 촛불로 밝힌 실내는 어두웠고, 석양이 지난 지 얼마 안 돼 검푸르게 물드는 밖이 좀 더 밝았다. 인사라도 던질 듯한 손을 들어올리는 그를 보지 못하고 그녀는 빠른 걸음으로 카페를 지나쳐, 맞은편 골목으로 자취를 감췄다. 건물과 건물 사이 간신히 사람 하나 드나들 정도로 좁은 골목이라서 그녀가 길 아닌 어느 당겨진 작은 문으로 쑥 들어가버린 듯도 했다.

\*

희망카페는 여행객들 보다는 주로 동네 주민들이 식사를 해결하거나, 차 한잔을 즐기며 잡담을 나누는 곳이었다. 음식값은 정말 쌌고, 맛도 좋았다. 물과 우유에 설탕과 찻잎을 넣고 끓인 달짝지근한 짜이도 일품이었다. 간혹 물이 많이 들어가 싱거워지거나, 인도의 더위에 우유가 상해 있기도 했지만.

"어이, 왕겔!" 어디선가 부르는 소리가 들리면 그는 카페 앞으로 나와 위를 올려다봤다. "초멘 니!" 동네 아저씨가 맞은편 3층 발코니에서 내려다보며 음식을 주문하고 있었다. 그러면 "라쏘!"라고 근사한 음성으로 대답하고는 주방으로 들어가 재빨리 국수 두 그릇을 볶아 쟁반에 받쳐들고, 맞은편 건물로 사라졌다가 이내 카페로 돌아왔다.

그는 다람살라에 머무는 내내 희망카페에서 티베트 빵 발렙과 인도 차 짜이로 아침 식사를 하고 사원으로 향했다. 매일 아침 사원에 가서 오체투지를 할 뿐만 아니라, 게스트하우스에서는 명상을 하고 티베트어까지 배운다는 사실에 왕겔과 카페의 단골들은 큰 호감을 보였다. 덕분에 마치 진짜 동네 사람이라도 된 듯 카페 앞의 플라스틱 의자에 앉아 그들과 어울려 차도 마시고, 배낭을 메고 지나가는 새로운 관광객을 함께 지켜보며 잡담을 나누기도 했다. 티베트어를 배워감에 따라 왕겔의 어린 딸과 놀기도 했다.

"너 거기서 뭐하니?"

"너는 거기서 뭐하니?"

달콤한 짜이를 마시고 컵을 내려놓은 지훈을 향해 아이가 당돌한 표정으로 되물었다. 아이는 여행객이 남긴 플라스틱 물통을 들고서, 슬레이트 지붕에서 똑똑 떨어지는 빗물을 받고 있었다.

"그거 더러워!"

"치, 뭐가 더러워!"

"더러워, 배 아파."

그가 배아픈 시늉을 해보였다.

"깨끗해! 이제 없다!"

통에 받은 물을 홀짝 마셔버리고는 꾀죄죄한 손을 활짝 펼쳐보였다. 어차피 쓰레기통도 없는데 그는 떼구르르 굴러가는 빈 물통을 집어들려고 허둥댔고, 아이는 킥킥거렸다. 대화라고는 이 정도의 선문답이 전부였지만, 번쩍 들어올려 까르르 웃음이 터지게 하거나 사진을 찍어주기도 했다. 아이뿐 아니라 카페에서 자주 만나는 대부분의 사람들을 카메라에 담았고, 그곳에 있는 유일한 디지털 현상소에서 사진을 뽑아 나눠주곤 했다. 멋진 풍채에 언제나 중절모를 쓰고 와서 차를 마시는 점잖은 노신사도 있었다. 주변에서 '파라'라고 불렀기 때문에 그도 그렇게 불렀다. 파는 아버지였고, 라는 님을 뜻하는 존칭이었다. 파라가 사진을 손에 들고 지그시 바라보다가 조끼 주머니에 넣었다. 인자한 미소를 띤 그가 고개를 끄덕이며 고맙다고 했을 때, 지훈의 가슴이 뭉클해졌다.

사진 속에 담긴 얼굴들은 하나하나 사연이 있었다. 왕겔의 어머니 사진을 찍을 때 유심히 보니 손녀딸의 모습이 조금 엿보였다. 로된은 야무지고 당찬 아이였다. 햇볕에 뛰어놀아 까무잡잡하게 그을린데다 한쪽 볼에는 칼자국처럼 사선으로 그어진 옅은 상처 자국이 있어 아이답지 않은 카리스마마저 풍겼다. 쌍꺼풀진 동그란 눈, 오똑한 콧대의 예쁘장한 얼굴은 10년만 있으면 소년들의 마음을 쥐었다 폈다 할 듯했다. 눈으로 직접 확인할 수는 없는 양쪽 지점, 열다섯 살 두 아가씨. 펑퍼짐한 몸매의 늙은 할머니에게서 50년 전의 모습을 떠올리기가 쉽지 않았지만, 상상력 부족 탓이라 여기며 서툰 티베트어로 말했다.

"아마라, 충충 두, 닝제뽀 둑.(어머님, 젊었을 때, 미인이셨겠어요.)"

그러자 무뚝뚝해 보이던 노부인의 얼굴에 미소가 번졌고, 옅은 수줍음마저 배어 나왔다.

그녀는 자신의 양손을 펼쳐 보여줬다. 굳은살이 박힌 거칠고 두꺼운 손바닥이었지만, 젊은 시절에는 곱고 가녀린 손이었으리라. 그는 티베트어 완전 초보였음에도 스스럼없이 인사하고 알고 있는 모든 단어를 동원해 말을 걸었기 때문에, 간혹 실력을 과대평가하고 대화를 시도하는 경우가 있었다. 그가 얼른 알아듣지 못하자, 노부인이 답답한 듯 손짓 발짓을 하며 같은 단어를 반복했다.

"씽 쬐빠? 나무를 베셨다고요!"

손동작을 따라하며 티베트어와 영어를 섞어 말하자, 그녀가 고개를 끄덕였다. 젊은 시절 인도의 숲을 벌목하는 일을 했다는 뜻이었다. 망명 1세대인 그녀는 그렇게 힘겨운 노동을 감내했고, 억척스럽게 살아남았다. 잘 나온 사진을 건넸을 때, 노부인은 흡족한 웃음을 머금으며 아들을 향해 짜이 한잔을 대접하라고 말했다. 나중에야 알게 됐지만, 길 맞은편 골목 안쪽에 신축 중인 3층 건물이 그녀의 것이었다. 한 층은 살림집으로 나머지는 게스트하우스로 쓰일. 다람살라는 지진 탓에 4층 이상 올리지 못하는 제한이 있다 했으니, 그녀는 동네에서 상당한 재력가인 셈이었고 놀랍게도 두 명의 남편이 있었다. 아직 젊은 왕곌의 미간에 언제나 세로로 깊이 파여 있던 주름은 어쩌면 거기서 기인했을지도 몰랐다.

신축 중이거나 보수 중인 건물들에 쓰이는 흙과 자갈을 나르는 것은 당나귀들이었고, 공사 인부들은 주로 인도인들이었다. 그들도 희망카페에서 간단히 점심을 해결하거나 차를 마셨다. 대부분 선량한 인상이었지만, 걸음이 느려지는 당나귀에게 간혹 사납게 채찍을 휘두르는 이도 있었다. 무거운 짐을 진 당나귀의 커다란 눈은 슬퍼 보였고, 다리를 가지런히 하고 가만히 서 있는 모습은 한없이 착하고 조용한 소년 같았다. 조금 떨어진 곳에서 사진에 담았다. 주인이 차 마실 동안 버드나무 아래 얌전히 서 있는 작은 당나귀들.

직접 만난 적은 없지만 카페 안에는 또 다른 두 명의 인물이 있었다. 세계 최연소 정치범이라 할 11대 판첸 라마와 중국 공안에 맞서다 체포된 어느 린포체. 티베트를 지지하는 서양의 젊은 화가가 그려주고 갔다는 벽화 속 어린 라마와 강직해 보이는 젊은 린포체는 선명한 윤곽과 색상으로 카페 안의 모든 이들과 언제나 함께 있었다. 그의 카메라 앞에서 포즈를 취하는 동네 주민들이 오른쪽 벽을 배경으로 앉아 있을 때면 벽화 속 라마와 린포체도 어김없이 사진에 담기곤 했다.

달라이 라마 바로 다음의 지위를 갖는 판첸 라마는 환생자로 인정받은 직후 다섯 살의 어린 나이에 사라졌다. 어린 라마를 감금한 중국 정부는 새로운 아이를 옹립해 그 자리에 앉혔다. 중국의 감독과 후견 아래 티베트의 정신적 지도자로 성장하고 있는 그가 진짜가 아님을 티베트인들 모두, 심지어 가짜 판첸 라마 자신마저 알고 있다고 했다. 티베트인들은 진정한 판첸 라마의 석방을 요구하고 있었다.

지훈은 어린 라마의 동그란 얼굴이 왕겔의 딸과 약간 닮았다는 생각이 들었지만, 입 밖에 내지는 않았다. 그들에게 불경일지, 가벼운 농담으로 받아들여질지 알 수 없었다.

"데 된다 가레?(저게 뜻이 뭐죠?)"

벽화 아래 얇은 붓으로 쓰여진 문구들을 가리키며 그가 물었다.

"어려워서 우리도 잘 몰라요…… 꾸쇼라! 데 된다 가레?"

왕겔이 옆 테이블에서 국수를 먹던 승려에게 티베트어로 물었다. 본토에서 망명 온 지 1년 정도 된 승려였는데 지훈과도 가끔 마주친 사이였다. 히말라야를 넘어온 망명객의 고단함 대신 밝고 시원한 웃음에 듬직한 형 같은 30대 승려. 그가 후르륵 국수를 입에 넣으며 눈으로는 글을 읽었다.

"누가 썼는지는 모르겠지만, 저건 한편의 시예요. 티베트를 눈 덮인 산의 사자에 비유해서 언젠가 다시 나라를 찾게 되기를 기원하는 내용이네요."

입가의 국물을 훔치며 그가 말했다. 망명 와서야 배웠을 영어를 간단하고도 자신 있게 구사했다.

"아차차, 그런 거였지! 뻬마의 학교 선배인 롭상이 쓴 거예요. 사르나트의 대학에서 9년이나 공부한 박식한 친구죠. 지금은 스위스에 있어요."

왕겔이 덧붙였다.

"알레!"

영어로 듣고, "아, 네!"쯤 되는 티베트어로 짧게 답변하는 지훈이 재미있다는 듯 승려가 활짝 웃었다. 마침 카메라를 들고 나왔던 터라 국수를 다 먹은 그에게 포즈를 부탁했다. 흔쾌히 수락한 승려가 카메라를 향해 미소 지었다. 그러나 셔터를 누르기 직전 얼굴 근육이 경직되면서, 여유로움 뒤에 감춰졌던 긴장이 드러나는 것을 지훈은 보았다. 이방의 청년 앞에 하나의 대상으로 타자화 되는 순간 드러난 자존심과 나라를 빼앗긴 고뇌의 표정. 린포체나 라마처럼 고귀한 신분이 아니라 일반 승려인 꾸쇼라였지만, 조국을 잃은 고통은 마찬가지였을 그의 얼굴이 그 순간 벽화 속 린포체의 심각함을 그대로 닮아 있었다. 극히 짧은 순간이었고, 셔터를 눌렀을 때는 기념 촬영에 대한 순수한 호의로 돌아와 있었던 덕분에 나중에 인화한 사진을 건네주며 서로 흡족한 미소를 나눌 수 있었다.

사진이 저장된 USB가 서랍에 있었다. 노트북에 꽂자 창이 뜨고, '다람살라, 2007년' 폴더가 나타났다. 다시 클릭, 일기처럼 날짜별로 늘어선 폴더들. 그 하나하나는 그곳에서의 99일 가운데 하루이고 어느 날짜로 들어가든 지난 6년 동안 단 한 번도 찾아보지 않았던 사진들이 그를 기다리고 있을 터였다. 다섯 손가락으로 꼽을 만큼 적은 그녀의 사진도.

파일을 열지 못했다. 돌이킬 수 없는 시간들로 돌아가버릴 것만 같아서, 거부할 힘이 없는 무엇이 기다리고 있는 것만 같아서. 그러나 사진 속 얼굴을 마주하지 않아도 그는 이미 그 시간 속으로 들어서 있었다.

\*

정각 두 시에 노크 소리가 들렸다.

태국식당 여주인이 특별히 구해준 직사각형의 나무 책상은 고맙긴 했지만 크기가 작았다. 둘이 마주 보고 앉기에는 폭이 좁고 나란히 앉기에는 길이가 짧은 1.5인용 책상. 그는 의자 두 개를 어떤 방향으로 놓아야 할지 결정을 못한 채로 그녀를 맞았다.

"따시델레!"

그가 따라 말했다.

"따시델레!"

그녀가 살짝 웃었다. 뭐라 표현할 길 없는 천진한 아이의 얼굴, 마치 다른 사람이 오기라도 한 듯. 희망카페에서 만났을 때 옅은 미소라도 보였던가, 갑자기 기억이 나지 않았다.

"들어가도 될까요?"

조심스러움과 장난스러움이 뒤섞인 표정으로 안쪽을 가리켰다.

"아, 아, 그럼요!"

그가 문 옆으로 얼른 비켜섰다. 그녀가 조심스레 안으로 한 발을 디뎠다. 다른 발을 들여놓기 전 장난스레 걸음을 멈추는 듯하더니, 폴짝 방 안으로 들어섰다. 한 마리 새처럼 가벼운 동작이었고, 문고리를 잡고 있던 그는 손에서 힘이 빠져나가는 것을 느꼈다.

"의자를 어떻게 놓아야 할지……"

할 말을 찾지 못하던 그가 그녀의 뒤에서 입을 열었다.

그녀는 책상을 슥 보더니 자연스레, 선생님답게 바로 자리를 정하고 수업을 시작했다. 가로면에 지훈이, 그가 필기하는 것을 볼 수 있도록 자신은 세로면에 비스듬히 앉아. 앞으로 내내 이렇게, 마주도 아니고 나란히도 아닌 사선으로 앉은 채 수업하게 될 것이었다.

ཀ་ཁ་ག་ང་ ཅ་ཆ་ཇ་ཉ་ ཏ་ཐ་ད་ན་ པ་ཕ་བ་མ་ ཙ་ཚ་ཛ་ཝ་ ཞ་ཟ་འ་ ཡ་ར་ལ་ཤ་ ས་ཧ་

지훈은 주말에 외워놓은 자음 30자를 써보였다.

"잘했어요. 글씨도 잘 썼구요."

주의 깊게 지켜보던 그녀가 그저 담담히 말했다. 아무런 표정도, 감정도 없었다. 그럼에도 차가움이나 딱딱함과는 달랐다. 낯선 경험이었다. 어디선가 넘실거리는, 드러나지 않는 따스함. 물을 잔뜩 머금은 부드러운 해면. 그렇게 비유한다면 물론 목욕용 스펀지 색깔이 아닌 무지개 빛에, 수돗물이 아닌 맑은 호숫물이겠지만.

"따라 읽어보세요."

까,카,가,응아. 짜,차,자,냐. 따,타,다,나. 빠,파,바,마. 짜,차,자,와. 샤,싸,아,야. 롸,라,쌰,싸. 하아. 네 개씩 끊어서 그녀가 먼저 읽고 그가 따라 했다. ㄴ과 ㅇ의 중간음인 응아와 두 종류의 짜, 차, 자를 발음하기가 어려웠다.

"내 입을 봐요."

그녀가 입을 벌려 혀의 움직임으로 발음의 차이를 만들어내는 방법을 보여줬다.

연분홍빛 입 속을 들여다보던 그의 머릿속에는 발성 구조 대신 그녀와의 입맞춤이 떠올랐다. 욕망이 아닌 단순한 연상 작용, 떠오른 생각, 이라고 얼른 스스로에게 말했다. 그러나 생각이 욕망을 불러일으킬 수도 있으므로 조심해야 했다. '대체 왜 이러지?' 그녀는 그의 이상형도 아니었고, 한국에서 진지하게 혹은 가볍게 연애했던 여자들과도 달랐기 때문에 엉뚱한 일이라고만 여겼다. 의아했지만, 즉시 덮었다. 그를 무장해제 시키고 빠져들게 하는 것의 정체를 마주 보지 않았다. 그런 것에 신경 쓴다면 명상에 방해만 될 테니.

기본 자모음과 간단한 인사말을 배운 첫 수업은 금방 지나갔다. 한달치 수업료가 든 봉투를 내밀자, 그녀는 주말에 시작될 다르마 티칭에 그도 참석하냐고 물었다. 그녀에게는 세 명의 다른 학생이 있었다. 호주 사람인 비구니 스님은 곧 남인도의 사원으로 떠날 예정이었고, 미국 여학생은 몇 달째 배우는 중이었으며, 캐나다 여학생은 일주일 전에 수업을 시작했다. 다들 법회에 가기 위해 수업을 쉬기로 했는데, 캐나다 여학생과는 그 기간의 수업료를 제하기로 했다고 덧붙였다.

"게겐라, 이제 철자를 배우기 시작한 단계에서 그렇게 오래 쉬면 다 잊어버릴 거 같아요. 나는 수업을 계속하면 좋겠어요."

그의 마음에 얼핏 의문이 스쳤다. '혹시 그녀를 계속 만나고 싶어서?'

"좋아요. 훌륭한 학생의 태도예요."

그녀가 기뻐하는 것 같기도 했고, 부담스러워하는 것 같기도 했다.

"티칭은 오전 9시에 시작하고, 점심 먹고 나서 오후 세 시나 네 시까지도 이어지니까, 우리 수업은 다섯 시쯤으로 해야겠죠?"

오전 한두 시간의 설법쯤이려니 여겼던 그에게는 뜻밖의 말이었다. 열흘이나 되는 것도 의외였는데 그렇게 긴 시간 대체 무슨 티칭을 하는 걸까.

"당신도 참석하나요?"

답변을 망설이던 그가 물었다.

"당연하죠!"

"아, 그렇군요! 그럼 이렇게 하면 어떨까요? 공부는 나 혼자 계속하고 당신은 잠깐씩 만나서 숙제를 체크하거나 간단한 질문에 답해주는 걸로요. 법회 중간의 점심시간이나, 레와카페에서 저녁 식사를 같이 하면서 해도 좋고요."

"점심 때는 사원 근처에 사람들이 너무 많아 복잡하고, 그럴 짬도 안 될 거예요. 그리고 미안해요, 난 저녁은 주로 집에서 먹어요. 레와카페에서 그냥 차 한잔 하면서 당신이 공부한 걸 확인하는 건 어떨까요?"

그녀가 말을 마치며 시계를 봤다. 티칭 얘기를 꺼냈을 때 수업시간은 이미 끝나 있었으므로, 지금은 일어설 때가 되었음을 시사하는 동작이었다. 명상 시간을 확보하려는 그의 의도를 알 테니, 식사를 함께 하자는 말에 별다른 오해는 없어 보였다. 하지만 그녀의 너무도 무심한 눈길에 당황했다. 그녀 감성의 스펙트럼에 다가갈 수도, 어떤 마음으로 대해야 할지도 알 수 없었다. 그녀는 수업료 봉투를 가방에 넣었고, 2천 루피를 받았다는 영수증을 써주었다. 적절한 거리와 예의로, 방문 밖으로 한 발짝 나가 배웅했다.

"쌍닌 젤룡!(내일 봐요!)"

배운 대로 인사하자, 그녀의 얼굴에 장난스럽고 천진한 무엇이 분명 다시 떠올랐다. 그리고 물론, 언제 그랬냐는 듯 순식간에 완전한 무표정 속에 선생님다운 예의로만 답했다.

"쌍닌 젤룡!"

그녀가 가고, 복습과 예습으로 한두 시간을 보냈다. 내일이 기다려졌다. 아니, 내일의 수업이. 그녀와의 수업을 그만두어야 할까, 잠시 혼란스러웠지만 목표에 충실할 자신감을 잃을 정도는 아니었다.

'이쯤이야, 극복 가능하지!' 마음을 가다듬고 고요히 머물기를 시도 했다. 창을 마주하고 전나무 숲이, 그 너머로 언덕이, 그 너머로 조금 더 높은 능선이, 그 너머로 트리운드 마운틴이, 그 너머로 마침내 높이 솟은 설산 봉우리가 있었다. 인도인들이 사는 아래쪽 마을은 숲에 가려 잘 보이지 않았고, 그들이 키우는 염소와 말들이 언덕 비탈에 띄엄띄엄 흩어져 풀을 뜯고 있었다. 다리가 저리고 잡념이 들면 염소와 말들의 수를 헤아렸다. 그러고는 여름에도 녹지 않는다는 히말라야 설산 봉우리의 웅장한 위용을 바라보며 다시 마음을 집중했다.

*

카메라에 가장 많이 담긴 것은 시간대와 날씨에 따라 다르게 변하는 창밖 풍경과 설산이었다. 셔터를 누를 때 마음 뒤편에 언제나 그녀가 자리하고 있었음을 과연 알지 못했던 걸까, 스스로에 대한 지나친 자부심으로 인정하지 못했던 걸까. 감정을 통제할 수 있다는 자신감을 즐기며 스스로와 게임을 하고 있었던 것은 아닐까, 아냐 지나친 자학이야! 그저, 신이 존재하듯 사랑도 존재한다는 것을 알았더라면, 저기 마당에 한 그루 목련나무가 서 있듯이 내 자신도 존재한다는 것을 알았더라면…… 속절없이 이어지는 생각들로 몸과 마음은 감기보다 더한 병에 걸릴 지경이었다. 한 솥 끓인 콩나물국을 싸들고 내가 지훈의 오두막을 찾은 것은 그때였다.

이 이야기는 귓가를 스치는 바람의 음성을 전해들은 기록처럼,

문체든 생각이든 내 개인의 흔적을 남기지 않을 작정이었다. 지훈의 말대로라면 물론 그건 불가능하다, 무엇이든 고정된 실체가 아니며 또한 모두가 연결되어 있으니. 어쨌든 이런 식으로 한두 페이지를 차지하게 됐다.

3월 둘째 주 금요일 오후였다. 국이 쏟아질까 조심하며 오르막을 운전해 올라갔다. 문 앞에 주차된 그의 베이지색 디스커버리가 먼저 눈에 들어왔다. 집에 있어 다행이다 싶었다.

그가 놀란 표정으로 문을 열었다.

"이것 좀 받아줘요."

말했던 나는 헬쑥해진 그의 얼굴을 알아보고는 보따리를 받으려는 손을 물리쳤다.

"내가 마침 잘 왔네, 감기라도 호되게 앓은 모양이에요."

주방에 짐을 내려놓으며 말했다.

제법 심오한 대화를 나눈 적도 있었지만, 우리는 그저 언덕 하나를 사이에 둔 이웃으로 시골 생활에 대한 공동의 관심사와 안부 정도를 나누는 사이였다. 나이 차가 적든 많든 나는 격식을 차리는 편이었고 그도 나를 선생님이라고 깍듯이 대하며 언제나 서늘한 거리를 두고 있었는데, 그날 그의 모습에서는 그런 것을 허물어뜨리는 감정의 이완이 있었다. 평소라면 그러지 않았겠지만 나도 들어선 김에 주방을 살펴보았다. 말끔한 싱크대에는 라면 찌꺼기가 말라붙은 빈 냄비 하나만 달랑 놓여 있었다.

"오늘이 읍내 장날이잖아요. 장 보다가 어젯밤 꿈이 생각났어요."

"꿈이요?"

"글쎄 내 꿈에 오 작가가 나타났잖아요!"

"네에?"

"아니 뭐, 별 내용이 있었던 건 아니고 그냥 얼굴만 본 것 같아요. 근데 가만 생각해보니 혼자 지내는 총각한테 변변한 반찬 한번 챙겨준 적 없고, 할머니가 끓여주시곤 했다는 콩나물 국밥 얘기도 생각나서, 마침 싱싱한 콩나물이 보이길래 사다가 끓여봤어요. 아니, 의자에 그냥 좀 앉아 있어요! 내가 서빙까지 책임지고 가야겠어. 찬밥 한 공기 챙겨오긴 했는데……, 이런, 쌀도 떨어졌나보네. 쯧쯧, 이따가 문 앞에 좀 갖다놓을게요. 벨은 안 누르고 그냥 갈 테니 잊지 말고 내일 아침에라도 들여놔요."

나도 모르게 말이 많아졌다. 라면 냄비를 얼른 헹궈 국을 덜어 담고 불 위에 올렸다. 혹시나 해서 챙겨온 밑반찬들을 냉장고에 넣으면서 보니 역시나 냉장고에도 먹을 만한 게 없었다.

식욕은 없지만 성의로 간신히 숟가락을 드는 듯했던 그가 더운 국밥 한 그릇을 조용히 순식간에 먹어치웠다. 짠한 마음으로 바라보던 내가 일어나서 찻물을 끓였다.

"선생님은 그냥 흉내만 내는 거라고 말씀하시지만, 사실은 명상을 하고 계신거죠?"

빈 식기를 싱크대에 내려놓고 다시 앉은 그가 등 뒤에서 물었다. 돌아보니 그의 표정이 이런 식으로 혹은 이런 얘기를 하려던 게 아니었는데 싶기도 했지만, 이미 입 밖에 내놓은 말이었다. 가스레인지의 불을 끄고 주전자를 식탁에 올렸다. 자리에 앉아 빙긋이 웃으며 답했다.

"글쎄……, 내 나이쯤 되면 그냥 알아지는 것들이 있어요."

나이가 든다는 것이 꼭 그러한지, 삶의 비극과 고통에 주저앉지 않으려고 끊임없이 애쓰지 않고도 그러한지는 나도 알지 못했다. 늙어가면서 놓치는 것들도 만만치 않게 많았으므로, 이 젊은이 앞에서 뭔가 더 많이 아는 듯이 빙그레 웃을 일도 아니었다.

"선생님, 전 지금 삶의 막다른 골목에 이른 느낌이에요."

더운 국밥으로 채워진 그의 위장이 머리 대신 말을 이끌었을까, 다른 사람이 던진 말이기라도 하듯 표정은 말과 달리 담담했고, 곧 침묵했다. 다기에서 녹차가 우러나기를 기다리던 내가 입을 열었다.

"오 작가가 작년에 해준 말이 생각나네요. '공'에 대해서요."

그의 입가에 서서히 미소가 어렸고, 수척한 얼굴이 환하게 밝아졌다. 마치 울던 아이의 입속에 알사탕이라도 쏙 들어간 것처럼.

모든 분별 혹은 언어적 사유의 태생적 한계를 지적한 2세기경의 논서와 그 놀라운 책을 썼다는 저자의 명철함에 대해 말하던 지훈의 모습은 봄햇살보다 반짝였다. 다시 반짝이기 시작하는 그의 눈과 잠시 시선이 만났고, 나는 말을 이었다.

"아직 그 책을 읽지도 못했고, 나는 존재의 실체를 의심해본 적도 없지만, 공이 뭘까 가끔씩 생각해보곤 해요. 어쩌면 결국……, 공의 이해를 통해 얻게 되는 것이 내 어릴적 어머니 품속에서나, 지금 여기 자연의 삶에서, 그리고 또 신의 품에서, 물론 인격화된 신이라기보다 인간의 개념으로 도달할 수 없는 영역을 신이라 불렀을 때 말이죠, 그런 것과 비슷하지 않을까 생각해봤어요…… 거기서 얻는 평온과 이타적 사랑 혹은 자비심 같은 것들이 결국은 슬픔이나 어려움을 극복할 수 있는 힘의 근원이 아닐까 싶고요."

이 젊은이의 마음에 들도록 조심스레 표현과 말을 골랐다. 아무런 반박 없이 그가 조용히 고개를 끄덕였다. 보이지 않는 마법의 사탕을 입속에서 이리저리 굴리며 맛을 음미하느라 스스로에게 집중해 있는지도 몰랐다.

여전히 다물어진 그의 입을 보며 나는 이제 그만 일어설까 하다가 생각에 골똘한 소년, 신중한 장난꾸러기를 바라보는 엄마처럼 그대로 앉아 있었다. 새들의 지저귐을 따라 창으로 잠깐 시선을 던졌고, 이 집 주인이라도 된 듯 다시 다기에 녹차를 우려 잔에 따랐다. 그러고는 잔소리꾼처럼 또 입을 열었다.

"나야 불교에 대해 잘 모르지만……, 하기야 다들 잘 알지도 못하면서 이런저런 말들을 하기도 하니, 나도 한마디 덧붙인다고 큰일 나진 않겠죠?"

시선을 든 그가 얼핏 미소 지으며 나를 보았고 나도 싱거운 미소와 함께 말을 이었다.

"화리생연이란 말도 있잖아요."

그가 석연치 않은 표정으로, 뜻을 헤아려보듯 천천히 말했다.

"화리, 생, 연? 처음 듣는 말인데요."

"원래 불교 설화에 있는 말인 것 같은데? 서산대사의 시에도 나오죠. 불 속에 피는 연꽃이라야 영원히 시들지 않는다는……"

화들짝 놀라고 경직되는 그의 얼굴을 보며 나는 말을 멈췄다.

"그 말씀을, 왜 지금, 저한테……?"

입속의 사탕을 바닥에 떨어트린 아이처럼 당혹스러운 표정이었다.

"그냥, 그 말이 생각났어요."

뭔가 그럴싸한 위로의 말을 떠올렸던 것인지도 모르겠다. 이 멋진 젊은이가 고개 너머로 이사와 내심 든든하고 흡족했는데, 갑자기 야윈 모습을 보니 안타깝고 근심스럽기도 했다. 그렇게 빛나던 청년이 무슨 말 못할 힘든 일을 겪나 싶어서 시련 속에 단련되는 고귀한 마음, 불 속의 연꽃같은 마음으로 용기를 내라고 했던 말이었는데.

"선생님……"

그날 지훈은 내 앞에서 커다란 어깨를 들먹이며 울었다. 나는 2주 전쯤 그가 꾸었다는 꿈과 다람살라 이야기를 알게 되었다. 집으로 돌아올 때 날은 이미 저물었고 봄비가 내리기 시작했다. 고개를 넘으면서, 놀랍고 두려운 그의 사연은 뒤로 남긴 채로 나는 혼자만의 생각에 잠겼다. 그의 꿈을 꾼 내가 콩나물국을 끓여 왔고, 화리생연이란 말에 크게 흔들린 그가 자신의 사연을 털어놓았다, 사랑이 있어 그의 눈물이 있었다, 이것이 있으니 저것이 있었다. 나비의 날개짓이 있어 시인에게 영감이 될 수도 있다, 혹은 지구 반대편에 태풍을 불러일으킬 수도 있다. '이것이 있으니 저것이 있다', 초기경전에 나온다는 붓다의 이 지극히 간결한 말은 작년에 지훈이 알려준 것이었다. 어떤 이것과 어떤 저것을 규정하지 않은 이 말에는 세상에 벌어지는 모든 일들이 표현되는 탁월함이 있었다.

어떤 이것을 어떤 저것으로 있게 하는가는 각자의 마음과 말과 행동에 달린 것이었고, 이것과 저것 사이에는 예측과 단정을 넘어 신비로워 보이는 무엇이 함축되어 있다. 그것이 바로 공이 아닐까……. 부질없는 생각들로 기운이 다 빠져나가 소파에 주저앉아 있던 나는 꼼짝하기도 싫어졌다. "선생님, 개념으로 이해하려고 너무 애쓰지 마세요, 그러면 거기 공이 성큼 다가와 있을 거예요." 지훈이 했던 말도 뒤늦게 생각났다. 개념을 떠나서 공이란 개념을 어떻게 이해해야 할지 알쏭달쏭했다. 빗방울이 투둑투둑 창을 때렸다. 얼른 몸을 일으켜 쌀을 봉지에 담았다. 다시 고개를 넘어 그의 문 앞에 놓고 조용히 돌아섰다.

몸이 노쇠해갈수록 새롭게 할 수 있는 일은 점점 줄어든다, 사방으로 퍼지는 봄기운에 다시금 풍요로워지는 마음을 바라보는 것말고는.

세
번
째
주

월요일 아침, 기운을 차린 지훈은 서울로 향했다. 태우가 조정해
놓은 스케줄이 기다리고 있었다. 1년만에 하는 스튜디오 작업에 그
는 곧바로 적응했을 뿐 아니라 더 유연하고 탄력 있었다. 모델과 스
태프들에게 더욱 다정하게 대하면서도 필요한 긴장을 잃지 않았고,
순간을 포착하고 셔터를 누르는 감각도 더욱 예민해져 있었다.

생각보다 일거리가 많았다. 빡빡한 일정은 근심거리로부터 놓여
나기에 좋았다. 하루 종일 일하고 유리방으로 올라와 잠에 곯아떨
어졌다. 다음 날 눈을 뜨자 블라인드를 내리지 않았던 창으로 도시
의 건물과 하늘이 쏟아질 듯 시야를 채웠다. 침대에 누운 채로 불현
듯 유리방의 의미를 깨달았다. 스튜디오 옥상에 유리방을 만들었던
것은 벽 두 면이 유리로 되어 있었던 다람살라의 게스트하우스에서
하던 고요히 머물기에 대한 무의식적인 지향이었다. 그 방에서 매일
만났던 그녀에 대한 그리움까지도. 서울로 돌아와 까맣게 잊고 지낸
듯했으나 마음은 언제나 그리로, 그날들로 향해 있었던 것이라고 그
는 생각했다. 비로소 창밖의 건물들을 보면서도 설산 봉우리를 떠

올릴 수 있음을 깨달았다. 분주한 일과 속에서도 그녀를 떠나지 않을 수 있음 또한 분명해 보였다. 분리되지도 흐트러지지도 않는 하나의 흐름 속에 상반된 여러 일들이 가능해 보였다. '처음부터 모두 그러했던 것을! 이제야 알아차린 거야.' 어쩌면 바로 알 수도 있었을, 작은 깨달음을 얻기까지 먼 길을 돌아왔다. 아침 햇살이 비껴드는 유리방에서 잠시 명상에 잠겼다. 지난 날들이 조용히 흘러갔다.

*

　다르마 티칭이 시작됐다.

　정문을 지나 뒤편으로 돌아 들어가야 했다. 이 마을의 정치적 현실을 처음 실감한 순간이었다. 총을 든 인도 군인과 경찰 앞에서 금속 탐지 장치를 지나고, 이어 티베트 경호원들이 남녀로 나뉘어 몸과 가방을 살피는 줄에 들어섰다. 늘어선 사람들이 예상보다 많지는 않았다. 가방의 지퍼를 다시 잠궈 돌려주는 친절한 티베트 경호원에게 다정한 눈인사를 던지고 계단으로 향했다. 옆을 지나치는 서양인들의 발걸음이 급해 보였다. 자신도 왠지 그래야만 할 것 같아 성큼성큼 계단을 밟았다. 사원 마당이 시야에 들어오자 깜짝 놀라고 말았다. 법회가 시작되려면 아직 30분이나 남았는데 발 디딜 틈 없이 사람들로 가득했다.

　빼곡히 앉은 사람들의 뒤통수를 바라보았다. 큼지막한 도화지에 이름을 써서 바닥에 테이프로 붙여놓았고, 어제 아침 오체투지 하러 왔을 때도 다시 확인했던 그 자리가 한눈에 가늠되지 않았다.

사람들을 뚫고 그쪽으로 간다 해도 과연 자리가 남아 있을지, 되돌아오면 지금 서 있는 계단 옆 공간마저 다른 누군가의 차지가 돼버릴지. 그때 손을 들고 흔드는 혜원이 보였다. 이쪽으로 오라는 표시가 분명했다. 앉아 있는 사람들 사이를 그야말로 발레리나처럼 발끝으로 디디면서 "쏘리"를 되풀이하며, 지그재그로 앞으로 앞으로 나아가 중간쯤에 맡아놓은 자리에 이르렀다. 도화지는 이름을 써놓은 부분만 남기고 앞뒤 양옆에서 밀려온 사람들로 겨우 엉덩이만 들이밀 정도였다. 그나마도 다행이어서 혜원과 마주보며 활짝 웃었고, 주변 서양인들과 "하이!" 인사를 나누며 안도의 숨을 쉬었다.

"지금 우리가 프랑스 사람들 자리 한가운데 있어요!"

혜원이 속삭이듯 말했다.

"프랑스 사람 자리요?"

티베트인들은 좌측 마당으로, 외국인들은 우측 상단 차양이 쳐진 곳으로 대략의 구분만 있는 줄 알았는데, 그러고 보니 주변 사람들 모두 불어로 낮게 속삭이고들 있었다.

"통역자를 중심으로 나라별로 모여서들 앉나봐요. 한국 사람들 자리는 저 앞에 법당 올라가는 우측으로 기둥 보이죠? 그 안쪽이래요. 저기는 러시아, 저기는 대만, 저기는 이태리, 저기는 스페인……"

주변 파악을 모두 끝낸 혜원은 손가락 끝만 조금 내민 채로 여기저기를 가리키면서 작은 소리로 설명했다.

"라디오 채널만 맞추면 뭐 어디 앉아도 상관없겠죠. 근데 우리가 다람살라의 작은 프랑스에 있는 듯! 쫌 소름 돋죠?"

이어진 그녀의 말에 그도 흠칫했다. 둘 다 법회를 목적으로 다람살라에 왔던 처지도 아니고 해서 적당한 겸손으로, 너무 앞도 아니고 뒤도 아닌 적당한 위치에 자리를 정했었다. 이틀 전 빈자리가 많을 때였다. 불교에서라면 우연처럼 보이는 것에도 반드시 그에 관련된 원인이 있다지만 '묘한 인연이야!'라며 쉽사리 불교 개념을 차용해 말하기엔 둘 다 신중한 성격이었다. 그저 재미있다는 듯 마주 보고 크크 웃었다.

곳곳의 웅성거림이 일시에 사라졌다. 아니, 짧은 순간에 도미노가 주르르 쓰러지듯 소란에서 고요로 전환되었다. 그 진원지를 향하는 사람들을 따라 그도 몸을 돌렸다. 마당 뒤편, 달라이 라마 왕궁의 정문이 열렸다. 티베트 수도 라싸에 우뚝 솟은 역사와 신비의 궁전 포탈라에 비하면 도저히 궁이라 부를 수 없는 곳. 사원 마당과 철문 하나로 나뉘어진 소박한 관저에 불과했고 더 이상 신정일치의 왕도 아니었으나, 그들의 마음속 왕이 거하는 곳이었으므로 여전히 왕궁이었다. 장총을 든 인도 군인, 향과 관악기 한둘, 승려 몇, 단출한 행렬 속에 14대 달라이 라마가 보였다.

지훈은 문득 파리에서 혜원과 함께 보았던 흑백영화의 한 장면이 떠올랐다. 15세기 초, 러시아 군중들의 그 고요. 침략과 약탈, 전염병과 기근, 내분과 기만으로 나라와 개인 모두 오랜 기간 피폐된 상태였다. 화합과 용서를 상징할 커다란 종이 한 소년의 거짓말과 사람들의 믿음 속에 어렵게 완성되었고, 이제 막 종을 치려 했다. 소리가 나지 않는다면, 혹은 깨져버린다면. 누구도 숨소리 하나낼 수 없는 긴장된 순간. 귀족과 민중, 수도사들, 종을 만든 장인들,

용서할 자와 용서받을 자, 이상과 자유를 갈구한 자와 억압한 자, 모두 한마음으로 숨죽인 그때 한쪽에서 이탈리아어로 대화를 나누는 작은 소리가 들렸다. 초대받은 손님이었을 그들의 소곤거림으로, 당사자인 러시아인들의 긴장과 고요의 의미가 몇 배로 증폭되어 전달된 장면. 마침내 종소리가 울려 퍼졌다. 가슴 졸였던 사람들이 용서와 화합의 순간을 맞았고, 영화는 깊은 울림을 남기며 끝났다.

지훈은 얼른 현실의 사원으로 돌아왔다. 고요하되 가슴 졸일 긴장은 없는 환한 기쁨이 사람들 사이로 번지고 있었다. 평범한 승복을 걸친 그들의 왕은 소탈한 걸음을 옮기며 좌우에 있는 사람들의 손을 잡아주기도 하고, 멀찍이 있는 사람들에게 손을 흔들어주기도 하면서, 곧게 뻗은 중앙의 좁은 길로 앞으로 앞으로 향했다.

낯선 계곡마을로 지훈을 이끈 책의 주인공이 눈앞에 지나가고 있었다. 파란만장했던 삶의 굴곡을 모두 끌어안은 듯 주름진 얼굴은 미소로 가득했고, 환하게 빛나고 있었다. 집중과 자연스러움을 함께 지녔고, 유쾌함에는 과장이 없었다. 아주 짧은 순간일지라도 손을 잡거나, 흔들 때 시선은 상대편에게 온전히 집중되어 다른 곳으로 벗어나지 않았다. 남루한 옷차림으로 합장하는 노인, 캐주얼진의 여행객, 전통복 차림의 부모에게 안긴 티베트 아이, 최고의 경의를 표하는 사람, 쾌활한 친구처럼 손을 흔드는 서양인, 그들 누구라도 영혼까지 닿을 진실한 일대일의 대면이 가능해 보였다. 시선을 마주치지 못한 지훈은 조금 아쉬웠다. 설혹 그들의 믿음처럼 천 개의 눈과 팔을 지닌 관세음보살일지라도 모인 사람의 수가 너무 많았다. 그 천이 단순한 수치로써의 천은 아닐 터이듯, 물리적 시선 맞춤이 다가 아니기를 바라며 왕의 뒷모습을 바라보았다.

그들의 왕은 1935년 티베트 북동부의 변방에서 보리, 메밀, 감자 농사를 짓고 양과 염소를 기르던 집안에서 태어났다. 그들만의 전통적이고 신비로운 방법에 따라 13대 달라이 라마의 환생자를 찾는 파견단이 궁벽한 시골에 이르렀을 때, 어린아이는 그들 중 하나를 알아보고 호칭을 불렀을 뿐 아니라 "이건 내 꺼야!"라며 전생자의 소지품을 정확히 가려냈다. 부모를 떠나 쿰붐사원으로 보내진 아이는 이후 석 달의 여정을 거쳐 라싸에 이르렀다. 엄청난 인파와 성대한 의식 앞에 아이가 보여준 놀라운 의젓함은 미심쩍은 눈으로 살피러온 한두 명의 최고위 승려마저 인정할 만한 것이었다.

라싸로 초대된 부모 형제들과 행복한 시간을 보낸 후, 아이는 다섯 살 겨울에 14대 달라이 라마로 공식 취임했고 동시에 삭발 승려로서의 길에 들어섰다. 불안한 대외 정세 속에 민중의 애정과 신뢰를 듬뿍 받는 왕이면서, 방대하고 체계적인 불교 공부의 전 과정을 수행하는 승려로 성장했다. 1950년 대규모 무력침공(내가 다시 끼어들지 않을 수 없다. 1950년 10월, 8만의 중공 인민 해방군이 티베트 동부 지역 드리추 강을 건너 공격을 시작했다. 같은 시기, 그 두 배의 중공군이 압록강을 넘어 한국전쟁에 개입했다. 미국을 포함한 UN군의 도움으로 북한의 남침을 거의 물리쳐, 전쟁의 비극과 피의 댓가로나마 통일이 점쳐지던 순간이었다. 얼어붙은 압록강을 건너 쏟아져 들어온 중공군의 위력으로 전쟁은 2년을 더 끌고도 진정한 결론에 이르지 못했다. 한국은 21세기에 이르도록 분단국으로 남아 한쪽은 굶주림에 시달리고 다른 한쪽은 넘쳐나는 기름진 음식으로 다이어트 열풍에 휩쓸리는, 긴장 속에 모순된 세상. 어쨌든 작은 한반도가 세계에서 몰려온 의료 지원군과 병사들로 빼곡해 있던 바로 그 순간, 거대한 영토에 낮은 인구밀도로 점점이 흩어져 평화롭게 살던 티베트인들 앞에는 오직 무기를 든 중공군만이 있었다. 농사보다는 유목생활이 주가 되고, 물질보다는 영혼의 가치를 추구하던 티베트에서 중공군은 무력을 앞세워 '평화적인 해방'을 선언했다. 삶의 뿌리인 종교의 신성함이 무참히 짓밟히고, 오랜 시간 달콤한 잠에 빠져 있던 천연자원이 약탈되는 평화. 계급적 의미의 농노가 없는 자유로운 유목민의 나라에서의 뜬금없는 농노해방이었다. 한국전쟁에 개입함으로써 마오쩌둥도 아들 하나를 잃는 비극을 겪었지만……, 티베트와 한국 이 두 나라에 행사했던 불행의 파급력은 너무도 크고 아직 끝나지 않았다. 1950년 10월, 마오는 자신의 위대한 결단으로 가운데 나라 중국의 좌우에 좌청룡 우백호 삼아 깊은 인연의 씨앗이라도 심고 싶었던 걸까.) 이듬해 부당한 조약을 강요하는 중국 대표단이 도착했을 때, 아직 소년이었던 왕은 중국인들의 머리에 뿔이 달렸을지도 모른다는 생각 속에 발코니에서 망원경으로 지켜보았다. 3년 후 열아홉 청년이 된 그는 희망과 가능성, 모험심마저 품고 중국을 방문했다. 유물론을 제외한다면, 평등과 정의라는 마르크스주의의 순수 이념과 생명 있는 모든 존재를 귀하게 여기는 불교의 연대가 가능할 것도 같았다. 북경에 머물렀던 1년, 왕은 많은 경험을 했다. 열두 번 이상의 회합에서 마오를 만났다. 그는 티베트의 젊은 왕을 매번 자신의 바로 옆자리에 앉게 했고, 식사 때는 손으로 직접 음식을 집어주는 친절마저 보였다. 그러나 왕은 중국의 정치적

실상과 노회한 공산주의 관료들에게서 깊은 실망과 배신감을 안고 돌아왔다. 한편 어떤 경우에도, 정치적 상황이 몹시 어려울 때에도, 왕은 한 사람의 평범한 승려로서 수행해야 할 공부를 결코 소홀히 하지 않았다. 불교 국가인 티베트에서는 그것이 그가 지도자로 추대된 올바른 전제이고 근간이었다.

이제 70세가 넘은 왕의 얼굴의 주름은 조국을 빼앗기고 수많은 사원이 붕괴되고 자연과 전통과 문화가 파괴되고 무엇보다 수많은 민중이 유린되는 고통에 함께 아파하며 흘린 눈물이 지나간 자리이며 빛나는 미소는 종교수행의 결과이리라, 지훈은 생각했다. 이 머릿속 판단은 법회가 시작되고서야 가슴으로 전해졌다.

"달라이 라마!"

중앙 통로에서 멀찍이 떨어진 곳에 자리한 어느 서양인이 번쩍 든 손을 흔들며 크게 외쳤다. 기쁨으로 너무 들떴거나, 어쩌면 지훈보다 용기 있는 사람이어서 그랬을지도 몰랐다. 고개를 돌린 왕이 환한 미소와 함께 한 손을 들어 보였다. 누군가 그를 부르면, 그리고 그것이 타인에게 해가 될 문제의 소지가 없어 보이면, 가능한 한 그는 최선을 다해 부름에 응할 것이었다. 재기를 꿈꾸던 미국의 어느 유명 컴퓨터 개발업자가 광고 모델로 청했을 때도 지금처럼 그저 소박하고 진실한 마음으로 상대편의 부름에 응해준 것이리라, 약간의 부러움 속에 지훈은 생각했다.

사실, 왕과의 만남은 언제나 열려 있었다. 인도 곳곳 티베트 사람들의 정착지에서 주기적으로 법회가 있었고, 히말라야를 넘어 망명 오는 남루한 행색의 사람들도 이곳 사원에서 매월 정해진 날에 그를 만날 수 있었다. 망명지의 학교에도 매년 방문하여 강연했으니 졸지만 않는다면 학창 시절 내내 그에게서 직접 불교 개론을 들을 수 있을 터였다. 과거에는 세계 도처의 다종다양한 방문객들이 신청 서를 접수하고 그와 만날 수 있었다. 개별 방문자에게는 최근에 기 회가 많이 줄었다. 중국과 한국을 제외한 수많은 나라에서의 법회 와 강연 일정이 1년 내내 이어졌으므로 접수를 처리하는 담당자에 게도 어려움이 따랐다.

마침내 왕이 법좌에 앉았고, 티칭은 열흘간 계속되었다.

지훈은 단 한순간도 졸거나 다른 생각에 빠질 새 없이 집중했다. 『입보리행론』이외에도 두 개의 불교 텍스트가 더 있었다. 참석한 모 두에게 티베트 빵과 따뜻한 차가 한 잔씩 돌려지는 휴식 시간에도 달라이 라마는 쉴 새 없이, 11세기에 놀라운 성취를 이루었던 어느 수행자의 전기와 시를 매일 조금씩 읽어주었다. 높고 찬란한 설산 봉우리를 바라보듯, 지훈은 눈을 뗄 수 없었다. 자신을 지지하는 수 많은 내외국인들 앞에서 왕은 단 한 번도 정치적 발언을 하지 않았 다. 주관이나 삶의 경험을 거론하며 참석자들을 가르치려드는 설교 도 없었다. 오로지 불교 텍스트를 읽고, 자신이 전수받은 해석에 의 거한 해설을 겸손하게 그러나 오랜 공부와 수행에 의한 확신으로 명 확하게 전달했다. 티베트 불교 전통에 깊은 믿음과 존경을 보였으나, 참석자들에게 강권하지도 종용하지도 넌지시 권하지도 않았다. 붓다 의 가르침을 전달하는 자신의 기반이 티베트 전통이므로 그것이 유 일한 언어이고 형식일 수밖에 없는 당위, 그 이상은 없었다. 그렇지 않았다면 지훈은 슬그머니 일어나 자신의 방으로 돌아갔을런지도.

티칭 이튿날 갑자기 왕의 명령으로 수업이 마련되었다. 영어권 참석자들을 위해서는 예년부터 있어 왔으나 한국인들에게는 처음이었다. 담임이 된 린포체가 통역자를 옆에 두고 그날의 설법을 요약 설명하고 질문에 답해주는 시간. 지훈도 혜원과 함께 참석해 손을 번쩍 들어 궁금한 것을 질문하기도 했다.

가떼 가떼 빠라가떼 빠라상가떼 보디소하.

가자, 가자, 저 언덕으로 가자, 저 언덕으로 함께 가자, 라는 의미로만 알고 있었던 반야심경의 산스크리트 진언에 보살의 단계가 담겨 있다는 것도 배웠다. 지혜와 자비의 완성인 붓다의 깨달음에 완전히 이르는 점진적 단계. 각자의 노력 여하에 따라 셀 수 없이 많은 생일 수도, 몇 생일 수도, 단 한 번의 생이 걸릴 수도 있는.

고정된 하나의 실체로서 자아가 있다는 것이 붓다 당대의 정설이었다.

· 거기에 혁명적 선언을 했던 붓다. 도장을 찍듯 명확히 밝혔던 그의 네 가지 진리 중 하나인 '무아'는 그 무엇도 고정된 실체일 수가 없다는 것이었다. 따라서 무지에서 지혜로, 고통에서 열반으로, 누구나 변화하고 성취가 가능한 것이었다. 이 지혜의 심오한 측면이 2세기경 산스크리트 저술로 새롭게 조명되면서 대승이라 불리는 자비의 길이 열렸다. 누구에게나 열려 있으므로 길은 무수히 많을 수 있지만 거기엔 분명 거쳐야 할 단계가 있었다. 길을 가는 자는 보살이었고, 길 끝에 이르면 누구라도 붓다가 되는.

2,500여 년 전 그 길을 처음 제시했던 사람. 생노병사에 대한 의문과 답을 놓고 6년의 고행 끝에 어느 새벽 보리수 아래서 깨달음

을 이룬 인도의 왕자 고타마 싯다르타. '이 단순하고도 심오한 진리를 과연 사람들에게 전해야 할까?' 잠시 망설이기도 했던 그 사람. 이후 46년에 걸쳐 수레를 타지 않고 맨발로 걸어 다니며, 귀족의 언어를 사용해달라는 청을 물리치고 평범한 사람들의 언어로, 수많은 사람들과의 대화와 설법 속에 자신의 지혜를 전함으로써 전 생애에 걸쳐 완성했던 자비를 지훈은 가슴속에 떠올렸다. 신과 마왕, 당시 인도를 풍미했던 다양한 신들과 최고신들마저 불러내 대화하고 설법하기를 소홀히 하지 않았던 사람. 인간의 아들로 태어나 스스로 신을 넘어선 자. 누구에게나 갖추어진 불성(마음의 본성 혹은 신성, 무어라 부르든), 바로 그것을 자신 안에서 깨닫고 드러내고 바르게 펼침으로써 초기 불교인 소승을 지나 대승과 금강승의 흐름 속에 마침내 진리 그 자체가 된 사람. 소문으로만 들었던 붓다의 진정한 가르침이 눈앞에서 펼쳐졌고, 열흘 동안 다람살라를 감싸안았다.

사원에서 돌아오면 희망카페에서 그녀와의 수업이 있었다. 린포체의 수업이 두 시간 가까이 이어지는 날에는 급하게 달려와야 했다. 하루 종일 몸과 마음을 담았던 불교의 깊고 넓은 바다에서 빠져나와 연꽃 호수를 향해. 색색의 감정이 무지개처럼 떠올랐다 사라지는 신비로운 호수로.

"우리 수업은 쉬는 게 어때요? 지훈, 당신은 정말로 티칭에 열심히 참석하네요."

그녀는 나이든 선생님이 학생을 바라보듯 충분한 이해와 배려가 담긴 얼굴로 지그시 바라보며 말했다. 티베트어 숙제까지 하기엔 여유가 많지 않았고, 그날은 티칭의 다른 텍스트들에 해당하는 한국어 책도 구했기 때문에 게스트하우스로 돌아가 얼른 읽고 싶었지만, 그의 입에서는 다른 말이 나왔다.

"난 괜찮은데요. 선생님, 당신이 피곤한가요?"

"아니요, 그렇다면 됐어요."

어느덧 무심한 표정으로 돌아간 그녀가 그의 노트를 펼쳤다. 훑어보는 그녀의 입가에 미소가 어리는 것을 확인하며 따끈한 짜이를 입으로 가져갔다. 기대했던 칭찬은 없었다. 약간의 실망 속에 다시 한 모금. 피로를 물리치는 달콤하고 진한 차 맛이 그의 입에서 몸으로 전해지기를 기다린 듯이 그녀가 차분한 음성으로 말했다.

"이제 내가 부르는 것을 써보세요."

글자 조합을 모두 외워서 쓸 수 있는지 꼼꼼히 확인한 그녀의 고개가 살짝 끄덕여졌고, 입에서는 작은 소리가 새어나왔다. 영어였는지 티베트어였는지 알아들을 수는 없었지만, '음, 잘했어'쯤의 혼잣말이라고 그는 짐작했다.

"오늘 티칭은 어땠어요?"

식어버린 차를 그제야 한 모금 마시고 나서 그녀가 물었다.

"오늘도 완전 집중했고, 온통 감동이었어요."

"어떤 점에서요?"

그녀가 눈을 반짝이며 다시 물었다.

"붓다의 가르침을 온전히 바르게 전달하는 티칭이라는 점에서요."

그녀가 그를 빤히 보았다, '그러니까 그게 어떤 점에서 그런데요?'라는 듯이. 그러나 그는 자신의 오랜 심연에 대해서, 답 없는 질문의 답을 찾아 책 속에서 세상 속에서 머릿속에서 쉴 새 없이 헤맸던 길고 복잡한 사유의 과정들에 대해서, 그리고 이제 심연을 메꿀 견고한 흙을, 불치병을 해결할 처방전을, 미궁에서 빠져나올 실마리를 마침내 붓다의 가르침에서 발견하고 있다는 이야기는 며칠이 걸려도 설명하기 어려울 것만 같았다.

"그러니까, 내 영어 실력이, 그런 철학적인 자세한, 설명을 하기엔 부족해요. 음, 그리고 어떤 측면에서는 솔직히……, 이미 오랫동안 내 마음속에 있던 것들을 정확하게 듣고 있는 듯한 느낌이에요. 어쩌면 그래서 더 완전히 집중하는 것일 수도 있죠. 결과적으로, 내가 여기로 오게 된 건 명상보다도 결국 이 티칭 때문이 아니었을까 싶고, 인연이란 것이 있다면 이것이 나의 진정한 인연이고 카르마일 거라는 생각이 들어요."

진지하게 귀 기울이던 그녀가 천천히 고개를 끄덕였고, "오, 그렇군요……" 혼잣말처럼 티베트어로 낮게 속삭였다.

"그럼 이제 곧 승려가 되는 건가요?"

어느덧 장난스런 얼굴로 변한 그녀가 그를 마주 보며 물었다. 그리 밝지 않은 희망카페 안에서 눈에 드러나지 않을 만큼만 지훈의 얼굴이 붉어졌다.

"크하하, 그렇게 되나요? 그렇지만 오늘 티칭 내용을 보면, 꼭 승려가 되어야만 보살의 길을 걷는 건 아니더군요. 물론 오래전부터 나도 그렇게 생각했었고요. 지금은 21세기고, 다양한 옷과 다양한 직업, 다양한 방법으로 지혜와 자비의 길을 걸을 수 있으니까요. 물론 승려가 된다면 금상첨화겠죠! 어쨌든 이제부터라도 한번 진지하게 생각해봐야겠네요!"

과장된 웃음으로 시작해 평정심을 잃은 어조로 떠듬떠듬 영어를 이어갔고, '괜히 왜 이래!' 말을 마치며 스스로에게 말했다.

짓궂은 미소와 함께 그녀가 입을 열었다.

"꾸쇼라(스님)! 시간이 늦어서 저는 이만 들어가 볼게요."

옆 테이블에 음식을 놓아주던 카페주인이 그 말에 낄낄거렸고, 그녀는 가볍게 일어나 바람처럼 뒤돌아 사라졌다. 지훈은 뚝빠 한 그릇으로 이른 저녁을 먹으면서 알 수 없는 울적함을 달랬고, 게스트하우스로 돌아갈 즈음에는 티칭에서 받은 감동으로 마음은 다시 빛나기 시작했다.

자신과 세상에 대한 의문의 답을 찾느라 미처 살피지 못했던, 묻혀버렸던 그날의 질문. '괜히 왜 이래?' 그녀를 사랑해서였다고 이제야 스스로에게 답할 수 있었다. 스튜디오로 내려가기 전에 메일을 확인했다. 자선봉사 단체에서도 체링에게서도 기다리던 답은 오지 않았다. 야생동물을 위한 NGO에서 일하는 체링은 남인도와 북인도를 오가느라 바쁜 모양이었다. 갑작스런 안부 메일에 이웃들의 근황을 전하면서 그녀가 캐나다로 떠났다는 한마디를 덧붙였던 것이 벌써 4년 전이었다. 그 후로 다시 소식을 주고받은 적은 없지만, 메일을 확인했다면 분명 답을 보낼 텐데.

지훈은 혜원에게도 이메일을 보내려다가 그만두었다. 그녀가 메일을 확인하고 답을 보내는 데는 어쩌면 한 달은 걸릴 터였고, 오랜만에 음성이 듣고 싶었다. 빼마를 아는 누군가와 잠시라도 대화를 나누고 싶었다. 인도는 아직 새벽, 혜원에게 편할 느즈막한 오후로 전화를 미루고 유리방을 나섰다.

"지훈 씨, 같이 가요!"

카운터의 젊은 승려에게 빌렸던 책도 돌려주고, 아침 식사까지 마친 그가 사원으로 향하려던 참이었다. 말 붙일 새 없이 음식만 놓아주고 지난번처럼 주방으로 사라졌던 한국 여자가 황급히 따라 나왔다. 눈을 마주치고 나서야 지훈은 비로소 혜원을 알아보았다. 그들의 만남이란 것이, 처음 스친 이후 나머지 두 번이 외국이었고 이번 역시 한국이 아니라 둘 다에게 매우 낯설고 심지어 엉뚱한 곳이라 할 만했기 때문에 마주보고 피식, 이어 하하 크게 웃었다.

그들이 처음 만난 것은 더운 여름날, 화실에 혼자 남은 지훈이 데생을 막 마무리했을 때였다. 매번 줄리앙의 표정을 생각만큼 담아내지 못했기 때문에 그 어느 때보다 심혈을 기울이고 있었다. 미대 지망생들이 수없이 따라 그리는 미켈란젤로의 석고 복제품. 우수 어린 혹은 불만이라도 있는 듯, 그러면서도 옅은 미소가 어린 듯한 줄리앙의 표정을 어느 하나도 제대로 담아내지 못하는 것은 어쩌면 그의 잘못이라기보다 미켈란젤로의 솜씨가 너무나 뛰어난 탓이었다. 복제품을 모사하며 가끔씩 '내가 지금 왜 이러고 앉아 있지?' 하는 생각이 밑도 끝도 없이 솟는 것에 지루해지거나 생각대로 잘 그려지지 않은 때문이라고 여겼다. 그런데 어느 때보다 만족스런 완성의 순간에도 아무런 기쁨을 못 느끼고 다시 불쑥 그런 의문이 솟자 멍하니 줄리앙의 얼굴을 건너다보고 있었다. 화실 밖에서 말소리가 들렸다. 원장실에 방문했던 사람들이 떠나는 중이었다. 화실 문이 빼

꼼 열리며 누군가 고개를 넣었다.

"아, 쏘리! 작업 중인데."

전위적인 파마 머리에 짙은 화장의 여자가 소심하면서도 쿨하게 말했다.

"아니요, 들어오세요."

손에 들고 있던 연필을 그제야 이젤에 내려놓으며 말했다.

그녀는 지훈의 선생님이 다른 화실에서 가르쳤던 제자였고, 프랑스 유학을 떠나기 전 예전 동기들과 함께 인사차 들른 거였다. 대학생 몇이 따라 들어와 지훈과 형식적인 인사를 나누고 화실을 한차례 둘러보고는 다시 우르르 나갔다. 문을 닫기 전 뒤돌아보던 그녀의 시선이 지훈과 만났다. 그녀는 지훈의 이젤을 눈짓으로 가리키며 엄지 손가락을 올렸고, 고3 입시생인 그를 격려하듯 말했다. 소심하고 한편으론 쿨하게, "화이링!"

두 번째는 대학생이 된 지훈이 유럽의 미술관 순례 겸 배낭여행으로 프랑스에 도착했을 때였다. 파리에 유학 중인 선배의 집에 일주일 정도 묵었는데, 저녁이면 와인 한두 병을 들고 찾아오는 선배의 지인들이 있었다. 마지막 날은 좀 더 왁자한 분위기였고, 와인 두 병을 비웠을 때 새로운 멤버들이 술자리에 찾아왔다. 그들 중 그녀가 있었다. 긴 생머리를 말아 올려 핀으로 고정하고 화장기 없는 깔끔한 모습으로 변해 있었다. 주위에서도 영화학교 학생이라고만 소개했기 때문에 지훈은 고개를 갸우뚱했다. 새로운 와인이 잔에 채워지고 건배를 할 즈음 그녀와 시선이 부딪쳤다.

"저, 혹시……"

지훈이 입을 떼자, 그녀가 담배 연기 사이로 어깨를 으쓱하면서 씩 웃었다. 수줍은 듯, 소심한 듯, 그러나 역시 쿨하게 마무리되는 느낌으로.

여럿이 어울리는 자리여서 따로 대화를 나누지는 않았지만, 헤어질 때 그녀가 전화번호를 주었다. 유럽 여행을 마치고 서울로 가는 비행기를 타기 위해 다시 파리로 돌아온 지훈이 별 생각 없이 전화를 걸었다.

"영화나 한편 볼래요?"

혜원이 불쑥 물었다.

그녀를 따라 파리 뒷골목의 소극장으로 갔다. 세 시간이 넘는 흑백 예술영화를 보고, 근처 카페에서 커피를 마셨다. 영화에서 너무나 강렬한 인상을 받았기 때문인지 각자의 생각에 빠져 서로 많은 대화를 나누지는 않았던 것 같다. 그렇게 훌륭한 영화를 보고 나니 그녀가 왜 전공을 바꾸었는지 굳이 물어볼 마음도 생기지 않았다. 그녀는 연신 담배를 피웠고, 유럽 여행에 관한 소소한 잡담만 나누다 헤어졌다. 그게 전부였다. 서울에 돌아와서도 그녀에 대한 소식을 듣거나 다시 만날 일은 없었다.

그리고 세 번째. 그녀는 이번에도 굳이 알은 척하지 않았고 비록 지훈은 알아보지도 못했지만, 다람살라에 도착한 첫날 짧은 커트 머리에 뿔테 안경을 쓰고 샹그릴라에서 일하는 그녀와 다시 만난 것이었다.

법회 기간 내내 지훈은 그녀와 자리를 함께 하고 점심도 같이 먹었다.

"나는 비로소 마음이 편안해졌어요, 어디에서 뭘 해도 정처 없이 떠돌기만 했던 마음이. 이런 게 인연인지 뭔지는 잘 모르겠지만, 이곳을 내가 왠지 아주 좋아하는 거 같아요."

가족과의 불화나 중간에 유기해버린 학교생활들, 그림이든 영화든 마무리 짓지 못한 일들 때문에 낯선 곳으로 내몰려 자신을 합리화하는 것으로 보이지는 않았다. 오랜 방황 끝에 마침내 고향으로 돌아간 사람, 있어야 할 곳을 마침내 찾아낸 사람처럼 편안했다.

다람살라에도 사람 사는 세상 어디나와 같은 모순과 문제점들이 있었다. 어쩌면 더 첨예했다. 그 작은 계곡에는 상점과 호텔을 운영하는 토박이 인도인들뿐 아니라 인근 지역에서 피서 오는 중산층 이상 돈 좀 있는 인도인들, 히말라야를 넘어 끊임없이 망명오는 고난의 티베트인들, 세계 각지에서 성지순례 삼아, 구경 삼아, 저렴한 휴식처 삼아 흘러왔다 다시 흘러가는 다양한 여행객들이 있었다. 수많은 사연과 말과 시선들이 떠도는 가운데 일상을 유지하는 것은 곡예일 수도 있었다. 그럼에도 티베트인들의 깊은 신앙심과 삶의 질서는 그곳의 굳건한 중심이 되었다. 그처럼 작고 복잡한 마을에 인구밀도가 가장 팽창했을 때조차 혼란스러움 대신 많은 이들이 함께 느낄 수 있는 지극한 평화로움이 깃들어 있었다는 것은 놀라운 일이었다.

혜원에게는 마음의 평화가 외적인 어려움보다 소중했다. 전기가 자주 끊기고, 춥고, 더운 물도 잘 나오지 않는 싸구려 게스트하우스 생활의 어려움도 불만스러워하지 않았다. 경사지고 고르지 않은 도로를 따라 실개천처럼 흐르는 좁은 하수로는 평소에도 냄새가 났고, 큰 비가 올 때면 빗물과 함께 더러운 물이 길 위로 넘쳐 신발이

잠길 정도였다. 그녀가 삶의 대부분을 보냈던 편리하고 청결한 환경에 비한다면 기겁을 할 일이었지만 익숙한 일인 듯이 받아들였고, 때론 재미있어 하며 킥킥거리기도 했다. 그녀만의 독특한 시선과 특유의 게으름은 뜻밖에도 그곳의 낯선 어려움들에 대처하는 관용의 힘이 돼주었다.

이 이야기는 대체로 해피엔딩이었다. 티베트 청년과의 아름다운 로맨스를 매우 느리고 신중하게 성사시켜 결혼에 이르렀고, 행복하게 살고 있었다.

"헬로우!"

남자가 받았다. 남편과 휴대폰 하나를 함께 쓰는 것을 아는 지훈이 인사했다.

"텐진라, 따시델레! 네 밍라 지훈인. 응아 혜원끼 코리야 독뽀인.(텐진 씨, 안녕하세요! 내 이름은 지훈입니다. 혜원의 한국 친구예요.)"

"따시델레! 데보 중송?(안녕하세요! 잘 지내셨나요?)"

"응아 데보 중송!(나는 잘 지냈어요.)"

티베트 동남쪽의 캄 출신인 혜원의 남편은 지훈이 알아듣기 좋게 라싸 표준어로 인사를 건넸다. 대답은 했지만 지훈의 실력은 기껏 초보 수준이었고, 실로 오랜만에 하는 티베트어라 대화를 이어가기엔 무리였다.

"코리야께 떼쓰 쎄툽끼요배?(한국말 좀 할 줄 알아요?)"

"떼쓰(조금요), 잠깐 기다려."

서툰 한국말로 답한 그가, "혜원아!" 아주 정확한 한국식 발음과 억양으로 그녀의 이름을 부르는 소리가 들렸다. 그녀는 여전히 익숙한 그녀 자신으로 살고 있었다. 돌마, 라모, 빼마 등의 티베트 이름도 아니고, 외국식의 '혜원!'도 아닌, '혜, 원, 아!'로 불러달라고 남편에게 주문하고, 가르쳐주었을 터였다. 자신의 변화를 전제로 한 새로운 정착지가 아니라, 자신에게 가장 잘 맞는 곳을 비로소 발견해 안주한 곳이라는 듯. 이제 오랜 시간 아주 천천히 지훈이 알던 것과는 또 다른 사람으로 늙어갈 그녀의 모습이 떠올랐다. 가장 자연스럽게 자기 자신이면서 그곳의 기후와 환경과 사람들과 섞이며 빚어질 어떤 한 사람으로.

"흐흐, 지훈씨……"

그녀가 저 멀리 북인도에서 낮은 소리로 웃었다.

"오랜만이에요…… 어떻게 지냈어요?"

"음……, 잘! 흐흐흐, 도서관에서 하는 수업 계속 듣고 있어요. 불교 공부가 이렇게 재밌을 줄 몰랐어요."

"그러다 출가하는 건 아니겠죠!"

"흐흐, 이번 생엔 아닐 거 같네. 지훈씨는 어떻게 지내요?"

"난 그럭저럭……"

지훈이 뒷말을 잇지 않았고, 그녀도 말이 없어 잠시 침묵 속에 있었다.

"꿈을 꿨어요……"

무슨 소린가 싶었는지 아무 대꾸가 없었다.

"빼마, 기억나죠? 내 선생님……"

"외국 어디로 갔다고 들은 거 같은데요?"

"캐나다요. 근데 며칠 전 꾼 꿈이 빼마하고 관련된 거 같고, 걱정이 좀 돼서요."

"아, 그렇구나…… 어떻게 지내는지 알아볼 수 있으면……, 한번 알아봐줄까요?"

"귀찮게 해서 미안해요."

"귀찮긴, 오랜만에 이렇게 목소리 들으니 반갑잖아요. 흐흐."

그녀가 말을 이었다.

"음……, 빼마, 느낌이 참 독특했어요."

"좀 그렇죠……"

"흐흐, 내가 남 독특하다 말하니 쫌 그렇긴 하다."

그녀를 따라 지훈도 낮게 웃었다.

"참 예뻤어요. 갸름한 얼굴에 눈 코 입 균형이 딱 맞는 듯하면서도, 눈은 살짝 큰, 매력적인 얼굴이었는데……, 여기 사람들은 우리만큼은 그렇게 안 봤던 거 같지만."

지훈의 가슴에는 그리움이 밀려왔고, 혜원은 말을 이었다.

"여기 사람들이 좋아하는 전통적인 미인형은 눈이 가늘게 위로 올라가고, 하관이 넓잖아요. 요즘엔 또, 서구식으로 윤곽이 뚜렷하고 커야 미인으로 여기고…… 미스 티베트 얘기 기억나죠? 흐흐……"

혜원이 잠시 한국에 들어왔을 때 지훈은 갑작스런 유명세를 타고 사진 작업으로 몹시 바쁠 때였다. 잠깐 만나 맥주 한잔을 했었다. 그녀는 다람살라에 조직된 그들만의 축구팀 소식에 이어, 가을에 있었던 미스 티베트 선발 대회에 대한 얘기를 전했다. 지훈이 묵었던 게스트하우스가 후보들의 숙소로 이용됐는데, 마침 거기 묵었던 어떤 명상 수행자가 소음에 대한 불평으로 게스트하우스 주인과 싸우고는 짐을 싸들고 떠나는 와중에, 호기심을 참지 못해 열린 문틈으로 아가씨들의 방을 훔쳐 보았다는 웃지 못할 얘기였다. 늘씬한 몸매에 짙은 화장의 아가씨들이 옥상에서 매일 음악에 맞춰 워킹 연습을 하고, 소규모지만 카메라들도 몰려오고 한동안 시끌벅적했다. 희망카페 주방의 작은 창으로 옥상이 바로 올려다보였기 때문에 동네 청년 몇몇이 심심치 않게 창가에 모여들었다면서, 혜원이 덧붙였다. "내 눈에는 레와카페 주인의 와이프나 지훈 씨 게겐라가 훨씬 예쁘더구먼! 미스 티베트 뽑는다고 완전 난리가 났었다니까요!" 함께 킬킬거렸지만 한편으로 마음 아팠다. 북경 올림픽을 앞 둔 시점이었다. 올림픽도 월드컵도 미인대회도 그 어느 국제 대회에도 자국의 이름으로 출전할 수 없는 그들. 전 세계가 국기를 앞세워 우의를 다지고 기량을 펼치는 현장에서 배제될 때 티베트 젊은이들의 기분이 어떨지. 아픔은 그것을 어떻게 인식하느냐에 따라서도, 얼마나 자신의 문제로 여기느냐에 따라서도 다르게 느껴진다. 혜원은 멀리서 벌어질 북경 올림픽에 크게 개의치 않는 듯 말했다. "안된 일이지만 어쩌겠어요, 각자의 삶에 충실할 밖에요." 이미 그들과 삶을 나누고 있었으니 그녀에게는 그 이상의 최선도 없었으리라. 대부분의 다람살라 사람들도 윤회라는 긴 시간관념 속에서 현실을 보았고, 한편으로 당장 눈앞의 삶을 꾸리기도 버거웠다. 문제를 받아들이고 처리하는 방식은 각자의 여건과 성향에 따라 조금씩 또는 크게 달랐다. 현실 인식이 강한 젊은이들의 고통은 신앙심만으로 해결하기 어려웠다. 빼마와 수업하던 어느 날인가 첨예한 현실에 대한 얘기가 나왔을 때, 그녀의 눈에 파란 불길이 순간 일었다 사라지는 것을 지훈은 보았다. "지훈, 당신은 티베트의 현실을 잘 모르잖아요!" 그랬다, 그녀의 조국에 대해서까지는 자세히 알 수 없었다. 고통은 한국에도 끊이지 않았고, 함께 알고 아파해야 할 문제들은 세계 도처에 넘쳐났으니까. 그런 말을 했다면, '오, 당신은 승려가 아니라 유엔사무총장이 되길 꿈꾸는 군요!' 그녀가 농담을 했을런지도. 사실 지훈에게 세상은, 그 존재를 증명할 수도 없으면서 각자의 편견과 욕망 속에 끊임없이 선을 긋고 고통과 싸움을 만들어내는 한없이 얄궂고 슬픈 무엇, 조심스레 물러선 채로 바라보며 슬픔을 삼켜야 하는 무엇이었을 뿐이었다. 조국의 아픔을 온통 자신의 것으로 받아들인 듯했다가 곧 수도승처럼 태연자약한 모습으로 변한 그녀에게 그는 얼른 휴지를 뜯어 내밀었다. 그녀의 눈물은 단 한 번도 본 적이 없었지만, 코밑에는 자주 콧물이 달려 있었다.

"음, 이건 처음하는 얘긴데…… 나는, 빼마가 지훈 씨를 좋아하는 게 아닐까 생각했어요."

"어, 언제, 어떻게 그런 생각을요?"

예상치 못한 얘기에 그가 말을 더듬었다.

"나를, 질투하는 거 같았거든요."

"빼마가요? 질투라뇨……"

당시 숙박도 샹그릴라에서 해결했던 혜원은 시장통을 지나 길맨 아래쪽의 레와카페 근처로는 오는 일이 거의 없었다.

"아니, 그렇게 쎈 감정이라기 보다 그냥 쫌, 복잡 미묘한…… 그래도 친구들 사이에 제삼자가 끼어들 때 생기기도 하는 그런 거하고는 쫌 다른……, 아, 꺼내놓고 나니 설명하기가 자꾸 애매해지네. 어쨌든 그 표현밖에 떠오르는 게 없어요. 법회 때, 점심 먹고 사원으로 다시 들어가는 길에 처음 만났잖아요. 지훈 씨가 소개시켜줘서 인사했고, 중간에 셋이 차 한번 마신 적도 있죠. 법회 끝나고는 아침에 코라 돌다가도 보고, 시장에서도 우연히 만나면 인사 나누고 그랬는데, 매번 애매한 게 있었어요. 그러다가 그런 느낌이 사라진 건 지훈 씨 귀국하고 나서도 한참 후, 그러니까, 내가 텐진하고 사귀는 게 사람들한테 알려질 때쯤."

"근데 왜……, 나한테 아무 말도 안 했어요?"

목소리가 조금 떨렸다.

"난 지훈 씨도 알고 있는 줄 알았는데……"

"난, 생각도 못했어요……"

왜 전혀 눈치채지 못했을까, 자문하느라 말을 잇지 못했다. 티베트인들의 탑돌이 관습, 코라. 혜원도 빼마도 다른 사람들처럼 매일 아침 사원과 왕궁 둘레를 커다랗게 한 바퀴 돌며 기도했는데, 그 시간쯤 그는 사원에서 오체투지를 하고 있었다. 그녀들과는 함께 마주친 적이 없었다. 주말에 가끔 만나 식사를 할 때면, 혜원은 빼마를 길에서 만났다는 얘기를 했고 티베트어를 잘 배우고 있는지도 묻곤 했다. 그러나 빼마는 혜원에 대한 얘기를 꺼낸 적이 한번도 없었다. 그는 단지 빼마가 관심이 없어서 기억을 흘려버렸거나, 말하는 것을 잊었으려니 했다.

"말해줄 걸 그랬나보다……"

혜원이 먼저 입을 열었다.

"지훈 씨가 어차피 한국으로 돌아갈 사람인 거 같아서 내가 아무 말도 안 했나봐요."

"돌아갈 사람? 내가 그렇게 보였어요?"

"그랬죠. 뭔가 아주 확고하게, 자기만의 세계와 계획이 있는 사람으로 보였으니까. 명상도, 사진도."

"명상도 사진도……, 그때 난 아무 미래도 없이 그저 막연한 출발선이었을 뿐인데요?"

"어, 그러고보니, 그러네요."

혜원은 자신의 생각을 고집하거나 더 설명하지 않았다. 그러나 그녀의 말이 옳았다. 세상을 바라보는 자신만의 방식과 삶의 형태에 대한 확고함이 장벽처럼 있었다. 빼마와 그녀의 현실에 연루됨으로써 삶의 형태가 변경되거나 무너지는 것을 두려워했던 걸까, 그는 자문했다.

"꿈이 신기하게 맞을 때도 있지만, 그렇지 않기도 하니까……, 너무 걱정하지 말고요. 지훈씨 목소리에 좀 힘이 없어요."

"지난주에 독감으로 고생하다가……, 다 나았어요…… 필요한 거 있으면 말해줘요. 보내줄게요."

"음, 새우깡, 도토리묵, 냉면……, 흐흐, 농담. 한국에 공급 담당 친구가 있어서 괜찮아요."

통화를 끝낼 때까지도 어떤 꿈인지, 이제와 왜 걱정을 하는지 혜원은 전혀 운도 떼지 않았다. 그의 국제전화 요금이 많이 나올까봐, 굳이 묻거나 따지지 않는 그녀의 성격 때문에, 어쩌면 그의 마음속 사랑마저 이미 6년 전부터 짐작해왔기 때문에? 그중 한둘이거나, 셋 다거나 혹은 모두 아닐 것이었다. 그녀는 단지 지금 그것을 묻는 게 중요하지 않다고 느꼈으리라, 저 멀리 다람살라에서도.

질투, 뻬마가 질투를 했다, 이 말이 지훈의 마음을 다시 사로잡았다.

그녀에게로 관심과 시선이 모아져 있었음에도 그것을 인정하지 않았던 탓에 그녀와 관련된 감정과 판단은 언제나 균형을 잃은 상태였다. 당연히 그녀의 마음과 태도 역시 자연스레 알아차리지 못했다. 사소한 기분 변화에도 당황했고, 다가가기 어려운 신비로운 호수로만 여겼다. 자연스럽고 소박하게 사랑을 인정하고 받아들이며 상대의 마음을 알아가는 대신 외면하려 했기 때문에, 출렁이는 연꽃 호수는 더욱 미묘한 안개에 가려질 뿐이었고 그는 분명한 것들을 볼 수 없었다. 그래서 더욱 빠져들었고, 그러고는 도망쳤다.

'그러면, 그녀도, 나를 사랑했던 걸까?'

그는 기억을 소환했고, 기억은 그를 소환했다.

\*

"이것은 무엇입니까?"
"이것은 책상입니다."
"저것은 무엇입니까?"
"저것은 나무입니다."
문답식으로 티베트어 문장을 익히고 단어를 활용하는 연습을 했다. 방 안의 물건과 창밖에 보이는 것들이 소재가 되곤 했다. 그녀는 무심한 듯 진지하기도 했고, 단순한 문답에 지겨움이 일기도 했고, 때로는 눈동자에 장난기가 어리기도 했다.

"저 위에 무엇이 있습니까?"

"저 위에 산이 있습니다."

"산 위에 무엇이 있습니까?"

"산 위에 구름이 있습니다."

"구름 위에 무엇이 있습니까?"

"구름 위에 하늘이 있습니다."

"하늘 위에 무엇이 있습니까?"

"하늘 위에는 아래도 위도 없습니다."

"오! 그러면, 하늘에는 무엇이 있습니까?"

"하늘에는 내 마음이 있습니다."

"아 레!"

그녀가 짧은 감탄사와 함께 빙긋 웃고는, 당신 마음 안에는 무엇이 있습니까? 라는 질문 대신에 펜을 들었다. 시각적으로 보이는 '있다'와 지금 여기서 보이지는 않지만 그것이 거기에 있는 것을 알고 있을 때의 '있다'에 티베트에서는 다른 동사를 쓴다고 설명했다.

"'둑'과 '요레'의 차이를 이해했죠. 이제 한번 해볼까요?"

새로 배운 동사로 이번에는 지훈이 먼저 문답을 시작했다.

"당신의 마음 안에 무엇이 있습니까?"

"내 마음 안에는……"

그녀가 아련한 미소 속에 나직이 말을 이었다.

"작은 호수가 있습니다."

이름을 활용한 답변이라고 짐작한 그가 장난스레 물었다.

"호수 안에는 무엇이 있습니까?"

그의 눈을 잠시 마주 본 그녀가 빙긋 웃으며 대꾸했다.

"호수 안에는 연꽃이 있습니다."

연꽃 호수에게 그가 다시 물었다.

"연꽃 안에는 무엇이 있습니까?"

"연꽃 안에는 향기가 있습니다."

향기를 확인하려는 듯 그가 코를 큼큼거리자, 그녀가 자신도 모르게 한 손을 들었다. 살짝 치려던 그녀의 손은 그의 팔에 닿기 전 플라스틱 의자 팔걸이 위로 살며시 내려앉았다. 어색할 틈 없이 그가 질문을 이었다.

"향기 안에는 무엇이 있습니까?"

"음, 향기 안에는 아톰이 있습니다."

원자에 해당하는 티베트어 대신 그녀가 영어를 섞어 쉽게 답했다.

"아톰 안에는 무엇이 있습니까?"

"음……, 그만요. 물리학 시간이 아니잖아요!"

답변을 찾던 그녀가 부드럽게, 영어로 대꾸했다. 그러더니 진지한 어조로 덧붙였다.

"당신은 혹시……, 공에 대해 말하고 싶었던 건가요? 하지만 그건 존재가 없거나 비어 있다는 뜻이 아니에요. 그 무엇이든 독립적으로 고정된 실체란 없고, 서로 의지하고 연관되어 발생함을 의미한다죠."

다른 자리에서 다른 언어로 들었겠지만, 2주 전 사원에서 함께 들었을 내용을 새삼 되풀이하는 그녀와 시선을 맞추며 그가 짓궂은 미소로 말했다.

"오! 다르마 티칭인가요? 빼마는 고유한 실체가 없고, 향기마저 조건에 의지해 발생할 뿐이다!"

영어로 대응하면서도 로터스 대신 굳이 빼마라고 했다. 그녀가 삐친듯이 "치!" 하며 고개를 돌렸다. 순간 너무 귀여워, 그는 그녀의 뺨이나 귓불 어딘가라도 장난스레 잡고 놀리고 싶은 마음을 애써 눌러야 했다. 어느 틈에 둘 사이의 허물이 사라졌을까, 둘 다 알지 못했다.

*

"당신은 몇 살입니까?"

나이에 대한 의문사와 숫자를 익히는 중이었다. 숫자가 얼른 떠오르지 않아 조금 더듬거렸다.

"나는, 스물일곱 살입니다. 당신은 몇 살입니까?"

"나는 스물다섯 살입니다, 아마도."

그녀가 창밖으로 시선을 던지고는, 아마도 라고 덧붙였다.

"왜, 아마도입니까?"

연습 중인 어구를 벗어나 지훈이 물었다. 창밖에서 돌아온 그녀의 시선에는 별다른 감정이 실리지 않았다. 곧바로 티베트어 예문으로 돌아가야 한다는 듯이, 짧고 건조하게 영어로 설명했다.

"내 정확한 나이와 생일을 모르니까요. 우리 고향에서는 원래 나이나 생일을 그렇게 중요하게 챙기지 않아요. 지금 내가 알고 있는 생년월일은 서류에 기재된 것에 불과해요."

진지해지는 그의 얼굴을 보며, 그녀가 놀리듯 근엄하게 덧붙였다.

"어쩌면 내가 당신보다 나이가 많을 수도 있어요!"

"설마! 근데……"

'당신 고향은 어디인가요?'라고 묻는 대신 그가 곧 농담으로 받았다.

"그러고보니 당신 얼굴에 주름도 있네! 혹시……, 로된 할머니와 동갑?"

빼마가 깔깔 웃었다. 웃음기가 가시지 않은 채로 티베트어 수업으로 돌아왔고, 그들이 공통으로 아는 희망카페 주변 인물들이 자연스레 예문으로 등장했다.

"로된은 몇 살입니까?

"로된은 다섯 살입니다. 로된 어머니는 몇 살입니까?"

"그녀는 스물여덟 살입니다. 당신 어머니는 몇 살입니까?"

"나의 어머니는……"

말을 얼른 이을 수 없었다. 두 살 때 돌아가신 어머니는 27세의 젊은 나이였다. 살아계셨다면, 52세. 지난해 재혼한 아버지의 아내, 새어머니는 40세. 어떤 나이를 말해야 할지도 현재의 나이도 바로 떠오르지 않다.

"미안해요, 지훈."

그녀가 속삭였다.

"아니, 괜찮아요."

조금 더듬거렸지만, 그는 간단한 단어 몇 개를 활용하면서 티베트어로 세 개의 나이를 답했다. 그녀는 모두 알아들었다. 둘은 말없이 창밖을 보았다.

"나의 아버지도 돌아가셨어요. 나를 다람살라로 보내고 5년 후에."

그녀의 말에 그가 조용히 고개를 끄덕였고, 곧 다시 수업이 이어졌다.

대충 둘러댈 수도 있었다. 숫자를 기억하고 익히는 것이 목적이었으므로 꼭 실제 나이나 상황을 말할 필요는 없었다. 그녀가 다른 학생들과 늘 이렇게 하는 것도 아니었고, 그도 그렇게까지 고지식한 성격은 아니었다. 그럼에도 수업 시간의 티베트어 문답에서 그들은 늘 자신들의 실제 이야기를 했다. 그렇게 대화했고, 서로에 대해 짐작했다. 가족과 성장기와 지금의 상황들에 대해서도. 희망카페에서 함께 차를 마시거나 점심 식사를 하기도 했지만 늘 다른 사람들과 어울려 있었기 때문에 둘만의 시간을 따로 가질 수는 없었다. 그래도 가끔씩 기회가 찾아왔다.

"다음 수업이 취소돼서 시간이 좀 있어요."

수업을 마칠 즈음 그녀가 살짝 미소 지으며 말했다. 그러면 그는 전기포트에 다시 찻물을 붓고, 저녁 식사 대신 먹으려고 일본식당에서 사 놓은 달콤한 크림빵이나 도너츠가 들어 있는 종이봉투를 열었다. 뻬마는 나긋한 음성으로 지훈이 전공했다는 조각이나 사진에 대해서 묻기도 했고, 한국에 대한 호기심을 보이기도 했다.

다른 티베트인들처럼 그녀도 매사에 느긋해 보였지만, 수업에 있어서는 빠르게 진도를 나가려는 조바심을 보이기도 했다. 언제 떠나 버릴지 모를 외국인들에게 조금이라도 더, 제대로 티베트어를 가르치고 싶어하는 그녀의 마음을 지훈은 점차 이해했다.

그녀는 빠르게 문답을 이어가길 좋아했고, 간단한 답변이어도 창의적이거나 재치 있는 말을 들으면 즐거워했다. 대답이 늦어지면 여유 있게 기다리기도 했고, 학생의 아둔함을 참기 힘든 듯 볼펜으로 테이블을 톡톡 두드리며 불만스러워하기도 했다. 한편 그녀의 기분은 매번 바뀌어 있었다. 특별히 드러내지 않아도, 그는 방문을 열고 그녀를 맞이할 때마다 카멜레온처럼 변해 있는 감정을 느꼈고, 이유를 알지 못해 당혹스러웠다. 상처받은 그녀의 예민한 감성들과 대강의 이유를 짐작하게 됐을 때조차 당혹스러움이 가시지 않았던 것은 그녀와 함께 할 즐거운 수업 시간에 대한 기대 탓이기도 했고, 한편으로는 그의 마음도 아팠기 때문이었다.

들쑥날쑥하는 학생들로 인해 그녀의 자부심과 정체성은 큰 상처를 받고 있었다. 약속된 수업 시간에 그들의 게스트하우스 방을 노크했을 때, 비어 있는 경우가 빈번했다. 젊은 여행객들은 자신들의 기분에 좌우되고 마음 내키는 대로 움직였다. 호기심으로 수업을 시작했지만 낯선 언어 배우기가 쉬울 리 없는 탓에, 새로운 여행객들을 친구로 사귀면 서로 어울려 잠시 새로운 여행 코스로 떠나기도 했다. 처음엔 잠깐 외출한 줄 알고 문 앞에서 서성이다가 한 시간 내내 기다리게 된 적도 있었지만, 이제는 10분 이상은 기다리지 않는다고 했다. 어쨌든 10분 후, 그녀는 또 잠긴 문 앞에서 돌아서야 했다. 문 밖에 메모지를 붙여놓고 방을 비운 경우도 있지만 그렇다고 수업을 쉬니 잘됐다며 가벼운 걸음으로 돌아섰을 리 없었다. 메모를 맡기고 하이킹을 떠난 친절한 학생들도 있었지만, 로비의 데스크는 비어 있을 때가 더 많았으므로 그녀에게 바로 전달되지 않는 경우도 허다했다. 때로는 한달치 수업료를 지불했던 학생이 한 주나 두 주만에 마음이 바뀌어 다람살라를 떠나버리기도 했다. 사흘 만에 마음이 바뀐 사람도 있었다. 수업료 환불을 요구하는 사람은 많지 않았다. 그들에게는 너무 적은 액수였고, 한편으로 망명사회에서는 제법 큰 돈이었다. 그녀는 수치심을 느꼈다. 처음엔 돌려주고 싶어 했지만, 갑자기 떠나가는 사람에게는 그럴 수도 없었다. 집세와 생활비로 이미 써버린 경우에는 당장 그만한 돈이 없기도 했다. 사라져가는 조국의 문화와 언어를 열심히 공부했던 그녀. 방학 때 시작했던 아르바이트를 계기로 세계의 많은 사람들에게 티베트어를 가르치고 전할 수 있겠다는 포부에 부풀어 다람살라로 돌아온 젊은 그녀 앞의 현실은 이러했다.

다양한 연령과 직종의 사람들이 다양한 사연을 갖고 인도를 떠돌다 발길 닿는 대로 혹은 호기심으로 이곳을 찾아들었다. 공부 보다는 잡담으로 수업을 때우려는 학생도 있었다. 문화적 호기심이나 티베트에 대해 알고 싶고 가까워지고 싶은 마음을 이해했기 때문에 처음에는 응하기도 했다. 그들은 망명사회에 대한 이해보다는 그녀와의 친밀함을 더 원했고, 자신들의 고민이나 신세 한탄을 늘어놓기도 했다. 한편 그녀에게 다른 마음을 품고 무리한 행동을 하려던 남자도 있었다. 이후로 그녀는 남학생은 조심하고 있었다. 지훈은 린첸이 소개했기 때문에 특별히 받아준 경우였다.

그리고, 모든 것이 자본을 향해 있었다. 희망카페 주인이 어떤 여행객에게 지훈을 소개하며 자랑스레 말했다, 티베트어를 배우는 한국인이라고. 왕겔이 안 볼 때 그는 의아한 표정으로 얼른 속삭였다. "그걸 배워서 어디다 쓰죠?" 티베트어를 배우는 것이 돈 버는 일과 연결되지 않는다는 뜻이었다. 그러나 그렇게 묻는 그들 또한 생계나 직업에 직결되지 않는 다양한 활동들을 하지 않는가. 높은 산 위에 빵과 물이 없다 해도 땀을 흘리며 기어코 오르기도 하고, 자신과 동떨어진 스타들의 신변잡기를 한 시간이나 읽고 두 시간에 걸쳐 잡담으로 주고받기도 하면서. 티베트어 배우기는 트렌드와 거리가 멀고 비용이 많이 들지 않기 때문에 호사 취미로 보이지 않는 것이 그나마 다행이었다. 지훈은 이 언어를 배우는 일이 더욱 소중하게 느껴졌다. 빼앗긴 땅과 언어는 지난 세기에 그의 조국에서도 있었던 일이었다. 호기심이든 심심풀이든 어느 외국인 한 명이라도 그 나라말을 배우려 한다는 것 자체가 그들에 대한 지지고 응원이라는 생각이 들었다.

진지하게 공부하는 이들은 티베트어로 전승된 불교에 관심을 갖는 장기 체류 종교인들 뿐이었다. 그러나 그들은 개인 레슨 보다는 수업료가 낮은 공공기관을 찾았다. 로우 다람살라로 내려가는 길목에 망명정부 산하의 도서관에서 운영하는 클래스가 있었다. 한 시간 거리에는 초보 유학생을 받아주는 티베트 대학도 있었다. 지훈이 도착했을 즈음은 그녀가 현실을 받아들이고 어느 정도 적응력도 생긴 뒤였다. 학생들을 선별했고, 바람처럼 나타났다 홀연히 사라지는 여행객들과의 감정적 거리 두기에도 훈련되어 가던 중이었다. 그동안 모은 돈으로 휴대폰도 장만했다. 그럼에도 매번 여전히 상처받고 있었다. 자신의 직업에 대한 자부심으로 힘찬 발걸음을 떼어놓던 길 한복판에서 갑자기 수업을 취소하는 변덕스러운 학생의 전화를 받아야 했던 그녀는 안정적인 다른 일자리를 찾기 위해 동분서주하기 시작했다. 현실을 그대로 받아들인다면, 일하지 않고 받게 되는 보수의 달콤함과 나태함에 점차 길들여질지도 몰랐다.

그는 수업을 빼먹은 적도 취소한 적도 없었다. 명상에 집중하는 생활 자체가 워낙 규칙적이었던 데다가, 그녀의 상황을 눈치챈 후로는 선생님으로서의 자부심에 상처를 주지 않으려 주의했다. 그렇게 한 달쯤 지나자 그녀가 그를 신뢰하는 듯했고, 어느 정도는 서로 친구처럼 편해졌다. 규칙적이고 성실한 수업을 바탕으로 형성된 보이지 않는 특별한 신뢰의 끈. 그녀가 검사하는 것을 잊은 적은 있어도 그가 숙제를 하지 않은 적은 없었다. 열 개의 문장을 만들어놓으라고 하면 두 배로 해놓기도 했다. 비록 단순하고 짧은 문장들이었지만, 내용은 평이하지 않고 재치 있으면서도 심오해 보이도록 나름 머리를 짜냈다. 수업을 대하는 그의 성실과 집중도에 비례해 그녀와 교감하는 농도도 진해졌다. 그녀와 나눌 수 있는 믿을 만한 유일한 것이기라도 하듯 그는 열심이었다. 서로가 잡을 수 있는 다른 것을 내밀지 못했다. 단단한 끈처럼 형성된 거기서 한 치도 벗어날 수 없다는 듯이 전력을 다해 둘은 그것만을 붙들고 있었다. 나머지는 그저 물결에 흔들리며 솟았다 사라지는 감정들로 여겼다.

그러한 신뢰마저 크게 흔들린 날이 있었다.

질투, 돌이켜 인정하지 않을 수 없이 분명했던. 솟았다 사라지도록 지켜보지 못하고 화들짝 놀라 튕겨나가고 말았다.

*

"당신의 카메라를 내일 하루 빌릴 수 있을까요?"

수업이 끝날 때쯤 그녀가 조심스레 물었다.

"물론이죠!"

카메라를 꺼내 작동법을 가르쳐주었다. 호기심 어린 표정의 그녀가 그에게로 몸을 기울여 촬영, 저장, 삭제, 줌인 아웃 등 버튼의 용도에 대한 설명을 들었다. 시험 삼아 창밖 풍경을 몇 장 찍은 그녀가 카메라를 지훈에게로 돌리고는 당돌하고도 짓궂은 얼굴로 말했다.

"지훈! 당신이 항상 우리 티베트 사람들을 찍곤 했으니 이제 내가 당신을 한번 찍어봐야겠어요!"

희망카페에서 사진을 찍을 때마다, 다른 이웃들과는 달리 그녀가 별로 달가워하지 않았던 것을 그는 눈치채고 있었다. 항상 그런 건 아니었지만, 좋은 사진이 나올 때까지 몇 번이고 다시 찍기도 했고 포즈를 바꿔 달라고 주문하기도 했다. 당시는 그가 전문 사진작가도 아니고 그들이 모델도 아니었으니, 지나쳐 보이기도 했을 것이었다. 그래도 그는 카메라 렌즈 너머에 있는 그녀 눈동자를 향해 억울한 표정을 지었다. 어설프게 찍힌 지훈의 모습에 함께 낄낄거렸고, 삭제하려는 그와 안 된다는 그녀 사이에 장난기 어린 실랑이도 있었다. 즐거운 토요일 오후였다. 경전을 읽는 동안 고요히 잦아들며 단련되던 젊은 기운이 카메라를 핑계로 흐트러지기도 했던.

"근데 내일 무슨 일로 카메라가 필요한가요?"

멍청한 질문이었다. 값비싼 전문가용도 아닌 것을 빌려주면서 할 소리는 아니었다. 동네의 알부자인 희망카페 주인에게조차 이런 카메라 한 대가 없어 보였지만, 그들에게 필요 없는 물건이라는 뜻은 아니었으니. 그러나 그는 단지 그녀의 '내일'이 궁금했다. 그녀는 무심히 답했다.

"누구를 노르부링카에 안내해주기로 했는데, 카메라가 있으면 좋을 것 같아서요."

그 누가 누구인지 궁금했지만, 더 물을 수는 없었다. 노르부링카는 다람살라에서 자동차로 30분 정도 떨어진 곳에 있는 정원이었다. 티베트 라싸에 있는 달라이 라마의 아름다운 여름 궁전 노르부링카를 의미하는 곳이었는데, 망명지에서는 그 규모도 용도도 달랐다. 작은 연못가의 부속 건물에는 티베트 전통 공예품을 배우고 만드는 장인들의 작업장과 관광객들을 위한 기념품 매장이, 아름드리 나무 아래로는 식당과 게스트하우스가 있었다. 일주일에 한 번은 다리의 통증을 풀어주기 위해 지훈도 명상을 쉬었다. 카메라를 들고 다람살라 주변을 돌아다니기도 했고, 트리운드 마운틴에 오르기도 했고, 물론 노르부링카에도 다녀왔었다. 함께 가자고 하고 싶었지만 지훈은 입 밖에 내어 말한 적이 없었다. 그녀는 밑창이 닳은 단화를 신고 평지가 거의 없는 다람살라 도로를 매일같이 하루에 서너 번씩 오르락내리락하면서 레슨을 하러 다녔다. 일주일에 단 하루 쉬는 일요일, 그녀에게도 휴식이 필요하다는 것이 지훈의 생각이었다. 하지만 그녀가 자신의 청을 거절하는 것도, 받아들이는 것도 두려웠을런지도.

다음 날 그는 허전한 마음으로 조기바라로드를 거슬러 올라갔다. 희망카페에 앉아 느긋하게 브런치를 먹고 있으면, 시장에 장 보러 가는 그녀와 손인사를 나누거나, 야채나 감자 몇 알이 든 작은 종이봉투를 들고 내려오는 그녀를 향해 티베트 말로 "선생님, 봉투 안에는 무엇이 있나요?"라며 그녀만이 알아들을 농담을 던지기도 했다. 그렇게 한가하게 앉아 있다 보면 하루 중 언제라도 반드시, 지나가던 그녀가 들어와 자연스레 어울리는 시간이 생기게 마련이었다. 휴일엔 언제나 그런 식으로 함께 얘기도 나누고 농담도 즐기면서 웃을 수 있다는 기대감이 있었지만 그날은 달랐다. 그녀가 누군가와 노르부링카에 갔으므로.

목적 없는 발걸음을 옮기면서, 카메라도 없이 노르부링카를 방문하는 그 누군가는 사르나트에서 온 대학 선후배일 수도 있고 어쩌면 티베트에서 온 먼 친척일 수도 있다는 생각을 하고 있었다. 시장통으로 올라가면서 희망카페 메뉴에는 없는 띵모의 부드러운 맛과 혜원과 모국어로 대화하는 편안함을 떠올렸지만, 샹그릴라를 향해 직진하지 않고 왼쪽으로 방향을 꺾었다. 오랜만에 초노르하우스에서 브런치를 먹는 사치를 누려볼 셈이었다. 노르부링카의 분점이랄 수도 있는 그곳은 하얀 테이블보가 갖추어진 식당 겸 호텔이었고, 아담하고 아름다운 정원에서 식사를 즐길 수도 있었다. 10여 분을 더 걸어 사원 근처 골목에 자리한 초노르하우스로 들어 선 순간, 지훈은 걸음을 멈췄다. 정원의 테이블에 그녀가 앉아 있었다. 매력적인 웃음을 한가득 터뜨린 순간이었고, 이어 다정한 얼굴로 고개를 끄덕이며 맞은편의 젊은 남자를 바라보았다. 상대는 금테 안경을 쓴 30대 초반의 아시아인이었다. 당황한 자기 자신 때문에 더욱 당혹스러워진 그가 어쩌지 못하고 있을 때 그들이 자리에서 일어섰고, 그녀가 그를 발견했다. 걸음을 옮긴 그들은 정원 한가운데에서 서로 마주했다.

"안녕, 지훈! 어쩐 일이에요?"

천연덕스런 그녀의 물음에 입에서는 뭐라 대답이 나오지도 못했는데, 그녀는 곁에 있는 남자에게 부탁하지도 않은 소개를 했다.

"첸! 여기는 내가 티베트어 레슨을 하는 한국인, 지훈이에요."

그의 키도 작지 않았지만, 5센티 정도 더 큰 키에 아주 말끔한 차림새의 첸이 손을 내밀었다.

"반가워요, 지훈! 빼마에게 얘기 많이 들었어요."

그의 두툼한 입술에서 흘러나온 영어 발음은 방금 미국에서 날아온 듯 매끄러웠다. 어쩔 수 없이 손을 마주 잡았던 지훈을 남겨두고 그들은 택시가 기다리고 있다며 바로 작별을 고했다. 몸과 마음이 헝크러지며 일어난 무엇인가를 떨쳐내지 못한 채로 그대로 서 있던 그가 마침내 그들의 뒷모습을 향해 휙 몸을 돌렸다. 남자와 함께 막 초노르하우스를 벗어나던 그녀가 고개를 돌렸고, 손을 흔들며 말했다.

"카메라, 고마워요. 당신도 즐거운 하루 보내요!"

다음 날 수업 시간, 지훈은 한껏 아무렇지 않은 척 빼마를 맞았다.

활짝 웃는 그녀의 이마에 송글송글 땀방울이 맺힌 것을 보고 벽에 달린 스위치의 속도를 높였다. 천장의 커다란 선풍기 날개가 시원한 바람을 일으켰고, 자리에 앉은 그녀는 교재를 펼치기 전에 가방에서 카메라를 꺼냈다.

"잘 찍었는지 한번 볼래요? 사진 찍는 건 당신이 내 선생님이니까."

그녀가 발랄하게 말하며, 카메라에 저장된 사진을 보여줬다. 특별히 어제 저녁에 그리고 월요일 새벽이면 다시 시작되는 고요히 머물기에서 일요일의 혼란스러움을 모두 가라앉혔음에도 불구하고, 다정하게 포즈를 취한 그녀와 젊은 남자의 모습을 보자 지훈의 마음에서 뭔가가 폭발하듯 터져버렸다. '당신은 이 카메라가 왜 캐논인지 알아요? 관세음보살이라고요! 세상의 고통과 아픔을 직시하고, 진실한 장면들을 담아내는 관세음보살의 눈과 같은 카메라라구요! 이런 위선적인 미소와 형편없는 관광 사진이나 찍기 위한 게 아니라구요!' 그는 그녀에게 외치고 있었다, 단지 마음속으로. 이 바보 같은 외침들이 입 밖으로 나오지 않은 건 그나마 다행이었다. 그럼에도 엉뚱하게, 마지막 외침은 마음속에서조차 외쳐지기 직전 그 어딘가로 자취를 감췄다. '더군다나 우리는 함께 어디를 놀러 간 적도, 사진을 찍은 적도 없잖아요!'

그 남자와 노르부링카에만 간 게 아니었다. 근처 유명 사원의 계단 앞에서도 어깨를 나란히 하고 웃으며 찍은 사진이 저장돼 있었다. 지훈은 푸르르 떨릴 것만 같은 호흡을 가라앉히기 위해 깊이 들이쉰 숨을 조금씩 조금씩 내쉬고 있었다. 그녀는 조금 들떠 있었고, 그의 마음속에서 벌어진 혼돈을 눈치채지 못했다. 어쩌면 둘 사이에 이미 깊어진 친숙함 때문에 서로의 기분을 살피기보다 각자의 감정에만 충실했을런지도. 그녀는 기념 촬영뿐 아니라 틈틈이 풍경 사진도 찍었다며 자랑스레 보여줬다.

"그리고 이건 어제 잠들기 전에 창밖을 찍은 건데 하나도 안 나왔어요. 하늘에 별이 정말 예쁘게 반짝였는데……, 당신도 봤나요?"

그녀는 그 어느 때보다도 다정하게 묻고 있었다. 그러나 첸과 나란히 웃고 있는 장면만 머릿속에 떠올라 다른 사진들은 건성건성 넘기던 지훈이 겨우 입을 열었다.

"초보치곤 잘 찍었어요, 구도도 나쁘지 않고, 하지만, 별을 찍으려면, 이런 카메라로는, 절대 안 돼죠, 그런데, 당신은, 너무 순진해서 주의해야 해요. 무슨 교수가 방학도 아닌데, 인도에 와서 그렇게 오래 머물 수 있어요? 그리고 그렇게 젊은 사람 혼자, 비싼 초노르 하우스에 묵는 것도 이상하구요!"

터무니없는 말이라는 것을 그도 알고 있었다. 이번 학기에는 강의를 맡지 않은 박사과정 중의 시간강사였을 수도 있으니까, 더군다나 부자 부모를 둔. 그는 불교 관련 텍스트의 번역과 어느 노린포체와의 통역을 의뢰했던 사람이었다. 열흘 전쯤 무슨 박사인가 교수인가에 대해 얼핏 말했을 때, 지훈은 그저 나이든 사람이라고만 여겼고, 괜찮은 아르바이트를 얻어 잘됐다고 말해주기까지 했었다.

"첸은 나의 대학 교수님이 소개 시켜준 믿을 만한 사람이에요.

더군다나 아주 훌륭한 불교인이고요. 내가 통역했던 린포체께서도 그렇게 말씀하셨어요."

"훌륭한 불교인? 그게 대체 뭘 의미하는지 모르겠네요. 그리고 아무리 린포체의 말씀이어도, 무조건 믿는다면 진정한 불교인의 태도가 아니죠! 붓다는 심지어 그의 말이라고 해도, 마치 황금을 감정하는 사람이 잘라보고 불에 넣어보고 하듯이 제자들 각자 스스로 철저히 분석해봐야 한다고 하셨는데!"

그녀가 어이없는 표정으로 바라보았지만, 그는 더욱 한심한 말을 꺼내고 말았다.

"그리고 난 당신이 중국 사람을 싫어하는 줄 알았는데 아닌가보군요?"

"대체 무슨 소리예요? 우리 티베트 사람들은 중국 정부의 공권력이나 공산당을 싫어할 뿐이지, 사람들을 싫어하는 게 아니라구요!"

마침내 그녀도 크게 실망하고 화가 난 듯 날카롭게 대꾸했다.

'공권력이건 공산당이건 다 사람이 하는 거라구요. 결국은 모든 구성원들의 어리석음이 모여서 그 드러나는 세력도 형성된 거라구요! 핵심은 그들의 마음속에 있다구요!'라고 그가 외쳤다면 '오, 그래서 당신은 그 핵심적인 문제를 풀기 위해 매일 그렇게 게스트하우스에 들어앉아 명상에 전념하는 거군요! 좋아요, 그들의 마음이 문제라면 그 실체는 대체 어디 있는 거죠? 매일 명상을 하니 아주 잘 알겠군요! 그들 안의 탐욕과 분노와 어리석음이 문제일 뿐, 사람 자체는 미워할 게 없다는 것도요!'라고 그녀가 받아쳤을까는 알 수 없었다. 다행히 그의 입에서는 좀 더 현실적인 말이 튀어나왔기 때문에.

"거짓말 마요. 그건 높은 수행 승려에게나 가능한 일이에요! 당신들이 말은 그렇게 해도 난 여기 젊은이들이 중국 사람을 별로 좋아하지 않는 걸 알고 있어요. 당신도 그렇고요!"

그는 갑자기 확신을 잃은 듯, '싫어하는'에서 '별로 좋아하지 않는'으로 바꿔 말했다. 그들은 중국인들을 위해서도 기도하는 사람들이었으므로.

그녀는 말꼬리를 잡지 않았다. 둘 사이의 설전에서 그것이 핵심이 아니었음에야. 시선 둘 곳을 찾지 못하고 화가 나 씩씩거리던 그녀가 뭔가 한마디 쏘아 붙일 듯이 고개를 돌렸다. 그런데 그의 얼굴을 보더니 갑자기 피식 웃고는 차분하게 말했다.

"첸은 오늘 다시 사르나트로 떠나요. 그리고 그는, 미국에서 성장한 대만 사람이에요."

지훈은 반박할 말이 더 있는 듯 마주 보았지만, 그녀는 조용히 교재를 펼쳤다. 그녀의 눈가에는 피로한 기색이 스쳤고, 다섯 살은 더 나이가 들어보였다.

피식 웃음에 담긴 뜻을 자신에 대한 경멸이나 비웃음으로, 차분한 태도로의 급작스런 전환을 떠나가는 첸에 대한 아쉬움으로 오해할 수는 없었다. 그럼에도 질투로 뒤엉켰던 감정은 그것과 다를 바 없는 결론으로 그를 이끌었다. 흐트러진 자신의 마음 상태에만 급급함으로써.

그곳에 머문지 석 달이 되던 무렵이었다. 인도의 다른 지역에 비할 바는 아니지만 한여름이었다. 빼마는 다시 땡볕의 길로 나섰고, 지훈은 평소처럼 방에 남아 복습과 숙제를 했다. 명상을 시작할 때는 선풍기를 끄고 자리에 앉았지만 그날은 켠 채로 있었다. 마음은 고요해지지 않았다. 시원한 주스 한잔을 마시러 옥상의 태국식당으로 올라간 그에게 웃음을 머금은 여주인이 다가왔다. 이제 곧 인근의 북인도에서 가족피서를 오는 시즌인데 이번주 안에 다시 한 달치 방 값을 계산하면 최고의 고객인 지훈에게만은 비수기 가격으로 계속 있을 수 있게 해주겠다고, 친절하게 설명했다. 그것이 더 이상 친절이 아니라는 것을 그도 이제는 알고 있다는 것을 그녀도 다 알면서 모르는 척. 사흘 후 지훈은 방을 연장 계약하는 대신 떠나는 버스를 예매했다. 고요히 머물기 3개월이면 초보자로서 충분했고, 나머지 3개월은 언제 어디서든 할 수 있다고 자신했다. 사진이나 TV에서 보았던 정갈하고 고요한 한국의 산사들도 떠올랐다. '난 왜 하필 여기서 이런 고생을 하고 있지!' 순간 앞뒤 없이 엉뚱한 불평까지하며. 빼마가 자선 봉사단체에 첫 출근하는 날이었고, 수업을 하루 쉬기로 한 날이었다. 그녀에게 전화로 말했다. 지금 델리행 버스 표를 예매하러 가는 길이라고. 그녀가 물었다. 비자를 갱신하러 네팔이나 파키스탄에 다녀오려는 거냐고. 그는 대답했다. 그렇게 오가는 것이 번거로워 나머지 명상은 한국에서 하는 게 좋겠다고. "오, 그렇군요." 그녀는 짧게 대꾸했다. 수업은 예정대로, 한 시간 앞당겨진 한 시에서 두 시 사이에, 평소와 다름없이 이어졌다. 그가 떠나던 날 오후까지도.

한 행정 업무 스태프가 이민 가면서 생긴 결원으로 취업하게 됐을 때 그녀는 무척 기뻐했었다. 단체의 배려와 린첸의 도움 덕분에, 점심 식사를 짧게 마치고 그 후 한 시간을 가장 성실했던 학생 지훈과의 개인 수업에 할애하기로 했었다. 그렇게 빨리 떠나버릴 줄은 그도 그녀도 예상치 못한 채로.

셔터를 누르는 찰나에도 찾아들었던 기억 속에도 스튜디오 작업을 제대로 마쳤다. 마지막으로 남아 전등을 끄고 나가려던 그가 소파에 다시 앉아 메일을 확인했다. 자선 봉사단체의 답장이 와 있었다. 일주일이나 기다렸던 그녀의 이메일 주소와 휴대폰 번호는 그가 갖고 있는 것과 동일했다. 예전 기록을 뒤져 알려준 모양이었다. 만약을 위해 린첸의 연락처도 문의했었는데, 최근에 스위스로 이주했다면서 이메일 주소를 알려왔다.

개인적인 루트로 해외로 나가는 경우도 있었지만, 몇 년에 한 번씩 대규모 이민의 기회가 주어지곤 했다. 대세로 떠오르는 중국의 눈치 뒤편에서, 몇몇 우방들은 한꺼번에 200여 명씩의 난민을 받아주는 인도적 차원의 호의로 정의와 자본의 균형을 맞추려 애썼다. 그럴 때면 망명정부는 신청자들을 받아 추첨했고, 당첨된 사람들은 가족이나 친족 단위로 함께 떠날 수 있었다. 그녀의 고향은 티베트에서도 제법 오지였기 때문에 다람살라에도 외국에도 친척이 없는 외로운 처지였다. 어떤 과정으로 캐나다에 가게 됐을까, 그저 잘됐다며 빠르게 흘려버렸던 소식을 이제 지훈은 궁금해하기 시작했다. 올해로 서른한 살, 결혼을 했을 수도……. 당연한 생각을 못하고 있었다니, 입가에 실소가 새어나왔고 가슴 한편은 뻐근하게 아파왔다. 간략하고 예의바른 메일 한 통을 린첸에게 바로 보냈다.

오두막으로 돌아와서는 명상을 하고 사진을 찍으며 다시 느린 일상 속에 머물렀다.

네
번
째
주

"형, 저녁에 약속 있어?"

태우가 사무실로 들어서며 물었다.

"어? 없는데……"

소파에 깊숙이 앉아 있던 지훈이 고개를 들었다.

"잘됐네! 유리방에서 은비하고 가볍게 한잔하자."

"갑자기, 왜?"

"술 한잔에 갑자기는 뭘, 딴 세상에서 온 사람처럼 말하네."

"뭘?"

"포도주 한잔하는 거다!"

은비에게 문자를 보내고 태우가 덧붙였다.

"난 야외 촬영 끝나고 저녁 약속 있어. 나중에 합류할 거니까, 이따 먼저들 시작해. 밥만 먹고 얼른 올게."

"그럼 왜 약속을 잡아? 다음에 하지!"

"은비가 오늘밤에 시간 없다잖아. 지난번에 형한테 문자 보냈는데 답도 없었다고 툴툴거리더라고!"

"언제? 아, 그땐 진짜 많이 아팠다니까……"

"어쨌든! 삐친 거 같으니까 오늘 기분 좀 풀어주자구."

건성으로만 대꾸하는 듯했던 지훈이 얼굴을 들고 말했다.

"김태우, 괜히 나 끌어들이지 말고! 노선을 밝혀!"

"뭘?"

"뭐긴!"

"아니라니까! 좀 친한 포토그래퍼와 모델, 거기까지야. 그렇게 갑자기 스타가 되지 않았으면 혹시 모르지…… 어쨌든 걘 너무 통통 튀고, 이미 거물이야! 형이 적당한 타이밍에 등장하지 않았으면 솔직히, 나도 모르게 마음이 기울 뻔했는데 얼른 정신 차렸어."

대꾸가 없자 태우가 목소리를 낮추며 장난스레 덧붙였다.

"그리고 난 지조 있는 놈이라 형같이 자유분방하게는 못 살거든. 근데 자꾸 확인하려는 거 보니 어째 조짐이 이상하네!"

웃는 듯했지만 지훈은 다시 자신만의 생각에 빠진 듯 더 이상 관심을 보이지 않았다.

"대표님, 이따 봐요!"

"전시회 얘기는 아예 없었던 걸로 하는 건가?"

문으로 향하는 태우의 뒤에서 그가 물었다.

뒤돌아선 태우가 뻘쭘한 표정으로 어깨를 으쓱했다.

"올해는 어렵겠지. 아무래도 술기운에 너무 급하게 짠 계획이었어. 지난주 티베트 민중 봉기 기념일에 서울에서도 무슨 행사가 있다고 해서 마침 일요일이라 가보려고 했는데 그것도 놓쳤고…… 글쎄 이렇다니까, 늘 마음만 먹고. 내년엔 미리 준비해서 어떻게 한번 잘 엮어보자, 형!"

지훈이 말없이 고개를 끄덕였다.

"태우야!"

돌아나가는 그를 다시 불렀다.

"너무 빨리 단정 짓진 마."

"뭘?"

'은비 말야. 니 얼굴에 아쉬움이 보이는데 뭐'라는 말 대신에 태우의 버릇을 흉내내 어깨를 한번 으쓱해 보였다. 그녀가, 누군가와 결혼을, 혼자만의 생각과 떠오르는 상념 속에 다시 가슴이 저려왔다. 일을 마치고 유리방으로 올라와 이메일을 열었다. 린첸의 답이 도착해 있었다.

'지훈, 반가워요. 기억하고 말고요. 당신의 첫인상이 아주 좋았기 때문에 내가 빼마의 수업을 소개해줬었죠. 그녀는 지금 캐나다에 있어요. 결혼해서 아주 잘 살고 있죠. 처음 한동안 자주 연락했었는데, 지금은 서로 소식이 끊겼어요. 알다시피, 여자가 가정을 가지면 생활이나 사람 관계에 변화가 오게 마련이죠. 마음만 먹고 미루다가 나도 연락을 못 한지가 꽤 됐어요. 당신 덕분에 오랜만에 전화했는데, 번호가 바뀌었는지 연결이 안 되네요. 하지만 친구들을 통해 다시 알아보는 중이니 금방 알 수 있을 거예요. 그럼 곧 다시 연락할게요. 티베트 상황을 잊지 않고 걱정해줘서 고마워요.'

친절한 린첸의 자세한 답변. 그렇군, 정말 결혼을 했고…… 잘살고 있군. 그리고, 지금 연락은 닿지 않는다, 그러나 곧, 연락이 닿을 것이다, 그래도 결국 지금, 그녀의 안위에 대해 알 수 있는 것은 아무엇도 없다. 지훈의 가슴 속에 커다란 두 개의 회오리가 일었다. 그러나 마음은 벌판처럼 그대로임을 즉시 알아차렸다.

이메일을 로그아웃하고, 티베트 관련 사이트로 넘어갔다. 지난 일주일 사이에 새로운 희생자는 없었다. 알려진 모든 희생자들의 인적 사항을 정리한 파일이 올라와 있었지만, 다른 자료들만 훑었다. 또각또각 킬힐의 구두굽 소리가 들려왔다. 노트북을 덮었다. 문을 열자 양손에 커다란 봉투를 든 은비가 배시시 웃었다. 매니저를 시켜 사왔던 와인과 음식들이지만, 혼자 들고 계단을 올라온 모양이었다.

"나 힘 세죠?"

지훈은 웃음이 났다. 그러나 외투를 벗은 그녀는 천진한 표정과는 크게 다른 옷차림이었다. 방송 출연이나 무슨 행사를 마치고 바로 오기라도 한 듯, 귀걸이와 목걸이로 장식을 하고 초미니 반바지에 가슴이 파인 화려한 티셔츠로 몸매를 드러내고 있었다. 아름답고, 유혹적이었다. 유혹적이었던 것은 태도 때문이었다. 거기엔 뭔가 도발적인 것이 있었다. 얼핏 시계를 봤다. 태우가 도착하려면 한 시간은 있어야 했다. 술을 마시면서도 유혹을 견디기엔 충분한 시간. 그녀의 의도를 가늠해보기에도 충분했다.

"전 언제 오 작가님 모델이 될 수 있는 거죠?"

"뭐 언제든, 회사에서 의뢰가 들어오면요. 근데 고은비 스타는 김 작가 담당이라서요. 우리 스튜디오에도 상도덕이란 게 있으니까요."

그녀의 도발에 지훈도 드러나지 않을 만큼 삐딱하게 답했다.

"좋아요! 그렇군요!"

그녀는 바로 수긍한데 이어 겸손하게 덧붙였다.

"제가 아직 어리고 서툴죠, 용서하세요."

상심한 표정으로 잔을 든 그녀가 급하게 술을 넘기는 것을 보면서도 그는 잠자코 있었다.

"그러니까, 회사에서 하는 건 김 작가님이 하시고요. 상업적으로 보여지는 사진말고, 개인적으로 간진할 만한, 그냥 제 모습 말이에요. 작년에 스튜디오에 처음 들어섰을 때 벽에 걸린 오 작가님 사진들 보면서 생각했어요. 나도 저렇게 자연스러우면서도 평소와는 다른 모습, 어쩌면 그게 진짜 내 얼굴일 수도 있는 그런 사진을 찍을 수 있었으면 하고요."

천진한 표정으로 부드럽게 말을 잇는 그녀에게 백기를 들었다.

"좋아요. 언제 적당한 때 한번 해봅시다."

"정말이죠?"

그녀의 잔에 자신의 잔을 부딪치는 것으로 답을 대신했다.

"오빠라고 불러도 돼요?"

태우에게도 오빠라고 불렀었는지, 혹시 이것이 특별한 호칭인지 생각하느라 얼른 답변을 못하는 사이에 그녀가 먼저 입을 열었다.

"에이, 나도 참 시시하게, 그런 걸 물어보고. 그냥 부름되지, 오빠!"

그녀를 바라보며 그는 미소짓지 않을 수 없었다.

"친해지고 싶은데……, 오빠는 사람을 좀 어렵게 하는 게 있어요."

은비가 조심스레 말했고, 그는 고개를 끄덕이며 그녀의 눈을 봤다. 이 유혹의 느낌이 어디서 비롯되고 있는지 점차 알 수 없었다.

단지 그녀의 내부에 일고 있는 것을 알아차린 것인지, 빼마가 결혼했다는 소식에 실망한 자신이 때마침 은비를 향해 동요하고 있는 것인지, 아니면 젊은 남녀의 몸에서 자연스레 형성되는 무엇인지.

"저, 가야 돼요."

갑작스레 그녀가 말했다.

"지금 말고 좀 있다가요. 친구 영화 시사회가 있는데 안 갔어요. 뒤풀이에는 가줘야 해요."

영화가 재미없을 것 같아서 안 간 거냐고 묻지 않았다. 태우의 선약을 알고 일부러 시사회를 취소하고 이쪽 약속을 잡았다는 당돌한 답변이 그녀의 입술에서 튀어나올 것만 같았다. 마침 태우의 문자메시지가 왔다. 밥만 먹으려 했는데 술까지 시켜서 조금 더 늦겠다는. 지훈은 은비에게 말하지 않았다. 태우는 결국 못 오고, 은비는 시사회 뒤풀이마저 안 가겠다고 할 수도 있었다. '이 녀석이 나를, 아니, 자기 자신을 시험에 들게 하려고 늦장을 부리나?' 그는 갑자기 이런 상황이 귀찮게 느껴졌고, 오두막으로 당장 떠나고만 싶었다.

그녀의 콧잔등에 주름이 잡히더니 입을 열었다.

"지난주에 상하이에 다녀왔어요."

"그래요?"

그가 무심히 답했다.

"뭐가 그래요예요! 우리 전시회 하기로 했었으면서!"

그녀의 도발이 무엇 때문이었는지 지훈은 그제야 알아차렸다.

소속사에서 갑자기 잡은 일정에 따라 사흘간의 행사에 다녀왔고, 드라마를 보고 팬이 된 중국인들의 따뜻한 환대를 받았다. 본격적으로 한류 스타의 대열에 끼지 않아 별 기대가 없었던 그녀는 예상 밖으로 많은 팬들에 놀랐다. 더군다나 다음 시즌의 미니시리즈 여주인공 제의가 들어왔는데, 이미 결정된 상대 남자 배우가 거물급 한류 스타라서 덩달아 한류 스타로 급부상할 거라는 전망이었다. 소속된 엔터테인먼트사를 떠나지 않고서야 그들이 꿈꿨던 전시회는 불가능한 일이었다. 당연히, 그녀가 그걸 원할 리도 없었다. 14억 인구는 엄청난 시장이었다. 자본뿐 아니라 감동과 열기의 유혹도.

"기분이 정말 이상했어요. 그러니까, 사실, 너무 좋았기 때문에……"

솔직한 고백에 그의 가슴 한편이 씁쓸했다. 그렇다고 기대와 환호에 들뜬 그녀에게 찬물을 끼얹어 터무니없는 죄책감을 부추길 필요는 없었다. 외적 성취가 그녀 자신의 진정한 행복과 괴리되지 않기를 축복해줄 수 있다면 그 편이 나았다. 내면의 순수한 감성과 지성이 부와 명예의 내밀한 욕망들에 좌초되지 않고 나아가기를.

"은비 씨 오기 전에 동영상 자료를 잠깐 봤어요. 라싸 시내에 총을 든 네 명의 군인이 앞뒤로 둘씩 줄맞춰 걷는 모습이 스쳤죠. 그중 한 병사의 얼굴이 어쩔 줄 몰라하는 것 같은 표정에, 청년보다는 소년에 가깝더군요. 흰색 방탄모자와 새로 지급받은 듯 두터운 진록색 군용 코트는 어딘가 어설프고 몸에 커보이기까지 했죠. 물론 주변에 있던 티베트인들의 행색에 비해 무척 고급스럽긴 했지만요. 어쨌든 만약 시위가 일고 발포 명령이 내려져 손에 들린 총이 발사된다 해도, 그가 높은 고도에 매서운 날씨의 낯설기만한 땅에 배치된

불운을 감당하는 그저 평범한 중국 청년이라는 사실에는 변함이 없을 거예요. 국가나 거대한 세력, 돌이키기 불가능해 보이는 흐름에 저항하기란 쉽지 않죠, 누구라도……"

분신한 이들에 생각이 미쳤고 생각을 넘은 현실감으로 손에 땀이 배었다. 내색하지 않고 말을 이었다.

"은비 씨가 한류 스타가 된다면, 평범한 중국인들뿐 아니라 같은 TV를 보는 티베트인들에게도 즐거움을 줄 수 있을 테니 좋은 일이에요. 그들 모두 지친 하루의 긴장을 풀고 위로받을 수도 있고요."

"정말요? 그럴 수 있다면 좋겠어요! 하지만, 분신하는, 그런 티베트인들은 아니겠죠?"

그녀가 주저하며 물었다.

"내가 아는 한, 티베트인들은 열린 마음을 가진 사람들이에요. 순수하고 유쾌하고 강인한 기질을 가졌죠. 진정한 선량함은 언제나 편견을 앞서니까 걱정 말아요."

'그러나 현실을 왜곡하고 잘못된 환상만을 심어주는 드라마라면 좋아하지 않을 수도 있겠죠. 드라마 선택을 잘 하길 바래요!' 뒤이어 떠오른 생각은 입 밖에 내지 않았다. 지금의 그녀에게 쓸데없는 잔소리밖에 안 될 테니. 덕분에 촉촉하고 그윽한 그녀의 눈길은 조금 더 오래 그에게 머물렀다.

잠자코 술잔을 기울였다. 길고 슬픈 강이 천천히 몸을 휘돌아가는 듯했다. 장중하고 아름다운 중국의 문화와 문명, 서양의 도래와 추종 속에도 아시아인의 자부심을 느끼게 할 만큼의 거대한 면모, 그 찬란함은 다만 지난 세기의 유물에 불과한가. 진리를 간파했던 노자와 장자를, 계속된 전쟁으로 참혹하고 어수선했을 시대에도 백가쟁명을 꽃피우며 공자를 출현시켰던 지성의 힘을, 이제 대놓고 저버린 걸까. 한때는 절 입구에서 떡 파는 할머니조차 젊은 승려에게 금강경 한수를 가르칠 정도였다면서 말야. 물론, 노장뿐 아니라 공자의 사상마저도 진정으로 실현된 적이 대체 있었을까. 영혼에 새겨진 흔적으로, 전설로, 평범한 이들의 삶과 몸짓의 배후로, 비범한 예술작품으로 그 명맥을 유지했을 뿐. 오랜 세월 왕조나 권력은 체제를 정비하고 유지하기 위한 명분으로써만 차용하고 각색해 이용했을 뿐. 하지만 획일화된 공산주의나 산업화에 이어 디지털화는 전제주의 왕조시대보다 무섭다, 영혼까지 급속히 침투해 사람들의 정신마저 시대의 부속품으로 만들어버리기 쉬우니……. 19세기에서 20세기 중반까지 중국도 서구열강과 일본에 의해 치욕의 역사를 겪었다, 근현대 중국의 대과제를 해결하는 과정 속에 문화혁명은 수많은 인민들에게도 상흔을 남겼다. 21세기의 개방과 산업화 속에서 아이들을 고향에 맡기고 도시로 돈 벌러 떠난 부모들과 대다수 인민의 삶은 여전히 힘겹다, 그러나, 그런데, 60년 넘게 주권이 유린된 티베트인들의 삶은? 중국은 자신들이 겪었던 치욕을 엉뚱하게도 멀고 먼 숨겨진 나라에 은밀하고 참혹하게 적용하고 말았다. 티베트에서 남으로 남으로 흐르는 드리추 강, 중국에 이르러 동으로 동으로 흐르며 양쯔 강이라 불리는 ㄴ자 모양의 그 길고 긴 강처럼, 꼬리에 꼬리를 물며 이 나라에서 저 나라로 이 사람에서 저 사람으로 되풀이되고 변주되는 고통과 슬픔들……. 1초에 수십 장의 사진이 연달아 찍히듯 잠깐 동안 지훈의 생각도 꼬리에 꼬리를 물며 이어졌지만 표정은 대체로 온화했다. 도발적으로 세워졌던 날이 뉘어진 은비도 편안한 얼굴이었다. 잔을 내려놓고 스마트폰을 집어 든 그녀가 근처에서 기다리고 있던 매니저에게 스튜디오 앞으로 데리러 오라고 나직이 말했다. 태우에게는 간단한 양해 문자를 보내고, 지훈에게 쌩긋 웃으며 입을 열었다.

"오빠, 저 이제 갈게요."

지훈은 빙긋 웃었다. 그녀는 성공할 자질을 갖췄다. 원하는 바를 정확히 이루고 미련 없이 자리를 뜰 줄도 알았다.

킬힐을 다시 발에 꿰고 문 앞에 선 그녀가 갑자기 돌아섰고, 그에게로 뜨거운 입술을 가져왔다. '역시 남은 게 있었군, 다 이루어야 성에 차는 이 아가씨는 정말 성공하겠어.' 태우가 떠올랐지만, 어중간한 녀석의 태도에 비해 은비의 요구는 분명하고 강했다. 부드러운 감촉을 느끼며 눈을 감았다. 달콤함 대신, 고요한 마음 위로 둑이 무너지듯 커다란 걱정과 슬픔이 밀려들었다. 빼마, 그녀가 아닌 누구와도 이제 다시는 사랑을 나눌 수 없으리라. 그는 슬픔에 잠긴 채 눈을 떴고, 은비는 자기만족에 취해 문을 열고 나섰다.

*

은비와 와인을 마시던 그 시각 또 다른 분신이 있었다. 꾼촉 왕모, 30세 여성, 일반인, 티베트 암도 지역, 중국 관할 쓰촨성. 얼굴을 확인할 사진은 나와 있지 않았다. 꾼촉 왕모, 그녀의 이름이 빼마 초모가 아니라는 사실에 내가 지금 안도하고 있는가? 지훈은 두 손으로 얼굴을 감쌌다. 고요히 머물기 속에 휴식해야 했다. 노트북을 덮고 방석에 앉았다. 고통스러운 인식에서 벗어나려 하자 신기할 만큼 빠르게 가능해졌다. 내면의 깊고 충만한 행복과 빛나는 기쁨이 이어졌다. 거기 머무르고 싶다는 생각이 떠오른 순간, 명상을 멈추고 자리에서 일어났다. 마당을 거닐며 오두막의 신선한 자연을 한껏 느꼈다. 발뒤꿈치를 들고 강 건너 불구경하듯 그녀를 찾고 있었다는 자각과 함께 책상 앞으로 돌아왔다. 티베트에 관한 자료들을 찾아 읽기 시작했다.

1950년 중국의 대규모 침략에 티베트 정규군은 힘을 쓰지 못하고 무너졌다. 이후, 티베트 자유 투사들은 점점 그 수가 늘어갔고 격전이 이어졌다. 중국군의 대응은 티베트인들의 상상을 초월할 정도로 잔인했다. 십자가형, 생체 해부, 머리를 베거나 태워 죽이고, 달라이 라마를 외치는 자들의 혀를 찢었다. 비행기로 도시와 마을을 폭격해 황폐화시켰고, 58년에는 수백 대의 중국 전투기가 암도 지역에 폭탄을 투하해 엄청난 사상자가 발생했다. 59년, 라싸에 주둔해 있던 중국군 사령부가 가무 공연에 달라이 라마를 초대했다. 의전 절차도 생략하고 비무장 근위대원과 함께 극비리에 오라는 그들의 요구가 알려졌다. 왕의 안전에 위기를 느낀 라싸 시민들이 모여들기 시작했다. 3월 10일, 3만여 명의 시민들이 당시 왕이 머물던 노르부링카를 둘러쌌다. 중국군에 의한 무력 진압이 이어진다면 엄청난 살상이 예측되던 순간이었다. 그날 밤 늦게 중국군은 안전을 핑계 대면서 왕의 거처를 그들의 사령부로 옮기라는 이상할 만치 온건한 어투의 편지를 보내왔고, 젊은 왕은 그 뻔뻔스런 제의에 경악

했다. 일주일 후, 왕은 조국을 떠나 망명길에 올랐다.

티베트는 중국이 꽃피운 문명과는 다른 세계였다. 시리도록 맑은 하늘과 자연, 인간에게는 가혹하고 척박한 환경 속에서 모든 것을 바쳐 일구어낸 것은 고귀한 정신세계, 불교였다. 그 상징이자 결정체라 할 6천여 개의 사원이 파괴되고 승려들은 처참하게 유린되었다. 인구의 5분의 1이 학살당했다. 중국 영토의 4분의 1에 해당했던 드넓은 티베트 땅에는 이제 중국인들이 더 많았다. 조상 대대로 살아온 자신들의 땅에서 소수민족이라 불리는 어처구니없는 상황이 점차 현실이 되어갔다. 정부의 이주 정책에 부응해 옮겨온 중국인들이 늘어갔고, 경제적 혜택과 이득은 그들을 중심으로 이루어졌다. 하루 일당마저도 중국인의 2/3에 못미쳤다. 학비를 마련하지 못해 자녀들에게 고등교육을 시키기 어려웠고, 교육을 받지 못해 좋은 직장을 얻을 수 없는 악순환이 이어졌다. 학교교육은 아이들을 점차 티베트 말과 문화에서 멀어지도록 짜여졌지만, 그렇다고 진정한 중국인이 될 수 있는 것도 아니었다. 서장 혹은 장족, 중국의 서쪽에 감추어진 소수민족으로 분류되며 특별한 감시와 보호 아래 차별받을 뿐이었다.

파괴되고 남은 사원과 가정에서 티베트의 진실은 숨죽여 말해지고 전해졌다. 그리고 또 다시 봄, 3월 10일이 되었다. 2008년 라싸에서 대규모 시위가 벌어졌다. 무력으로 진압되고 계엄령 아래 놓였지만 시위는 끊이지 않았다. 삼엄한 경계 속에 모든 곳에서 차별이 강화되었다. 공산당에 가입해 특권층에 속하는 소수의 티베트인들이 행정 업무로 출장을 갈 때조차 공항이든 호텔이든 조사를 받아야 했다. 티베트인이나 위구르인을 숙박시킬 경우 경찰에 즉시 보고하라는 긴급 통지문이 붙었다. 시위에 연루된 사람들은 구금되거나 감옥행, 또는 맞아 죽거나 어딘가로 끌려가 아무도 소식을 알 수 없었다. 평화적 시위와 강압적인 대응이 끊임없이 반복되었던 한 해가 지났다. 모든 평화적 방법이 무참히 짓밟혔다. 인터넷과 SNS도 차단되었다. 티베트인들은 자신들의 현실을 중국의 경계 너머로 알릴 길이 교묘하고 철저하게 차단된 세상에 갇혀 절망했다.

2009년, 티베트력 새해가 지나고 사흘 후 끼르티 사원의 젊은 승려가 스스로의 몸을 불태움으로써 저항을 표현했다. 2011년 같은 사원의 승려가 분신했다. 몇 개월 후 다른 지역의 승려가 40일의 단식을 마치고 분신을 감행했다. 그 해에 총 열두 명의 승려가 자신의 몸을 희생했다. 함께 분신했던 두 명의 젊은 승려는 목숨은 건졌지만 화상으로 팔과 다리를 절단해야 했다. 2012년, 일반인들까지 나서기 시작했다. 그 해에만 총 여든다섯 명이 스스로를 희생했다. 2013년 2월 13일 아침 8시 20분, 네팔의 보드나트 대탑 앞에서 한 승려가 분신했다. 백 번째였고, 같은 날 티베트 본토에서 백한 번째의 분신이 이어졌다.

그녀가 명단에 있으리란 혹은 없으리란 생각에서 떠나 지훈은 결국 희생자들의 사진과 이름, 출신 지역, 분신 장소가 날짜별로 차례로 나와 있는 파일을 클릭했다.

'…… 어둠을 쫓아내고 빛을 주기 위하여, 고통을 겪는 모든 사람들에게 자유를 주고 그들을 인도하기 위하여 나의 육체를 기꺼이 바치는 것이다.' –환생 라마였던 쐬빠가 분신 전에

남긴 음성메시지

'전 세계를 평화롭게 하소서!
달라이 라마의 티베트 귀환을 위하여, 도축업을 하지 말고,
도둑질하지 말고, 티베트어로 말하고, 생명을 해치지 말고,
서로 싸우지 마세요.
일체 중생의 고통을 내가 대신 하게 하소서!
만약 내가 죽지 않은 채로 붙잡히더라도 여러분들은 중국공
안과 싸우지 마세요. 손에 손잡고 공부하세요, 공부하세요.
내가 분신한 후에 모든 가족들이여, 슬퍼 마세요.' ―세 아이
의 엄마이자 유목민이었던 36세의 리꾜가 분신 전 노트에 남
긴 글의 전문

'…… 하늘의 신이시여, 티베트를 보소서! 대지의 어머니시
여, 당신의 자비로 티베트를 생각하소서! 세상의 모든 나라
들이여, 진실을 봐주세요! 이 맑고 깨끗한 눈의 나라를 붉은
피로 물들이고 폭력적인 군대로 채우고 끊임없이 폭력을 행
사해도, 용기를 잃지 않는 눈의 나라 자손들은 정신의 활에
생명의 화살을 쏘아 현실의 전쟁에서 이길 것입니다.' ―43세,
작가였던 구둡이 분신 전 자신의 블로그에 올려놓았던 글

'어떻게 우리가 우리의 종교를 허용하지 않는 정부를 신뢰할
수 있단 말인가? 이번 해 내내 티베트 전 지역과 까르마 사

원이 겪은 고통을 생각하면, 나의 생이 마감되기만을 기다릴 수밖에 없다.' —승려였던 뗀진 푼촉의 마지막 노트

'우리는 이렇게 가혹한 법 아래 살 수가 없다. 이러한 심리적 고통을 견뎌낼 수가 없다. 왜냐하면 인간의 기본 권리를 누리지 못함에서 오는 고통은 분신하는 것보다 훨씬 더 고통스럽기 때문이다……' —18세, 낭돌. 분신 후 친구들이 발견한 녹음 테이프에 담긴 말

사진 속 낭돌은 긴 머리칼에 큰 눈, 오똑한 콧날, 꽃미남의 용모를 지닌, 아직 소년이었다. 자료는 한국어로도 모두 번역돼 있어 읽기에 편했지만, 내용만큼은 쉽지 않았다. 글에 담긴 뜨거움과 고통이 활자를 넘어 몸으로 전해지는 듯했다. 작은 사진 속 그들은 활짝 웃는 얼굴부터, 종교의식 중에 찍힌 모습, 초원에서의 멋진 포즈, 카메라가 멋쩍은 듯 머리를 긁적이는 수줍은 미소, 사진관처럼 꾸며진 공간에서의 기념 촬영까지…… 다양한 곳에서 다양한 배경 속에 삶의 한순간이 담겨 있었다. 간혹 신분증 사진도 있었고, 사진이 없는 이들은 티베트의 국기가 대신하거나 분신 당시의 사진이 들어 있기도 했다. 20대가 가장 많았고, 10대, 30대, 40대, 50대, 60대까지 모든 연령층이 있었다. 라싸에서 함께 분신했던 두 친구의 얼굴도 있었다. 뒤엉킨 하나의 불길 속에 고통스러운 둘의 몸짓이 그대로 담겨 있던 사진 속 주인공들, 그들의 생전 모습은 그저 평범해 보이는 더벅머리 청년들이었다.

검은 배경 때문에 유독 하얗게 보이는 소녀의 둥근 얼굴이 지훈의 시선을 붙들었다. 고개를 살짝 기울인 채 엄지와 검지로 턱을 받치고 있는 그녀의 손등에는 뭔가 씌어 있었다. 뉘어진 손의 방향을 따라 고개를 기울이고서야 그 티베트 글자를 겨우 알아볼 수 있었다. 다섯 음절, 세 단어. '뵈 랑짼 갤캅', 티베트 독립 국가. 사진을 찍기 전, 소녀는 왼손을 곧게 펴고 오른손에 든 펜으로 오동통한 손등 위에 글을 썼으리라. 이름은 상게 돌마. 17세, 티베트 암도 지역, 2012년 11월 25일 분신, 사망.

모든 장애를 벗어나 깨달음을 성취한 붓다를 의미하는 상게, 여성 보살 타라를 의미하는 돌마. 티베트어로 된 사이트로 이동해 그녀의 이름을 클릭했다. 똑같은 사진이 더 크고 분명하게 화면에 떴다. 반듯한 얼굴, 발그레한 볼과 다물어진 입술, 카메라를 향해 엷은 미소를 머금은 눈빛에는 17세라는 나이에 갖기 어려운 놀라운 초연함이, 부드러운 윤곽 속에는 호랑이처럼 강인하고 바위처럼 흔들림 없어 보이는 인상이. 온화한 미소 속 한쪽 눈가와 코 옆, 입술 위에 선을 이으면 이등변 삼각형을 이룰 듯이 작은 점 세 개가 별처럼 떠 있는 얼굴. 그 옆에는 화면의 반을 차지하는 검은 배경 위로 시처럼 보이는 글이 함께 띄워져 있었다. 대강이라도 해석하기 위해서는 사전과 어느 정도의 시간이 필요했지만, 지훈은 내용이 궁금했다. 인터넷을 뒤져 티영사전을 다운받았다.

소녀는 견습 승려였다. 분신 전 책상 위에 봉투 하나를 남겼다. 겉에는 손등의 글과 같이 티베트 독립국가라고 씌어 있었고, 안에서는 '되돌아오셨네'라는 제목의 26행으로 된 시가 나왔다. 위를 보라고 거듭 말하는 내용의 시. 그들의 정신적 지도자가 조국으로 다시 돌아온, 자유를 찾은 나라가 거기 있었다. 희망하는 미래를 이미 이루어진 과거형으로 제시하는 소녀의 담대한 확신은 절망으로 고개 숙인 이들을 격려하는 것이었다. 티베트인이여 위를 보라! 또한 자신의 사진 뒷면에도 하나의 글을 남겨 놓았다. '설국의 귀한 아이들, 소년 소녀들, 설산의 남자들이여 티베트인이라는 것을 잊지 말라.'

인터넷 자료에서 가까스로 빠져나와 지훈은 안전한 자신의 세계로 돌아왔다.

분노와 미움이 아닌 희망과 자비심으로, 화염 속에서도 꼿꼿이 선 채, 기도하는 자세로, 혹은 뒷짐을 지고 두 발로 굳건히 대지를 딛고서, 혹은 구호를 외치며, 바닥에 쓰러진 마지막 순간까지 엄청난 고통에도 흐트러지지 않은 자세로 두 손 모아, 전 세계를 향해 조국의 자유와 평화를 호소했던 그들. 온몸이 타들어가는 불길 속에서 보인 그 용기와 강인함.

'그녀는 그럴 수 없어!'

가녀린 어깨, 갸름한 얼굴, 호수처럼 맑고 때로 파문이 일듯 흔들리는 눈동자, 길지도 짧지도 않은 가는 손가락. 처음 만나 악수했을 때와 마지막 버스에 오를 때, 단 두 번 잡아보았던 고운 손.

세 번이라고 해야 하나. 한 손에 잡힌 가녀린 손목, 잡은 채로 달아났어야 했다. 저 타들어가는 현실로부터 멀리 떨어진 어딘가로.

*

전통복을 입고 화려한 장신구로 치장한 젊은 남녀들이 음악에 맞춰 춤추고 있었다. 너른 마당 한가운데서 전통 오페라가 펼쳐졌다. 구경꾼들이 공연장 둘레에 빙 둘러앉고 뒤로는 겹겹이 서 있었다. 뒤편에 서서 구경하던 지훈이 그만 가야겠다 마음먹은 참에 누군가 폴짝 다가섰다. 혹시나 하며 고개를 돌리니 생긋 웃는 그녀의 얼굴이 바로 코 밑에 있었다.

"지금 왔어요?"

"아까부터 와 있었어요. 저기서 계속 보면서 손 흔들었는데!"

아르바이트 번역 일로 바쁘다던 그녀가 이곳에 올 줄도, 건너편 계단 위에서 자신을 바라보고 있던 것도 몰랐다. 구경꾼들이 들고 나면서 둘은 한두 발짝 앞으로 옮겼다. 사람들 사이에 끼이면서 둘 사이도 더 가깝게 밀착됐다. 어깨와 팔이 맞닿고 그 아래로 서로의 손등이 가볍게 스쳤을 때 지훈의 귀에는 음악 소리가 들리지 않았고 눈앞의 춤사위도 보이지 않았다. 갑자기 사람들에게서 움직임이 느껴졌다. 발코니로 된 객석에 앉아 있던 호랑이의 기상을 지닌 젊은 승려가 자리를 뜨고 있었다. 티베트 불교 4대 종파 중 하나의 법왕으로 티베트와 중국에서 동시에 추대받았던 그는 14세가 되었을 때 스스로의 결정으로 히말라야를 넘어 망명에 성공했다. 중국정부의 보호 아래 차세대 권력자로 키워질 뻔했던 소년은 망명사회에서 당당한 청년으로 지혜로운 승려로 성장했다. 구경꾼들이 존경의 표시를 했고 젊은 법왕도 답했다. 그녀가 속삭였다.

"나도 이제 가야 해요."

뒤로 물러서는 그녀를 보며 당황한 지훈의 발도 따라 움직였다.

"재미없어요? 다른 공연들도 계속 이어질 텐데요!"

나긋나긋 끌어당기는 현의 리듬에 맞춰 같은 스텝을 반복하고 팔을 움직이는 전통춤이 서양 관람객들 만큼 지훈에게 새롭거나 흥미롭진 않았지만, 자랑스러움이 묻어나는 그녀의 정직한 표정을 대하자 장점을 짚어가며 미사여구를 늘어놓았다. 아침에 늦잠을 자서 명상 때문에 빨리 돌아가야 한다는 핑계 아닌 핑계를 대며. 전통 예술공연 센터가 마을에서 위쪽으로 한참 떨어진 산비탈에 있다는 것이 공연을 보러 올라갈 때와는 달리 대단히 만족스러웠다. 흘끔 뒤를 보니 공연장에서 눈인사를 나눴던 희망카페의 이웃이나 아는 얼굴들은 보이지 않았다. 단 둘이 천천히 오래도록 걸을 수 있었다. 비포장 흙길 위로 그녀의 손이 팔랑팔랑 흔들리고 있었다. 재빨리 손목을 잡았다, 흙먼지를 일으키며 올라오는 차를 피하다가 그녀가 돌부리에 걸릴 뻔했을 때. 너무 세게, 필요 이상 길게 잡았던 손목을 슬며시 놓았다. 그만 놓으라고 손목이 말을 건네듯 미세하게 비틀렸고, 그녀답지 않게 붉어져 있던 얼굴을 그는 바라볼 수 없었다. 아무 말도 없이 싸운 사람들처럼 걷기만 했다. 시장통 초입 버스 터미널 앞에 이르러서는 명상시간이 급한 듯 그는 서둘러 게스트하우스쪽으로 그녀는 바쁜 볼일이 있는 듯 템플로드로 향했다. 이탈리안 레스토랑에서 피자를 먹자고도, 인디언 카페에서 시원한 요구르트 음료를 마시자는 말도 그는 꺼내지 못했다.

말없이 비탈길을 내려올 때 계곡마을 동북쪽의 한 면이 주욱 펼쳐져 눈에 들어왔고, 맨 아래 희망카페는 저 멀리 있었다. 이웃들의 눈과 귀도 그만큼은 멀리 있을 듯했다. 훨씬 가까이에 있는 작은 건물들, 게스트하우스들의 작은 창들을 지훈은 눈으로 보고 있었다. 배낭여행 중에 만난 젊은 남녀가 호감을 느끼면 한동안 일정을 맞춰 여행하며 짧은 사랑을 나눴고 드물게는 관계가 이어지거나 결혼에 이르기도 했다. 기차역이나 카페에서 여행 정보를 나눴던 젊은이들 중에도 그런 커플이 몇 팀이나 있었고, 그에게 적극적으로 다가왔던 아가씨 때문에 난처했던 적도 있었다. 다람살라도 마찬가지였다. 얌전한 아가씨들과 진지한 청년들에게는 가벼운 사랑이 들어설 자리가 없었지만, 여행객끼리 혹은 일거리가 없어 시간이 많은 청년들과 여행객들 사이에서는 누구나 알고 있고 드러내 말하지 않는 은밀한 유혹과 조용한 열정이 오갔다.

버스 터미널에 이르렀을 때 그녀의 손목을 움켜쥐고 버스나 택시에 올라 가까운 관광지의 호텔이든 넓은 인도 땅 어디로든 떠나자고 간청하지 못한 것은 방으로 돌아가 명상을 하는 일이 더 급했기 때문이었다. 애태웠던 안타까움도 진실해 보였던 열정도 한 번의 입맞춤이나 하룻밤의 사랑 뒤에는 싸늘히 식어버리곤 했던 20대 초반의 당혹감이 트라우마로 떠올랐다. 차라리 이 모든 걸 알고 싶은 호기심 혹은 욕망이 앞섰다.

다섯 번째 주

아버지에게서 연락이 왔다. 잘 지내냐는 오랜만의 안부 전화였
지만, 마침 오후에만 잡혔던 스케줄마저 다른 날로 연기된 터라 시
간별로 있는 저가항공을 예매하고 바로 공항으로 향했다. 오두막이
완성되고 부친이 한 번 다녀간 뒤로는 서로 전화 통화만 몇 번 했었
다. 명상에 집중하겠다는 아들의 뜻을 너그럽게 받아준 아버지, 제
사도 명절도 걱정하지 않게 해줬던 분.

몹시 반가웠음에도 어딘가 서먹하고 짧았던 하루였다. 함께 한
라산 등반을 했다. 다시 일을 시작했다는 뒤늦은 소식에 부친은 아
들의 어깨를 두드려주었다. 별말 없이도 정을 나누는 사이였지만,
그날은 더욱 말이 없었다. 아들의 상념 깊은 모습을 칩거 이후의 변
화로 돌렸고, 부친의 유머 감각이 줄어든 것을 연세 탓으로 여겼다.
속엣말은 묻어둔 채로 푸른 바다가 어둠에 잠기는 것을 함께 보았
다. 바람이 거세졌다. 마당의 불빛 속에 귤나무가 춤추고, 아버지의
조각 작품 위에서 그 그림자도 춤추고 있었다. 소주잔을 내려놓은
부친이 지그시 눈을 감고 휘파람을 불었다. 느린 왈츠에서 빠른 삼

바로 구성진 트로트로 변해가는 리듬과 박자 속에, 자리에서 일어난 지훈이 스텝을 밟았다. 구름 사이로 달빛이 드러났다. 문워크로 마무리하는 그의 재롱에 아버지가 웃었다.

*

인도에서 서울로 돌아왔을 때, 그에겐 참석하지 않은 졸업식의 졸업장과 작은 아파트 한 채가 전부였다. 조부로부터의 몫이었다며 아파트를 지훈에게 넘기고, 제주도에서 새로운 삶을 소박하게 시작한 부친에게 더 이상 손을 벌릴 수는 없었다. 집을 전세로 내놓거나 팔아서 돈을 마련해 유학을 갈 수도 있었지만, 사진으로의 진로 변경에 따른 아무런 구체적인 계획도 기대도 머릿속이건 마음속이건 떠오르지 않았다. 다람살라에서 날이면 날마다 그렇게 열심히 했던 명상마저 서울의 공기에서는 할 수 없는 무엇이기라도 되는 듯 자리에 앉지 않았다. 연결돼 있던 모든 끈에서 떨어져나온 듯, 무중력 상태에 붕 떠 있는 듯. 불안정한 미래에 대해 혼돈과 공황 상태인가 했지만, 마음은 이상하리만치 차분하게 가라앉아 있었다. 중고 디지털 카메라 하나를 구입해 어깨에 메고 어슬렁거렸다. 꼭 무엇이어야 할 이유도 꼭 어디여야 할 이유도 떠오르지 않았기 때문에 집 근처를 시작으로 그가 익숙한 강남의 이런 저런 길들을 돌아다니며 눈에 띄는 대상들과 순간들을 카메라에 담았다. 더운 여름이었지만, 인도에 비하면 덥다고도 할 수 없는 날씨였으므로 묵묵히 걸으며 사진을 찍었다. 다람살라와 너무도 다른, 물질과 소비가 넘치는 도시의 풍경이 어떻게 보면 기괴할 수도 있었다. 그에 대해 지훈은 아무런 비교도 판단도 내리지 않았다. 자신이 속한 곳, 익숙한 세계로 돌아와 늘 그곳에 있던 것들, 그저 눈에 보이는 것들에서 전에는 못 느꼈던 아름다움이나 다채로움을 포착하고 카메라에 담아낼 뿐이었다. 재미있었고, 재미에 빠져들었다. 상품들로 넘쳐나는 강남의 쇼윈도에도, 그것을 색색깔로 하나씩 몸에 걸친 세련된 젊은 남녀의 얼굴에도, 그들의 몸에 걸쳐진 가방과 신발, 악세서리의 다양한 색과 모양에도 도시에 깃든 우수와 경쾌함, 위선과 진실이 있었다. 블로그를 만들어 인터넷에 사진을 올렸다. 단지 0과 1로 이루어진 세계 위로 모든 이미지가 현현함에 새삼 즐거웠고, 피곤한 줄도 모르고 작업했다. 블로그를 찾는 사람들이 갑자기 늘면서 유명세를 타게 됐다. 잡지 편집자들이 사진을 의뢰하기 시작했다. 아파트를 처분해서 부친의 대출금을 갚고 그 나머지로 과감히 스튜디오를 마련했다. 자신이 태어났고, 모친을 대신해 키워주신 할머니의 마지막 숨결이 남아 있는 곳, 재혼하기 전까지 늘 함께 였던 부친과의 추억이 담긴 집이었지만, 어차피 재건축 얘기가 나오던 참이라 미련의 여지도 없었다. 이 모든 것이 아주 짧은 시간에 이루어진 일들이었다. 다람살라의 모든 것은 그의 머릿속에서 빠르게 지워졌고, 고요히 머물기 명상도 '언젠가, 곧'이라는 뒤로 미뤄졌다. 그러나 스튜디오를 열고 수많은 모델들의 얼굴을 카메라에 담았던 그 몇 년 동안, 법회에서 듣고 공부했던 내용만은 머리 한편에서 마음 한편에서 끊임없이 생각하고 이리저리 살피고 되새기고 있었다. 오른쪽 무릎의 완전한 재활을 위한 운동도 꾸준히 이어갔다.

언젠가 120킬로의 거구에서 70킬로가 된 청년이 TV 쇼 프로에 나왔다. 한계에 부딪칠 때마다 벽에 붙여놓은 어느 몸짱 스타의 사진을 바라보며 각오를 다졌다고 했다. 힘든 노력 끝에 6개월 만에 감량에 성공했고, 다시 6개월의 헬스 트레이닝으로 멋진 근육의 몸짱으로 거듭난 체험담에 방청객들은 박수를 보내며 환호했다. 지훈은 다람살라에서 저려오는 다리의 통증을 참으며 고군분투했던 자신을 떠올렸다. 고요히 머물기는 마음의, 트레이닝이었다. 어려움을 견디며 용기와 영감을 얻기 위한 롤모델은 물론 붓다였고.

120킬로에서 70킬로가 되는 것, 지방이 탄탄한 근육으로 바뀌고 체력이 향상되는 것처럼, 마음의 올바른 트레이닝으로 갖게 되는 고요한 힘은 강할 뿐만 아니라 유연함과 민감함으로 잘못된 편견과 나쁜 감정들에서 벗어나 본래의 신성함으로 전환되는 방편이었다. 또한 몸과 연결된 일상적 마음에도 일종의 요요현상이 있으므로 항상 살피고 챙겨야 할 터였다. 마음이 단련된 결과는 초콜릿 복근처럼 눈으로 쉽게 볼 수 있는 것이 아니어서 당장에 박수나 환호를 받을 수는 없지만 길게 볼 일이었다. 근육은 아무리 단련해도 결국 시들어 죽음에 이를 테지만 마음의 끝에 대해서는 아직 들어본 적이 없으니. 몸을 떠난 영혼으로서의 마음이나 의식이 파장일지 입자일지, 최신 물리학 이론의 열한 개의 차원을 갖는 끈의 형태일지, 정보를 탑재한 칩의 형태일런지 확인할 수 없다 할지라도.

헬스클럽에서 특별한 근육을 단련하지 않아도 일상의 노동 속에 적당히 자리잡은 근육이 더 아름다울 수 있고, 굳이 자리에 앉아 특별한 명상을 하지 않아도 주어진 삶 속에서 자연스레 성장하는 마음 역시 아름다울 것이었다. 그러나 지훈에게는 거기에 만족할 수 없는 깊은 갈망이 있었다. 근육맨이 역기를 번쩍 들듯이, 내면의 의문을 가뿐하게 들어올림으로써 습관으로 길들여지는 일상이 아닌 자유로운 마음속으로 깨어 있는 삶이 되고자 했다.

결국 오두막을 지어 산속으로 들어갔던 그는 다람살라에서 완성하지 못했던 고요히 머물기의 소박한 목표를 이루었다. 거기서 멈추지 않고 마음의 근원과 마주하기 위해 애썼다. 그가 존재를 인정하든 그렇지 않든, 데카르트의 명제에 대한 절대적 긍정에서 시작해 논리적 부정에 이르는 길이라 할 만했다. 질문과 의심, 고뇌로 이끌었던 언어와 개념들을 완전히 넘어서게 해준 것은 나가르주나의 『중론』이었다. 문은 도처에 있을 수 있겠으나 그에게는 그렇게 열렸다. 「이미 간 것은 가지 않네, 아직 가지 않은 것도 가지 않네, 이미 간 것과 아직 가지 않은 것 없이, 간다는 것은 인식되지 않네.」 그의 머리 꼭대기와 발바닥이 그리고 배꼽 언저리가 근질거렸다. 이제까지의 삶에서 가장 유쾌한 웃음이 터져나왔다. 「의지하고 연관돼 발생한 무엇이든 그것을 공성이라 하네. 그것은 의지하여 이름 지어진 것이고, ……, 공성 아닌 어떤 법도 있지 않네.」 논서를 읽는 내내, 가장 재미있는 농담이라도 보는 듯 그는 연달아 킥킥거리며 즐거워했다.

독화살처럼 박혀 있던 호기심이자 심연으로 끌어당기던 질문은, 질문 자체에 포함된 오류를 인식함으로써 마침내 해체되었고 다시 설 자리를 잃었다. 달라진 것은 결국 그의 내면의 상태였다. 어디서든 질문은 다시 조합되어 화살처럼 날아올 수 있었지만, 심연으로 떨어지기 전에 오류를 즉각 인식함으로써 인식 그 자체인 마음의 순수한 상태로 향할 수 있었다. 언어적 사유를 넘어선 깊은 인식 속에, 인식의 흐름을 이루는 여러 가닥들을 넘어, 나뉘어진 자아들을 넘어, 사유하는 자와 지켜보는 자의 시시각각의 분열과 분리를 넘어 더 깊은 곳으로 향할 때, 투명하고 맑은 기쁨과 고요 속에 남은 오직 하나는 어둠 속에서 눈을 감아도 환하게 밝은 빛이었다.

신과 우주와 인간, 세상 모든 존재와 질서, 보이고 들리고 느껴지고 인식되는 모든 것의 실체에 대한 집요하고 치열했던 의문은 그를 심연으로 떨어뜨리는 고통이 되곤 했지만, 결국엔 빛의 문이자 마음에서 길어올릴 수 있는 마법의 샘으로 변한 셈이었다.

0과 1 단 두 개의 수로 펼쳐지는 컴퓨터의 세계보다 놀라운, 셀 수 없이 많은 생각과 세상을 펼쳐내는 것의 근원은 마음이며, 그 모든 마음의 근원은 셀 수 없이 많은 것도 아니고 두 개도 아니고 단 하나라는, 겉으로 드러나는 개별을 넘어 모두가 모두에 연결된 하나라는 이해에 이르렀다. '사람과 동물뿐 아니라 어쩌면 나무와 풀, 저 돌과 땅마저 모두가 하나일 뿐이야!' 그러나 그것은 끝이 아니라 새로운 시작이고 출발이었다. 내면의 이해와 경험을 넘어 부단한 실천으로 진리 그 자체가 된다는 것은 또 얼마나 가깝고도 먼 길인가. 한편으로는 슬금슬금 웃음이 나오기도 했다. 그 하나인 마음마저 분명 공했으므로. '소승은 위대한 진실이고, 대승은 끝없는 고귀함, 금강승은 경이로운 빛의 수레다!' 오두막으로 들어온 지 1년, 그 꿈을 꾸기 한 달 전의 메모였다.

한라산에서 내려오던 길에 아버지가 지나가는 말로, 그러나 은

근한 음성으로 물었다.

"명상은 잘 된거냐? 우리 모두에게 불성이 있다던데, 그게 대체 어떤 것이더냐?"

'이제 네가 과학에 대해 많이 배웠을 테니 내가 늘 궁금해 하면서도 잘 이해하지 못했던 것 하나만 물어보자. 아들아, 원자가 한 상태에서 다른 상태로 변화할 때 빛의 입자를 방출한다던데, 그건 원자 속에 들어 있다가 나오는 거냐? 아니에요, 아버지. 아들은 과학적으로 그 이치를 설명했지만 아버지는 이해할 수 없었다. 원래 거기 있다가 나오는 게 아니라면 대체 빛의 입자는 어디에서 오는 거란 말이냐? 그것은 지금 제가 내고 있는 목소리와 비슷해요. 소리가 제 몸속에 원래 있다가 나오는 게 아니잖아요.' 리처드 파인만과 아버지의 대화가 기록된 책의 한 페이지가 떠올랐다. 목소리에 비유한다면 나는 그저 아! 한마디 할 수 있을 뿐인걸.

"전 겨우 시작일 뿐이에요…… 나중에 잘 알게 되면 아버지께 꼭 먼저 알려드릴게요."

*

제주도에서 하룻밤을 자고 스튜디오로 돌아온 그는 나머지 일들을 마쳤다. 스위스의 린첸에게서는 더 이상의 소식이 없었다. 뒤늦게 보내온 체링의 메일은 반갑다는 말과 간단한 근황에 이어 그녀의 소식은 무소식이 희소식 아니겠냐는 식의 짧고 싱거운 답변뿐이었다. 지훈의 이메일 자체가 오랜만에 소식이 궁금하다는 지나가는 투였기 때문이었을까. 그렇다고 꿈 얘기를 하며 모든 친구들을 동원해 수소문해달라고 다시 부탁할 수도 없었다.

'단 여섯 명만 알아도 세상의 모든 사람들과 연결될 수 있다던 데……' 어느 과학자의 에세이에서 보았던 글을 떠올리며 페이스북이나 트위터로도 시도해보았지만 그녀의 흔적을 찾지 못했다. 오두막으로 돌아왔을 때는 체링의 말이 맞기를 바라며 그날 밤의 꿈은 잊고 싶었다.

이미 결혼을 했고, 어쩌면, 아니 당연히, 아이도 낳고 잘 살고 있을 그녀에 대해 엉뚱한 걱정을 했던 것이다. 덕분에 마음 깊은 곳에 숨겨져 있던 사랑을 깨달았다. 비록 그녀에게 닿을 수 없다 해도, 알아야만 했던 진실이었고 이제 알았으니 되었다. 이루지 못했던 사랑이라 더 안타까워하는 것일 수도 있다. 그녀의 행복을 빌며, 티베트에 대한 관심의 끈을 놓지 않고, 그래, 상게 돌마를 위해 사진 속 얼굴과 시를 모티브로 작품을 구상해서 내년에 태우와 함께 전시회도 하고 망명사회를 위한 기부도 더 많이 해야겠다고 생각했다.

'이게 내가 할 수 있는 전부야. 한국에서 사진작가로서의 나의 삶은 계속되겠지, 결혼도 하자, 출가 승려가 아니라면 그러한 삶이 더 자연스러울 테니. 우선 누군가를 진정으로 사랑해야겠지, 가능할지 모르지만, 노력해야지. 오두막과 서울을 오가는 내 생활 패턴과 잘 맞는, 친구같은 아내를 얻을 수도 있겠지.' 스스로에게 애써 이런저런 말들을 하고 있었다. 그런데 마음속 더 깊은 곳에서 '아니야!'라는 분명한 말이 소리 아닌 소리로 들렸다. 지훈은 당혹감 속에 모든 생각을 멈췄다. 스마트폰에서 메시지 수신음이 울려왔다. 확인하지 않고 마당으로 나섰다.

시골에서의 삶은 봄부터 할 일들이 많다. 아직 씨앗이나 모종을 사다 심을 때는 아니지만 겨울의 흔적을 정리하고 봄맞이 준비를 해야 했다. 마당 한쪽의 텃밭을 작년보다 더 넓고 깊게 일구었다. 땀 흘리며 일하는 사이 명상과 유사한 집중과 기쁨이 차올랐다. 일을 마치고 낙엽과 마른 풀들을 한쪽으로 모아 불을 붙였다. 타고 남은 재는 밭에 거름으로 줄 참이었다. 바싹 마른 풀에 금세 불이 붙어 타들어갔다. 불씨가 날리지 않도록 지켜보면서 올해는 마당에 소각장을 겸해 아궁이 하나를 만들어야겠다고 생각했다. 눈앞을 채우는 노랗고 붉은 불길을 응시하던 지훈은 어느 순간 마당이 온통 푸른 호수로, 화염 속에는 연꽃이 피어 있는 것을, 보았다!

\*

−소식을 들었어요!

−방금 문명 세계 편입한 혜원임다~ 텐진이 큰맘 먹고 스마트폰을 구입했거든요ㅎㅎ

−뺴마가 작년에 사라에 있었대요! 선생님 과정을 이수하면서 몇 달 동안 기숙사에 머물렀대요. 사라에서 과정을 이수하고 자격시험을 치러야 하는 규정이 새로 생겼다네요.

−지금은 네팔의 티베트 학교 선생님으로 갔다는데 이 얘긴 정확하지는 않아요. 거긴 너무 멀고, 가까운 데라둔이나 남인도의

T.C.V.로 갔을 가능성이 더 크겠죠.

확인하지 않은 사이 연달아 남겨진 메시지들은 뜻밖에도 혜원의 카톡이었다.

그런가, 조국과 국경을 맞댄 네팔에서 선생님이 되기로 맘먹은 건가, 남편의 직장을 따라 남인도나 네팔로 이주한 걸까…… 인도에 돌아왔으면서 지인들에게 연락도 안 하고…… 사라학교는 다람살라와 가까워서 연락을 안 해도 체링 귀에 어쨌든 들어갔을 텐데…… 이상했다.

그녀의 번호를 알게 되면 다시 연락하겠다면서 혜원은 티베트인들이 애용하는 무료 채팅앱 두 개를 먼저 알려줬다. 그중 하나는 중국 것으로 모든 정보와 메시지가 공안에 공개되고 억압이 심해질 때는 통신 자체가 차단되기도 하지만 고향에 있는 가족과 무료로 연락을 주고받을 수 있는 수단이기 때문에 많이들 이용한다고 했다.

세상은 빠르게 변했고, 또 변하고 있다. 그녀도 고향의 어머니와 연락하기 위해 당연히 스마트폰을 구입했으리라. 앱 두 개를 설치하는 데 채 2분도 걸리지 않았다. 한걸음 그녀에게로 다가선 듯했다. '그녀를 찾아 뭘 어쩌자는 거지?' 주저하는 마음이 들었다.

'안위를 확인하고 싶어…… 그리고, 헬로우, 행복하게 잘 지내고 있는 거지? 인사를 나누는 거야. 그 뿐이야.'

아이디를 알면 전화번호를 몰라도 상대를 찾을 수 있었다. 예전 이메일 아이디였던 lotuslake92가 혹시 유효할까 싶어 입력해봤지만 없었다.

아이디 lotuslake와는 대화를 나눌 수 있었다.

―혹시 당신이 다람살라에서 티베트어 선생님이었던 빼마초모인 가요?

　―나는 어렸을 때 다람살라를 떠난, 벨기에에 사는 빼마초모예요. 당신이 찾는 사람이 아니라 유감이에요.

　―그렇군요, 미안합니다.

　―그녀를 찾길요, 행운을 빌어요!

　bluelake는 남성이었고, whitelotus, redlotus는 여성이었지만 둘 다 한문 이름이 표시돼 있었다. pematshomo라는 아이디에는 부탄이라고 지역명이 떴다. 같은 티베트 문자에 언어도 비슷한 높은 행복 지수의 그 나라에 그녀가 살고 있다면 좋겠지만, 아니었다.

　그녀의 아이디가 무엇일까 점차 궁금해졌다. pematshomo92, bluelake92, whitelotus92 등 몇 개의 아이디를 더 짐작해보고 입력했다. 아예 없거나 아니었다. 아이디로 적합하다 싶지는 않았지만 amalake92, lotusama92를 입력해보았다. 역시 없었다.

*

　인터넷에서 무심코 ama를 검색했다. 바로 동영상이 떴다. 노래의 가수는 건장한 몸에 긴 머리를 뒤로 묶고 수염이 덥수룩한 남자였다. 영어 자막이 떴다. '저 하늘에 큰 별이 반짝이고, 어린 내 마음엔 눈물이 떨어지네. 오, 어머니! 무엇을 하든 나는 돌아갈 거예요. 저 하늘의 흰 구름은 내 마음이 당신께 보내는 소식입니다. 어린 내 마음에서 기도하고 기도해요. 오, 어머니. 내가 어디에 있건 당신은 내 앞에 나타나죠. 저 푸른 강이 실링링 소리내 흐르고, 어머니의 음성은 내 마음속에 울리네. 오, 어머니, 나는 어디에 있든 당신의 말을 들어요.'

실링링끼, 실링링끼, 일라코르중, 일라코르중로……, 노래하던 기억 속에는 그 가수처럼 몸집이 컸던 체링이 함께 있다. 졸업 후 야생동물 보호 일을 하고 있지만 그의 원래 전공은 지질학이었다. 언젠가는 지프차를 타고 드넓은 티베트의 땅을 달리며 일하고 싶다는 그에게 지훈은 말했다. "그 지프차에 나도 한자리 끼워 줘. 너하고 돌아다니며 사진을 찍을 수 있다면, 정말 재밌고 멋진 모험이 될 거야!" "물론, 니가 원한다면 당연히!" 그 말에 서로 하이파이브도 했던가, 지훈은 기억나지 않았다. '그 언젠가'를 멀게도 가깝게도 상정하지 않던 체링, 과장이나 흥분 없이 담담하면서도 단호함으로 차 있던 눈빛과 다물어졌던 입매만은 선명히 떠올랐다.

희망카페 맞은편 작은 잡화점 옆으로 체링네 가족이 운영하는 전화 부스가 있었다. 주로 인도인들이 운영하는 전화 부스는 PC방 한 켠의 유리 칸막이 안에 있었지만, 그곳은 그냥 달랑 전화 부스만 있는 곳이었다. 엉성한 나무틀의 유리문 안, 삼각형에 가까운 마름모꼴의 비좁은 공간에는 영수증이 나오는 계산기와 겨우 전화 한 대가 놓인 나무선반, 플라스틱 의자 하나가 전부였다. 그가 본 것 중 가장 작은 규모였지만, 체링은 국제전화가 아닌 경우에는 "겨우 몇 루피잖아. 그냥 둬" 그래도 돈을 내밀면, "우린 친구잖아!"라며 결국 받지 않았다.

브런치를 먹으려고 희망카페로 향하던 지훈은 왼편 골목에서 나오는 그녀를 발견했다.

고요히 머물기 위한 집중에서 벗어나는 휴일, 마음은 이렇게 쉽게, 그녀의 뒷모습만으로도 기쁨과 설레임으로 흔들리고 있었다. '호르몬의 반격 혹은 반란이야!' 입으로는 이미 인사를 던지고 있었다.

"굿모닝, 빼마!"

수업 중에는 여전히 선생님이라고 불렀지만, 밖에서는 이름을 부르는 게 더 자연스럽게 느껴질 때였다. 그녀의 눈을 바라보며 나직이 이름을 부를 때면 입안 가득 달콤함이 고이기라도 하듯 몇 번이고 다시 부르고 싶었던 이름. "빼마!" 이어지는 싱거운 농담이나 사소한 질문에 비해 지나치게 진지한 음성으로 부르는 자신이 스스로도 낯설게 느껴질 때면 티베트어 억양이나 악센트를 흉내 내다 보면 저절로 그렇게 된다는 듯, 문화 차이인 듯, 그럴싸한 핑계 뒤로 숨곤 했다.

"하이!"

그녀는 미소를 보이지도 않은 채 그저 짧게 한마디 하고는 전화부스로 종종걸음을 쳤다. 마침 부스를 지키고 있던 체링이 그녀에게 자리를 내주며 비좁은 공간에서 곰처럼 큰 몸을 빼내 밖으로 나왔다. 지훈을 향해 손을 흔들더니 시장통으로 향하는 위쪽으로 발길을 돌렸고, PC방으로 쑥 들어갔다. 부모님과 형, 여동생, 할아버지, 할머니, 가족 모두가 함께 사는 그는 호방한 성격에 사려 깊은 눈빛의 젊은이였다. 델리에서 대학 마지막 학기를 다니던 그는 주로 주말에나 볼 수 있었지만, 언제나 멀리서부터 우렁차게 지훈의 이름을 불렀고 반갑게 다가와 먼저 악수를 청하곤 했다.

호기심 속에서도 입맛을 다시며 음식을 기다렸다. 식욕을 자극하는 냄새와 함께 시금치와 당근을 넣은 오믈렛이, 양파와 삶은 감자를 으깨 넣은 포로타가 차례로 나왔다. 왕겔은 인근의 다른 청년들과 달리 인도 군대에서 직업군인으로 있었다. 요리도 군대에서 배웠고 아내도 복무지 근처에서 만나 결혼한 후, 돌아와서 희망카페를 차렸다. 인도 요리든 티베트 요리든 국적 불명의 퓨전요리든 그는 있는 재료들을 가지고 재빨리 자기 식대로 만들어낼 줄 알았고 대개는 맛도 괜찮았는데, 그날 따라 재료가 신선했는지 유난히 맛이 좋았다. 순식간에 먹어치운 지훈은 겨우 12루피, 400원도 안 되는 그 음식들 중 하나를 더 주문해 먹을까 하다가 그만두고 짜이를 시켰다. 차를 다 마실 때까지도 그녀는 전화 부스에서 나오지 않았다. 어슬렁거리며 내려오던 체링이 부스 안에 여전히 있는 그녀를 흘끗 보고는 희망카페로 발길을 돌렸다.

모모 한 접시를 시키며 앞에 앉는 체링의 큰 몸이 지훈의 시야를 가렸다. 어차피 전화비를 지불하려면 여기로 찾아올 테니, 느긋하게 기다릴 참이었는데 카페 앞을 빠르게 지나쳐 골목으로 향하는 그녀의 모습이 체링의 어깨너머로 보였다.

"저기, 빼마가 집에 가는데!"

체링은 힐끔 뒤돌아보았을 뿐 그녀를 부르지 않고, 테이블에 놓이는 접시로 시선을 돌렸다.

"오래 하는 것 같던데, 설마 공짜로 해주는 건 아니겠지?"

김이 오르는 만두를 손으로 집어 입에 넣고 우물거리는 체링에게 농담처럼 물었다.

"그럴 리가. 꽤 나왔을 텐데!"

체링이 씩 웃으며 말을 받더니, 덤덤하게 덧붙였다.

"나중에 줄 거야, 고향에 전화한 거거든."

"뻬마, 울었을 거야. 엄마 못 본 지가 15년이 넘었잖아."

좁은 주방과 홀을 벗어나지 않고도 모르는 게 없는 왕겔이 한마디 거들었다. 젓가락으로 체링의 만두를 집어 입으로 가져갔던 지훈은 그들의 연이은 말에 당황해 맛도 못 느끼고 뜨거운 채로 얼른 씹어 삼켰다. 찐만두 한 접시로 점심을 때운 체링은 짜이를 마시며 전화 부스를 향해 비스듬히 돌아앉았다. 평소와 달리 과묵했다. 주변에서 늘상 겪는 일이었지만 그렇다고 그녀의 상황이 안타깝지 않을 리 없었다. 여행객 한 사람이 전화 부스로 향하는 것을 보고는 주머니에서 만두 값을 꺼내놓고 얼른 뛰어갔다.

결국 그날은 그녀를 다시 보지 못했고, 체링과 다함께 어울리는 즐거운 시간도 갖지 못했다. 사라학교 기숙사에서 지내다 주말에 돌아오는 돌마와 함께 희망카페를 중심으로 자연스레 모여들면, 버드나무 아래나 숲이 바라보이는 시멘트 둑 위에 걸터앉아 이야기도 나누고 때론 조용조용 노래를 부르기도 했다. 노래를 매우 잘했던 체링은 느리지만 흥겨운 티베트 전통춤 스텝을 가르쳐주기도 했다. 강남의 클럽에서 스텝 좀 밟아봤던 지훈은 금방 배워 따라했다. 그들은 학교행사 때마다 체링이 가수로 이름을 날렸다며 치켜세웠는데, 지난주에는 그녀도 노래를 했다. 되풀이되는 반복구가 시냇물이 흘러가듯 경쾌하면서도 멜로디에 애절함이 담긴 티베트 가요 '아마'는 처음 듣는 그의 가슴에도 감흥을 불러일으켰다. 흥얼거리던 체링과 돌마도 반복구에서는 함께 노래했는데, 발로 박자 맞추며 따라서 웅얼거리는 지훈을 보더니 서로 눈빛을 교환하며 미소 지었다. 노래를 마친 그녀가 지훈이 글자를 보고 제대로 발음할 수 있도록 몇몇 단어를 흙바닥에 써서 보여줬고, 체링과 돌마가 나서서 한 소절씩 노래를 가르쳤다. 대충이라도 흉내 낼 수 있게 됐을 때, 넷이서 다함께 다시 한 번 불렀다. "자, 이제 한국 노래도 한곡 들려줘!" 체링의 말에 다들 호기심에 차서 지훈을 바라보았다. "봄이 오면 산에 들에 진달래 피고 진달래 피는 곳에 내 마음도 피어……." 그가 중저음으로 나직이 노래했다. 그들 뒤편으로 노을빛에 물들던 인도의 숲과 설산이 푸른 어둠에 잠기고 있었다. 지훈의 입에서 흘러나오는 알아들을 수 없는 말, 한국어와 그 소리에 실린 느린 곡조를 음미하는 듯 고개를 살짝 튼 채 귀기울이던 빼마. 노래하는 내내 시야에 머물렀던 그녀의 아름다운 옆모습.

어두워지기 전 다시 희망카페로 향했지만, 다들 보이지 않았다. 다른 볼일들을 보러 갔는지, 집에서 나오지 않는 것인지. 카페 맞은편 그들이 살고 있는 낮은 건물들과 좁은 골목을 바라보았다. '돌마는 사라학교로 돌아갔을 시간이지만, 체링은 내일 떠날 텐데…….' 지훈은 짜이 한 잔을 마시며 멋쩍게 앉아 있다가 일어섰다. 실릴링끼 실릴링끼 일라코르중 일라코르중, 반복구를 기억나는 대로 웅얼거리며 걸음을 옮겼다. 기억에 희미한 할아버지, 언제나 따뜻하게 품어주셨던 할머니, 두 분 모두 결코 고향에 돌아가지 못하고 눈을 감았다. 남북이 화해무드로 가족 방문의 기회가 주어졌을 때 순서가 닿지 못했던 분들, 할머니도 고향의 어머니가 무척 그리우셨겠지. 35년, 45년, 맺힌 한이 병이 되어 그렇게들 빨리 돌아가신 걸까. 대체 누구의 슬픔이 더 클까. 그분들 시대에는 전화나 서신도 풍문으로도 들을 수 없었던 고향 소식. 그러나 어쩌면 21세기의 슬픔이 더 크리라. 지구의 간격이 줄어들고 속도가 빨라진 시대에 느껴질 상대적 박탈감도 더욱 클 테니. 남북은 어쨌든 같은 조상, 같은 언어, 같은 역사와 문자를 공유한 형제들끼리의 문제라면, 이들의 고통은 낯선 이웃집에서 쳐들어와 안방을 차지함으로써 발생한 문제일 테니⋯⋯, 노래 대신 이어지고 있던 생각들과 함께 게스트하우스에 도착한 그는 주머니에서 열쇠를 꺼내 자신만의 방으로 들어섰다. 명상을 쉬는 날이었지만, 평소처럼 자리에 앉았다. 평온한 마음의 세계를 찾아, 온 마음을 모아 집중했다.

다음 날, 수업을 시작하기 전에 그녀가 먼저 입을 열었다.

"어제 고향에 있는 엄마하고 통화했어요."

뭐라고 해야 할지 몰라 그는 고개만 끄덕였다. 휴대폰보다 사용료가 싼 전화 부스를 사용하는 것을 봤을 때 그쯤은 짐작했어야 했는데, 괜한 호기심만 키우고 앉아 있었던 자신이 다시 미안해졌다.

"고향 집에 전화기가 없어서, 이웃집으로 해요. 엄마가 미리 와서 기다리시기도 하고, 그렇지 않을 때는 모셔오죠. 가까워서 금방 오시니까 그 사이에 이웃에게 여기 소식도 전하고 수다도 떨고, 그러면 엄마가 와서 전화를 받아요. 먼저 내 이름을 부르고, 대답하는 내 목소리를 들으면, 그 다음엔, 소리 없이, 우시죠. 계속 그렇게만 있을 수는 없으니까 내가 말을 시작해요. 그러면 엄마도 눈물을 닦고 말을 하고."

이렇게 난처하면서도 쓸쓸한 미소를 짓는 그녀의 모습은 처음이었다. 당황한 그는 드러나지 않게 창밖으로 천천히 시선을 옮기며 고개를 끄덕였다.

"내가 막내라 엄마 나이가 많으세요, 그래서 얘기하다보면 했던 말을 또 하고 또 하고. 전화비가 너무 많이 나오는데, 그래도 나는 그만 얘기하라고 할 수가 없어요. 어쨌든 다행이죠, 레슨을 해서 내가 그 정도는 감당할 수 있으니까. 이렇게 마음놓고 전화하게 된 것도 최근 일이지만……."

그녀가 싱긋 웃으며 지훈을 보았다.

500루피나 되는 전화비는 그녀 한 달 월세의 반에 해당하는 큰 돈이었고, 그 돈이면 조금 더 좋은 방으로 옮길 수도 있었다. 레슨비는 큰 수입이었지만 매달 학생들의 수가 불규칙했기 때문에 비싼 월세방을 얻는 것은 무리였다. 대신에 그녀는 티베트를 왕래하는 사람들을 통해 이런저런 방법으로 고향의 어머니에게 여분의 돈을 보내주곤 했다. 난방장치도 없는 얼음처럼 차가운 북향의 방에서 지내는 그녀는 바빠서 물을 데워 쓸 시간이 없을 때는 차가운 물로 머리를 감거나 샤워했다. 그런 날은 콧물이 흘렀고, 손수건을 잊고 나올 때가 종종 있었다. 인도의 공산품은 현지의 서민들에게는 너무 비쌌기 때문에 가방에 휴지를 상비하지도 않았고, 지훈처럼 아무 때나 손쉽게 쓰지도 않았다. 이런 사정들을 그가 짐작하고 알아가기까지 그렇게 많은 시간이 걸리지는 않았다. 머릿속 정보와 인식, 피부에 와 닿는 아픔들에도 불구하고 물 위의 기름처럼 그들의 삶 위로 겉도는 스스로를 느꼈다. '하지만 난 이곳뿐 아니라 그 어디의 삶에도

마찬가진걸!'

"무척 그립겠어요."

뻔한 위로의 말밖에 떠오르지 않은 지훈은 휴지로 손을 뻗었다.

"나 같은 사람이 한둘이 아닌데요 뭐."

그녀가 가볍게 대꾸하며 손수건을 꺼내 콧물을 살짝 닦았다.

수업 중에 그녀의 쓸쓸한 눈빛이 창밖 멀리로 향했다. 그때마다 알아차렸던 지훈의 가슴 어딘가가 따끔따끔 아팠다.

"다음 수업이 바로 있나요?"

수업을 마치고 그가 물었다.

"아뇨, 지난주에 수잔이 그만뒀어요."

몇 달째 하다 말다를 반복하며 진도가 제자리 걸음이었던 여학생이 결국 공부를 포기한 모양이었다. 전기포트에 물을 붓고 도너츠를 꺼냈다. 그녀의 입가에 살며시 미소가 어렸다.

고향에 다녀오는 것이 불가능한 일은 아니었다. 해외로 이주해서 그곳의 국적이나 시민권을 취득한 사람들은 정식으로 중국비자를 받아 고향에 다녀올 수 있었다. 전체 망명객 중 일부에 해당되는 행운이었지만. 그렇지 않은 경우라 해도 이제는 네팔에서 티베트까지 버스를 이용할 수도 있고, 비행기도 있었다.

항공권은 그녀의 처지에는 너무 비싼 것이었고, 버스는 중국 공안의 더 많은 검문과 통과 절차를 거쳐야 하므로 위험도 훨씬 컸다. 임시 허가증이나 위조 허가증들은 안전을 보장해주지 못하기 때문에 감옥에 갇히는 것을 각오해야 했다. 그러면 큰 고초를 겪을 수도 있고 쉽게 풀려난다 해도 이미 감시의 대상이 된 후에 인도로 되돌아오려면 더욱 위험한 망명의 길을 밟아야 했다.

만약 중국에서 요구하는 서류에 사인한다면 일은 훨씬 수월할 터였다. 달라이 라마를 비방하고 부정하는 서류에 사인하는 것. 고향을 그리워하는 사람들을 위해, 서로 왕래하는 이들의 안전을 위해, 그들의 왕은 종이 위의 사인이 자신을 욕되게 할 수 없고 그들의 영혼을 파는 것도 아니니 괜찮다고 위로했다. 다른 강직한 젊은 이들처럼 빼마도 그런 사인을 자신에게 용납할 수 없었다. 마음의 경계를 뛰어넘은 왕의 권유를 진심으로 이해하며 염화시중의 미소를 짓고 고향에 다녀올 수도, 결국엔 드러날 진실에 대한 믿음으로 재판정에서 빠져나왔던 노련한 갈릴레이가 될 수도, 양심이 허락치 않는 사인으로 억압에 고개 숙이는 부끄러움을 짊어질 수도 없었다. 그녀에게 고향은, 조국이 자유를 되찾은 이후에나 갈 수 있는 먼 땅이었다.

"티베트로 돌아가 가난한 아이들의 선생님이 되는 게 내 진짜 꿈이에요." 말하던 빼마의 음성과 아련했던 눈동자가 지훈의 가슴에 다시 사무쳤다.

*

휴일이면 깨끗이 빨아 하얀색 나이키 로고가 돋보이는 검은 운동화를 신고 길을 거슬러 올라가던 락빠, 그가 향하던 곳이 관광객이 몰리는 중심가였을지 친척집이나 혹은 무슨 모임일지 지훈은 물어보지 않았다. 부모님이 있는 라싸로 돌아가 몇 년 안에 빵집을 열 계획을 갖고 있었던 성실하고 다정했던 소남, 그의 시력이 얼마나 나빠지고 있는지도 자세히 물어보지 못했다. 푼촉이 여동생이라고 깜빡 속이며 놀렸던 그 예쁜 아가씨와 지금쯤은 결혼을 했을까……. 세계에서 몰려오는 자유롭고 풍요로운 또래의 젊은이들을 매일같이 접하면서도 놀라운 균형감으로 정체성을 지키며, 나라를 잃은 상실감이나 자본의 상대적 박탈감에도 흔들리지 않고 나날의 삶을 성실히 영위하던 청년들의 모습이 지훈의 머릿속에 또렷이 떠올랐다.

함께 등반과 야영을 하자던 소남, 락빠, 푼촉…… 야유회 삼아 산에 오르기로 한 그들의 휴일, 지훈은 명상과 티베트어 수업을 핑계로 동행하지 못했다. 그리곤 어느 일요일 혼자 등산에 나섰다가 먹구름이 짙어져 중간의 휴게소에서 돌아내려오고 말았다. 히말라야 설산 봉우리는 늘 멀리서만 바라본 셈이었다. 가까이에서 본 것은 베이커리 보이즈가 트리운드 마운틴 정상에서 찍어 온 사진뿐이었는데, 밑에서 올려다보고 찍은 거기에는 설산 봉우리가 다 담기지 못했다. "여기서 곰을 두 마리나 보았다니까!" 텐트 뒤편의 설산 자락을 가리키며 락빠가 작은 눈으로 빙글빙글 웃었다. 그의 영어 발음은 베어보다 비어에 가까웠기 때문에, "산 위에서 맥주 두 병을 그냥 보기만 했단 말야? 마시진 않고!" 빙글거리며 대꾸했지만, 그곳의 평범한 청년들에게 한국같은 일상적인 음주도 밤문화도 없음을 지훈은 알고 있었다. 가정에서 담그는 하얀 곡주 창은 막걸리 비슷했는데, 명절이나 특별한 날에만 마셨다. 겨우 두세 번 목격했던 그들의 흡연도, 어디선가 얻은 한 개피의 담배를 서너 명이 둘러서서 한 모금씩 돌려 피우는 것이었다.

희망카페가 있는 단층 벽돌건물은 얇은 벽 하나로 좌우가 나뉘어진 공간이었다. 허물어질 듯 낡았고 가건물처럼 보였지만 버젓한 인도인 건물주가 있어 월세를 내야 했다. 카페와 잇닿은 왼편이 바로 다섯 명의 친구들이 공동으로 운영하는 빵집이었다. 바깥쪽 허술한 유리 진열장에 빵을 놓고 팔기는 했지만, 내부는 커다란 오븐과 조리대 외에 아무것도 없는 빈 공간이었다. 관광객이 많이 몰리고 전망도 좋은 길 위쪽 중심가에 음료와 빵을 파는 진짜 카페를 따로 운영했고, 빵집에서 구운 빵을 하루에 두 번 그쪽으로 날랐다.

체링은 주말에나 볼 수 있었지만, 그들과는 거의 매일 얼굴을 대했다. 아침에 사원에 다녀오는 길에, 점심 식사하러 나올 때, 하루에 두세 번은 그들 중 누군가와 마주쳤고, 일부러는 아니어도 자연스레 희망카페에서 함께 차 마시고 식사하고 잡담을 나누곤 했다. 카페 바깥의 플라스틱 의자를 왼쪽으로 살짝 끌어당기면 바로 그들의 빵 진열장 앞이었으므로, 짜이 한 잔을 들고 거기서 빵을 먹으면 논스톱으로 후식이 연결되는 코스였다. 일본식당에서 구워파는 빵이 훨씬 부드러웠고, 유리 진열장 안에 떨어져 있던 작고 까맣고 길쭉 동그란 것의 실체를 직접 확인까지 했지만, 기꺼이 그들의 빵을 목으로 넘기는 우정을 과시하곤 했다. 그들 중 한두 명이 밀가루 반죽을 치대거나 빵이 익기를 기다릴 때 곁에 서서 잡담도 나누고, 직접 보지 않았다면 오븐이라고 상상하지 못했을 시커멓고 커다란 철구조물에서 방금 나온 따끈한 바나나 케잌을 사 먹기도 했다. 결국 조리대 위를 슬라이딩하듯 달음박질쳐 창문을 뛰어넘는 커다란 쥐를 목격했지만.

위쪽의 카페와 아래쪽의 빵집 업무를 규칙적으로 서로 돌아가며 맡았던 책임감 있는 다섯 명의 공동 운영자들 이외에도 들쑥날쑥하며 아르바이트식으로 일을 거들던 네다섯 명의 청년들이 더 있었다. 처음엔 잘 구별하지 못했던 지훈도 차츰 그들 하나하나의 이름과 얼굴을 익히게 됐고, 사진도 찍어 나누어주곤 했다. 어느 날 사원에서 돌아오던 길에 검은 선글라스를 낀 켈상과 아침 인사를 나눴다. 비탈길에서 굴러 얼굴을 다쳤다고 멋쩍게 말했지만, 지훈에게 그 말을 믿으라고 한 건 아니었을 것이다. 그가 믿었다 해도 희망카페 주인이 슬쩍 어젯밤의 싸움을 전해줬을 테니. 작은 체구에 길쭉한 얼굴의 그는 다혈질에 열정도 남달랐다. 어느 날은 빵집 맞은편 게스트하우스를 올려다보며 말했다.

"난 이모를 사랑해."

"뭐라구?"

"같은 한국 사람인 너도 몰랐구나! 그녀 이름이 이모래. 나한테만 가르쳐줬나보네……"

요가를 배우러 온 어느 40대 한국 아줌마를 공개적으로 짝사랑하며 이모라고 불렀다. 그녀가 2주 후에 떠난다는 것을 뻔히 알면서도 목청껏 세레나데를 불러대는 켈상에게 지훈은 이모의 진짜 뜻을 말해주지 않았다.

왕겔과 지훈의 대화 중 누가 먼저 쓰게 된 말인지는 몰라도 베이커리 보이즈라고 부르곤 했던 그들 모두 빼마와 고등학교까지 동창이거나 선후배 사이였다. 가족이 함께 넘어왔던 망명 1세대가 인도에 삶의 터전을 마련한 이후에, 많은 젊은이들이 무리 지어 망명길에 올랐다. 그 속에는 부모와 떨어져 다람살라로 보내지는 아이들이 있었다. 가족 가운데 한 아이만이라도 티베트 사람다운 교육을 받게 하고 싶은 부모의 염원 속에, 그리고 조금 더 큰 아이들은 자신의 자발적 소망에 따라 이루어진 망명이었다. 열 살의 어린 빼마도 어른들 틈에 끼어 히말라야를 걸어서 넘었다. 네팔에서부터는 버스로 이동해 무사히 인도로 들어왔고, 다람살라의 티베트 어린이 마을 학교(T.C.V.)에 들어갈 수 있었다. 해외의 기부와 망명사회의 힘으로 이루어진 그곳은 모두 무상이었다. 한 명의 보모 혹은 양부모 아래 그룹지어 가정을 이루었고, 체링처럼 인도에서 태어나 부모가 있는 다른 아이들과 함께 고등학교 과정까지 마쳤다. 보모들과 선생님들은 고향 마을의 친척이나 이웃들처럼 따뜻했기 때문에, 물자는 부족해도 아이들의 마음은 균형과 풍요를 잃지 않고 성장할 수 있었다.

대학 진학 대신 인근 도시의 티베트인 기술학교에서 제과 제빵을 공부하고 돌아온 베이커리 보이즈는 시장통 끝자락에서 이웃으로 다시 만난 그녀와 격의 없이 지냈다. 지훈이 청년들과 가까이 어울렸던 것이 단순히 망명사회에 대한 호의와 이웃에 대한 관심에서였는지, 그녀에게로 향한 우회의 길이었는지, 그 자신도 다는 알 수 없었다. 미소 띤 그녀가 빵집 앞에서 청년들에게 둘러싸인 모습을 보고 처음엔 분명 긴장했었으니까, 숨겨져 있던 경계심과 옅은 질투는 그들과 가까워짐으로써 사라질 수 있었으니까.

그들과 자주 마주치게 되면서 지훈은 수업 시간에 배운 티베트어를 활용해보려고도 했다. 문법대로 작문하는 그와 그들이 쓰는 일상어는 어미가 달랐고, 짧은 말조차도 용어나 어투를 알아듣기 어려웠다. 그는 귀로 듣는 것보다 글로 보는 것이 이해하기에도 기억하기에도 편했기 때문에 볼펜을 꺼내들곤 했다. 획 하나 빠뜨리지 않고 정확하고 정연하게 티베트 문자를 써서 보여주면 그들은 매우 주의 깊게 바라보며 감탄하곤 했지만, 자신들이 써서 보여주는 것은 불편해했고, 그의 어눌한 티베트 말도 답답해했기 때문에 결국엔 간단한 영어로 소통하기를 택했다. 티베트어 배우기는 그의 게겐라, 그녀 한 사람으로 만족해야 했다.

한 달에 한 번 카페와 빵집 문을 닫는 월요일 점심 무렵, 시장통의 가게에서 맥주 몇 병을 사고 한국식당에서 단무지 없이 인도 야채로 만든 김밥 열 줄을 사들고 그들의 거처에 놀러간 적이 있다. 맥주도 김밥도 희망카페 음식 몇 그릇 값으로 비쌌고, 지훈으로서도 그곳 생활에서는 큰 지출이었지만 체링이 만들어준 띵모에 대한 답례를 그들에게 대신 하는 셈이었고, 한국 음식을 궁금해하는 그들을 위한 궁여지책이었다.

지훈이 좋아하는 띵모 만드는 법을 알려주겠다던 체링이 전날 빵집으로 그를 불렀다. 팔을 걷어붙인 체링은 조리대 위에 반죽을 치대고 밀어 얇게 펴더니 둘둘 말아 주먹만한 꽃빵, 띵모를 그럴싸하게 만들어냈다. "너 혹시 델리에서 지질학이 아니라 요리학과 아니, 오직 인도에만 있다는 그 만능학과에 다니는 거 아냐?" 농담을 던지며 지훈도 팔을 걷었다. 시멘트 바닥에는 버너 위에 넓직한 무쇠솥이 올려져 있었고, 옆에서는 락빠가 야채를 다듬으며 꽃빵이 찌

그러졌다고 지훈에게 훈수를 뒀다. 청년들은 간혹 거기서 음식을 만들어 끼니를 해결하기도 했는데, 그날은 케익이 익기를 기다리며 락빠가 저녁 식사를 준비하던 중이었다. 희망카페에서 차를 마시며 조용히 쉬고 있던 소남이 시간 맞춘 듯 어느새 들어와 오븐에서 익은 케익을 꺼냈고, 락빠와 함께 나눠 들고 사라졌다. 꽃빵을 찜통에 넣은 체링은 벽돌 하나를 끌어다 솥 앞에 놓고 주저앉더니 그들 대신 야채를 볶기 시작했다. 주걱을 휘저으며 티베트 전통음악을 흥얼거리는 체링의 곁에서 지훈은 가락에 맞춰 스텝을 밟았다. 띵모가 다 익고, 볶은 야채에 물을 부어 푹푹 끓인 카레가 완성됐을 즈음, 위쪽 카페에서 일하던 청년들이 나타나기 시작했다. 하나둘씩 교대로 내려와 벽돌 위에 쭈그리고 앉거나 동그란 플라스틱 의자에 앉기도 하고 혹은 벽에 기대선 채로, 띵모에 카레를 찍어 눈 깜짝할 사이에 식사를 마치고는 다시 일하러 올라갔다. 서로 의논하지도 누가 일을 부탁하거나 지휘하지도 특별히 고맙다는 말도 없는 가운데 물 흐르듯 자연스레 그냥 그렇게 요리와 식사가 끝났다. 체링의 사교성이 좋기도 했고, 격의 없이 스며드는 티베트 사람들의 삶의 문화이기도 했다. 띵모는 퍽퍽했고 카레는 싱거웠지만, 잡담이나 하고 스텝이나 밟고 있었지만, 지훈은 그들 모두의 움직임과 어우러짐에서 깊은 인상을 받았다.

방에 들어선 그는 눈을 찌푸렸다. 커튼이 쳐져 어두운 실내엔 작은 TV가 켜져 있었다. 얇은 매트리스가 잇대어 깔린 좁은 방바닥 위에 일곱 명의 청년들이 모로 눕거나 엎드린 채로 혹은 벽에 비스듬히 기대앉아 DVD를 보다가 지훈을 맞았다. 아쉽게도 김밥이나 맥주는 청년들의 입맛을 사로잡지 못했고 그들의 시선은 다시 작은 화면으로 모아졌다.

"같이 보자. 재미있어!"

화려한 춤과 노래가 기본인 흔한 발리우드 영화도 아니었고, 망명사회에도 이미 소개된 중국어 더빙에 티베트 글자로 자막이 들어간 한류 드라마도 아니었다. 그들이 질리지도 않고 반복해 본다는 그것은 삼장법사가 어설픈 분장의 반인반수 제자들 손오공, 저팔계, 사오정과 함께 중국에서 인도로 경전을 구하러 가는 모험기였다. 별다른 소일거리가 없는 그들의 평범한 휴일 일상이면서 지훈에게는 낯선 풍경. 유년시절 읽었던 서유기와 그 몇 년 후 TV를 강타했던 퓨전만화 〈날아라 슈퍼보드〉, 그리고 한문 『반야심경』 번역자의 심각한 구도여행이 어두컴컴한 청년들의 방에서 티베트어로 더빙된 중국 시리즈물과 하나로 겹쳐지는 기묘함 속에 그는 문득 치키치키차카차카초코초코초를 외치며 보드를 타고 날아오르고 싶었다.

어느 일요일엔가 카메라를 들고 시장통을 거슬러 오르다 막바지에서 오른쪽 사잇길로 접어들었을 때 청년의회라는 간판이 눈에 들어왔다. 아름다운 카를교를 넘어 도달했던 황금소로 22번지 카프카의 집은 페인트칠로 단장되어 작가 생전의 암울한 사색보다는 개구쟁이 스머프의 버섯집을 떠올리게 했다. 그러나 다람살라 청년의회는 스머프의 작은 집을 카프카의 암울함으로 칠해 놓은 듯했다. 망명정부의 정식 기구인지 젊은이들의 자치단체인지는 몰라도 판잣집처럼 조그맣고 허름한 그 초라한 외관에 지훈은 눈물이 날 뻔했다. '그래도 청년들의 가슴속엔 하얗게 우뚝 솟은 포탈라 궁이 있어!'라고 스스로를 위로해야 했을 만큼.

*

린첸에게서 이메일이 왔다.

'답이 늦어서 미안해요. 스위스로 이주한 지 얼마 안 돼서 내게 여유가 많지 않았어요. 이곳은 매우 아름답고 조용하고, 깨끗한 곳 이에요. 서구에서 가장 큰 티베트 망명사회가 있는 나라이기도 하니 여기 오게 된 것은 큰 행운이죠. 하지만 내가 태어나고 내내 살았던 인도와는 많이 달라서 적응하는 데 시간이 좀 필요할 거 같네요.

그녀의 소식을 들었어요. 사실은, 조금 슬픈 얘기라 바로 메일을 보내지 않았고 그러다 보니 또 며칠이 지났네요. 어쨌든 당신이 괜 한 호기심으로 그녀의 소식을 궁금해하지는 않으리란 생각이 들었 고, 그래서 안 좋은 소식이라도 솔직히 얘기하려고 해요.

그녀의 남편과 연락이 닿았어요. 장은 중국인이 아니라 프랑스 식 이름이고, 캐나다 사람이에요. 그가 우리 단체에 봉사활동을 왔 었기 때문에 한동안 나도 잘 알고 지냈죠. 그는 그녀에게 티베트어 를 배웠어요. 물론 당신 만큼 열정적으로 배운 건 아니고요(토요일 마다 매우 진지하게 경전 공부까지 했다는 것을 나도 알고 있었죠), 그는 의료봉사를 위한 간단한 의사소통 정도가 목적이었어요.

당신이 그녀를 떠난 다음 해에 장이 다람살라에 왔어요. 그는 의대생이었고, 아프리카나 중동 어디든 여름방학 프로그램에 참여 하려다 우연히 다람살라로 오게 된 경우였죠. 봉사활동을 하면서도 티베트에 더 특별한 관심과 애정을 갖게 되거나 그런 건 아니었던 것 같아요. 어쨌든 그는 매우 품성이 좋고 따뜻한 사람이었어요. 더군다나 젊은 아가씨라면 누구라도 반할 잘생긴 청년이었죠, 같이 활동하던 서양의 아가씨들이나 티베트 아가씨들 누구든. 하지만 당시에 그녀가 장에게 특별한 관심을 갖지 않았던 것만은 확실해요.

이듬해 캐나다에 있는 자선단체에서 우리 스태프 한 명에게 일자리와 항공권을 제공했고, 운 좋게 빼마가 선택됐죠. 그런데 장의 추천이 있었다는 것은 나중에 알게 됐어요. 그녀를 위해, 순수했지만 특별한, 호의와 도움의 손길을 건넨 거였죠. 어쨌든 그녀는 캐나다로 갔고, 그를 만나게 됐어요. 그녀에겐 우연이었고, 그에게는 어느 정도는 의도된 만남.

낯선 환경에 적응하면서 그녀는 장에게 의지하게 됐고, 자연스레 연인이 됐던 거 같아요. 그는 아주 좋은 집안에서 잘 자란 진짜 신사였고, 다음 해에 그들은 결혼했어요.

그런데 그만 아기를 유산하는 큰 슬픔을 겪었고……, 이혼했다고 해요. 장은 이혼을 원치 않았대요. 하지만 그녀가 너무 강하게 원해서 어쩔 수가 없었다고 해요. 그녀는 네팔에 있는 티베트 망명 사회에서 선생님이 되어 살고 싶다고 말했대요. 결국 인도로 돌아가 선생님 과정을 마치고, 네팔로 떠난 모양이에요.

장은 이미 재혼을 했고 그녀와 더 이상의 연락은 없지만, 여전히 좋은 친구로 생각하고 걱정한다고 하더군요. 그녀의 스마트폰 번호를 알려줄게요. 하지만 나도 아직 연결을 시도하지는 않았어요. 그녀가 네팔을 선택한 이유가 지인들이 없는 낯선 곳에서 홀로 상처를 치유하려는 게 아닐까 싶어서……, 스스로 예전 친구들에게 먼저 연락해오기를 나는 조금 기다려볼 생각이에요. 당신도 잘 판단해서 하리라 믿어요.'

문장 하나가 그의 눈에 다시 들어왔다.

'당신이 그녀를 떠난 다음 해에 장이 다람살라에 왔어요.'

당신이 다람살라를 떠난 다음 해에 장이 그녀에게 왔어요, 가 아니었다.

채팅앱의 검색창에 린첸이 알려준 번호를 입력했다.

lotuslakejh라는 아이디와 여성이라는 표시가 떴다. 사진이나 지역명은 올라 있지 않았다. 연꽃호수 뒤에 붙은 jh를 바라보면서, 전 남편 장의 이름과 관련됐다는 생각은 들지 않았다. 대신 가슴속에 아득한 전율이 느껴졌다. '나의, 빼마, 너는 어디에 있니, 너의 마음속에는 무엇이 있니……' 그러나 그의 손길은 친구요청을 터치하기 전에 멈췄다.

체링의 지나치게 늦었던, 싱거웠던 답은 그녀를 위한 배려였을지도. 속 깊은 그는 그녀의 불행한 소식을 들어야 하는 지훈의 입장마저 염려했을는지도.

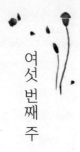

새로운 기사가 인터넷에 올랐다. 티베트 암도, 중국관할 쓰촨성, 30세 여성, 이름은 깰끼. 그녀는 네 아이의 엄마임에도 조국을 위해 스스로를 희생했다. 그 놀라운 사실보다 지훈의 시선을 더 끈 것은 사진이었다. 단아하게 빗어넘긴 머리에 갸름한 얼굴과 입술, 오똑한 콧날은 빼마를 연상시켰다. 짙은 눈썹과 숱 많은 머리칼 때문인지 그녀보다 강한 인상이었지만 친척 언니라 해도 좋을 만큼 닮아 있었다. 지난밤 이미 기사를 접했을지도 모를 그녀도 사진을 보며 같은 생각을 했을까. 기억 속 25세의 그녀는 눈이 조금 더 크고 가냘픈 턱선에, 그게 아니었다. 긴장과 두려움이 밀려왔다. 지난번 역시 30세 여성, 연달아 30세의 일반인 여성들이 몸을 불살라 저항 의지를 표현하고 있었다. 한국보다 세 시간 30분 느린 인도는 아직 새벽, 네팔도 비슷할 터. 월요일 아침이었다. 조금 일찍 오두막을 나섰다.

'제발, 내게 답해줘.' 서울로 향하는 내내 그녀를 생각하는 한편 적당한 시간을 가늠해보았다. 올림픽대로에서 빠져나와 강남으로 들어가는 길목에서 차를 우측으로 돌렸다. 고수부지에 주차하고 강물과 잇닿은 계단에 앉았다. 오두막 아랫동네에서 흘러온 강물이 너른 한강을 지나 서쪽으로 서쪽으로 서해를 향해 흘러가는 것을 바라보았다. '지난 정부에서 벌였던 사업으로 축적된 인공의 흔적들이 사라지지 않고 녹아 흐르고 있을, 저 강은 지금 어떤 노래를 부르고 있을까. 원치 않았던 입 냄새와 쉰 목소리에, 차라리 침묵을 택했을까. 심각하기를 포기하고 힙합 스피릿으로 랩을 웅얼거리며 세월을 견디고 있으려나. 지난 2천여 년 때로 당황했겠지만 최근 100년은 정말 어리둥절할 일 천지였을 테니.' 강물의 느린 흐름을 스마트폰으로 찍어 메모 기능으로 이동시키고 떠오른 생각들은 '강의 노래?'란 제목으로 입력했다. 가늠했던 시간이 되었다. '지금쯤 잠에서 깨어 씻고 기도도 마쳤을 거야.' 그도 기도하듯 마음을 모아, 그녀가 알던 ojihun이란 이메일 아이디로 친구요청을 했다.

답이 오리란 기대 외에 다른 생각을 하지 않음으로써 상심에 빠지지 않으려 했다. 스튜디오에서 작업하면서도 마음 한 자락은 그녀에게 향했다. 사흘째 되던 날 마침내 초조함을 느꼈다. 최신 블록버스터 영화의 까다로운 포스터 작업을 마치고 영화팀과 술자리에 어울리는 틈틈이 스마트폰으로 주의를 기울였다. 메시지 알림음을 놓치지 말아야 했다. 술기운이 좀 가신 후에 오두막으로 돌아가려다 유리방에서 잠들었다. 잠결에도 스마트폰을 확인했지만 메시지는 없었다. 늦잠을 자고 일어나 커피 한 잔을 내리던 중이었고, 그가 메시지를 보냈던 것과 비슷한 시간이었다.

―헬로우, 지훈. 나의 학생, 당신이죠?

그녀가 인사했다.

－하이, 나의 선생님! 빼마, 반가워요!

　가슴에 복받치는 감정과 달리 그는 가볍게 답했다. 하지만 어떻게 찾았냐고 묻는다면, 꿈에 관한 것만 빼고 조심스럽게 모두 솔직히 말해야겠다고 생각했다. 그녀에게서는 다음 말이 없었다. 얼른 다시 메시지를 보냈다.

　－요즘 티베트 사태가 몹시 걱정스러웠고, 다람살라 친구들이 생각났어요.

　분신이라는 표현은 피했다.

　－고마워요. 우리를 잊지 않고 생각해주고 있었군요.

　－잊을리가요. 아니, 솔직히 난 그동안 정신없이 바쁜 생활을 하느라 신경쓰지 못했어요. 정말 미안해요.

　－그렇게 말하지 말아요. 다들 각자의 삶이 있으니까요.

　－난 그 사이에 사진작가가 됐어요. 다람살라에서 돌아온 그해 여름 어느 날 갑자기, 그렇게 됐죠.

　－와우, 그렇군요. 당신은 사진작가가 됐고, 바쁘게 살았군요.

　－그래요. 그동안 많은 사람들의 얼굴과 표정을 사진에 담았어요. 하지만 이제는 그렇게 바쁘게 살지 않아요!

　－이런! 일거리가 줄었나요?

　그녀가 농담을 했다. 대화를 이어갈 수 있는, 좋은 징조였다.

　－하하, 당신은 그러길 바라나요? 미안하지만, 일이 너무 많아 내가 도망친 거라구요!

　－하하, 나의 학생, 지훈. 과연 무엇에서 무엇으로 도망갔을까요?

　－도시에서 시골로 ^^~

−멋지네요!

−서울에서 그동안 상업사진을 주로 찍었어요. 잡지 화보나 광고, 영화 포스터 등등. 요즘엔 일주일에 사흘만 일하고 나머지는 시골에서 다른 사진들을 시도하고 있죠. 더 개인적이고 조금은 예술적인.

−무척, 낭만적인 삶 같아요.

−독신 남성의 삶이 뭐 그렇게 낭만적일 리 있겠어요!

−당신이 싱글인지 묻지도 않았는걸요!

그녀가 또 가벼운 농담을 했다. 그가 농담처럼, 진심으로 답했다.

−아차차, 아내를 구하는 중이라서 나도 모르게 말한 것뿐이에요. 이제야 결혼에 대한 생각을 하게 됐는데, 낭만적? 삶을 함께 할 마땅한 사람이 없군요.

−쯔쯧, 안됐네요. 좀 더 노력해봐요~ 그만 난 일하러 가야 해요! 네팔에, 티베트 학교 선생님이에요.

−나의 선생님! 이 학생과 다시 대화할 수 있죠? 점심시간이나, 퇴근 후라도!

그가 급히 써서 보냈고, 그녀에게서는 답이 없었다. 숨을 고르며 잠시 기다렸다.

−좋아요. 퇴근 후에. 하지만 이 스마트폰으로 대화할 수 있는 건 며칠 뿐이에요. 난 단지, 당신이 잘 지내고 있는지, 오랜만에 인사를 나누고 싶었어요.

'며칠 뿐이 아니라, 남은 생을, 난 이제 그녀를 떠나지 않을 거야.'

국도를 벗어나 마을길로 들어섰다. 창문을 활짝 열었다. 연록으로 물들기 시작한 산등성이들이 어깨를 맞대고 늘어서서 사흘만의 귀환을 반기는 듯했고, 마음은 기쁨으로 새롭게 채워졌다. 오두막이 눈에 들어왔다. '네가 네팔에서 선생님으로 살고 싶다면 좋아, 우리는 서로 왔다갔다 하거나, 아니, 내가 오두막과 한국에서의 삶을 포기할 수도 있어. 난 이제야 그럴 수 있게 됐어. 너의 곁에서도, 그리고 어디서든, 더 이상 내가 누구고 무엇인지를 되묻고 찾지 않아도 이 자체로 내 자신일 수 있게 됐어. 네 곁에서 너의 이웃들을 사진에 담으며 살아가는 삶도 좋을 거야. 그러니 제발, 늦었다는 말은 말아줘.'

어둠 속에서 스마트폰을 앞에 두고 생각을 가다듬었다. 6년 만이었음에도 우린 바로 어제 헤어졌던 사람들처럼 대화를 나눴어. 채팅앱의 이 작은 창으로. 그렇게 자연스럽게 다가가자. 그러나, 왜 며칠 뿐이라는 거야, 스마트폰 사용을 그만둔다는 뜻인가, 라는 질문이 다시 밀려들었다.

−하이 지훈, 너무 늦은 시간인가요?

그녀의 메시지가 도착했다.

−하이 뻬마, 선생님과 대화하기 딱 좋은 시간이에요!

네팔에 있는 그녀가 빙긋 웃고 있으리라 짐작했다.

−가끔 이런 세상이 신기해요. 멀리 한국에 있는 당신과 이렇게 대화를 나눌 수 있는 것도.

−이게 무료인 게 더 신기한 건 아니고요?

그의 농담에 그녀가 웃음을 보냈다.

−하하~ 그건 당연하고요! 한국은 지금 봄인가요?

—이제 막 시작이에요. 4월이면 정말 아름다운 봄을 볼 수 있죠. 네팔은 어때요?

—여기도 날씨가 좋아요. 낮에 한두 차례 비가 오긴 하지만.

잠시 대화가 멈췄다. 무슨 말이라도 잇지 않으면 연결이 끊어지기라도 할 듯 그는 얼른 그녀의 이름을 불렀다, 문자뿐 아니라 입술 사이로 나지막이 소리내어. "빼마!"

—지훈

서로를 부른 두 사람은 그러나 더 이상 무슨 말을 해야 좋을지 모르겠는 사람들처럼 침묵에 잠겼다. 그녀가 먼저 메시지를 보냈다.

—세월이 많이 흘렀고, 우린 더 이상 예전의 젊은이들이 아니죠.

—그래요. 그때의 젊은이들이 아니에요. 하지만 우린 아직 젊어요.

—난 많은 일들이 있었어요.

—나도 그래요. 시간이 흘렀고, 당연히 많은 일들이 있었고, 그리고 우린 다시 이렇게 대화를 나누고 있어요. 나는.. 지나간 시절을 후회하지도, 많이 그리워하지도 않아요. 하지만, 지금, 내가 그리운 건, 단 하나..'

—오, 당신은, 단지 하나뿐이군요.

—그래요, 게겐라, 바로 당신.

가슴에서 흘러나오는 말을 그대로 전했다. 성급한 고백이었지만, 6년이 흘러간 지금 결코 빠르다고도 할 수 없었다. 그녀에게서 답이 없자 걱정되기 시작했다. 그녀의 입장과 반응을 생각지도 않고 말을 던졌다, 하지만 머리를 쥐어짠다고 해서 알 수 있는 것도 아니었다. '그녀 앞에서 나는 항상 바보가 되고 말잖아.'

─어쩌면 우린 비슷한 사람들이란 생각이 들어요. 나도 당신이, 그리워요.

뛸 듯이 기쁜 말이었지만, 이렇게 쉽게 얻은 답이라니, 그래서 다음 말이 두려워졌고, 그는 묻지 않을 수 없었다.

─왜 며칠 뿐이라고 했나요? 스마트폰을 교체하나요?

그녀의 답이 시간을 끌고 있었다.

─그게 아니라, 곧 이 스마트폰을 친구에게 줄 거고, 새로 구입하지 않을 거라서.

─아쉽군요. 이 편리한 기계를.. 그럼 일반 휴대폰으로 교체해도 새 번호를 알려줄거죠?

─만약 새 번호를 쓰게 되면..

─만약이라뇨? 당신은 문명의 이기를 모두 버리고 싶은가보군요! 설마 이메일까지 안 하려는건 아니겠죠. 메일 주소라도 알려줘요~

그는 떠오르는 생각과는 다른 질문들을, 애써 가볍게 던지고 있었다.

─음. 그래요.. 문명의 이기를 버리고 먼 곳으로 떠날 예정이에요.

─먼 곳 어디로, 외국 어딘가로? 유럽이나 미국, 캐나다 어디로?

다급하게 물었고, 그녀에게서는 답이 없었다.

─네팔의 오지 마을이나. 설마, 아프리카로 봉사활동을 가려는 건 아니겠죠?

농담처럼 그가 다시 물었다.

─내 마음속 작은 호수로 떠나요.

─나의 선생님! 레슨 시간의 문답을 이어가려는 건가요? 당신 마

음속 작은 호수 안에는 연꽃이 있고, 그 안에는 향기가 있죠.

―오, 지훈! 기억하고 있군요. 그런데 당신은 모르죠. 내 고향 마을은 초충(작은 호수)이라고 불려요. 우리 집에서 조금만 걸어가면 하늘빛을 그대로 머금은 파란 호수가 있어요. 고향을 떠나서도 내 마음속엔 언제나 그 작은 호수가 있었죠. 때론 기쁨과 함께, 때론 슬픔과 함께.

호수를 의미하는 초와 작다는 뜻의 충, 문답 시간 그녀의 답은 마음속에 자리한 고향을 의미했던 것인데, 그는 엉뚱한 방향으로 질문을 이어갔다. 그런데, 그녀가 고향으로, 티베트로 돌아간단 말인가…… 지훈이 다시 묻기 전 그녀의 메시지가 먼저 왔다.

―여름이면 동네 사람 모두 집집마다 호숫가에 텐트를 치고 야크, 말, 양들을 풀어놓고 살았죠. 다른 계절엔 감자랑 보리 농사도 지었지만 여름 동안은 우리 모두 유목민인 셈이었어요. 지금도 기억나요. 다 같이 어울려 축제 같았던 여름. 주변의 풀밭에는 파랑, 노랑, 빨강, 분홍, 작고 예쁜 꽃들이 피어 더 아름다웠던 푸른 호수.

―그럼. 스마트폰도 없이 그곳으로 돌아가 머물 생각인가요. 얼마나?

―티베트를 떠난 후로, 난 아직 한 번도 그 작은 호수에 이르지 못했어요.

어린 빼마가 티베트를 떠난 지 21년이 지났다. 캐나다인과 결혼했으니 당연히 정식으로 비자를 받아 고향에 다녀왔을 줄 알았던 지훈은 의아했다.

―지금까지 한 번도?

−지훈. 나는 캐나다에서 잠시 일을 했고, 그곳 사람과 결혼도 했어요. 함께 고향의 어머니와 친척들을 보러 가려고 했어요. 그런데 중국 대사관에서 남편에게만 비자를 주고 내겐 주지 않았죠. 필요한 서류를 모두 갖추었는데도, 그리고 정말 가야 할 사람은 나였는데도. 상황이 경직돼 있었지만 정말 그렇게까지 할 줄은 몰랐어요. 나는 아무런 정치 활동 이력도 없고 그저 엄마를 보려던 것뿐이었는데.

  그녀의 이야기가 이어졌다.

  −엄마가 많이 편찮으셨기 때문에 남편에게 양해를 구해서, 인도로 돌아가 망명 티베트인 신분과 서류로 방문 허가증을 얻어볼 생각까지 했어요. 위험한 경로로라도 다녀오고 싶을 정도로, 더 이상 미룰 수 없을 정도로, 많이 편찮으셨어요. 그런데 그때 임신한 걸 알게 됐어요. 티베트에서는 분신이 이어졌고, 엄마는 돌아가셨어요. 티베트인들이 일상적으로 겪는 현실이 갑자기 커다란 고통과 슬픔으로 다가왔어요. 그 탓이었는지.. 뱃속의 아이를 잃고 말았죠. 한동안 난 정말 어려운 상황에 있었어요. 하지만 내가 성장했던 인도로 돌아가 다시 힘을 찾았고, 지금은 괜찮아요.

  그의 눈에 눈물이 차올랐다.

  −당신, 거기 있나요?

  −그럼요.

  나는 이제 항상 당신 곁에 있을 거예요, 그가 소리 없이 말했다.

  −불쌍한 나의 학생! 선생님의 푸념이 너무 길었죠.

  −아니에요, 말해줘서 고마워요. 선생님, 이제 그만 푹 쉬어요.

당신은 내일 또 수업이 있잖아요. 우리 아직 며칠은 더, 대화할 수 있는 거죠. 내일도 내가 메시지 보낼게요. 당신은 분명 내게 답해줄 거잖아요!

달은 이울고 있었지만, 아직 충분히 둥글고 밝아 유리창으로 흘러든 빛이 거실 바닥에 선명한 격자무늬 창틀을 수놓았다.

*

몸속으로 오색의 물결이 흘러드는 듯, 붉은 피가 무지개 빛깔로 변한 듯, 뇌와 호르몬의 대략 난감 총체적 가동과 집중과 변환을 유발하는, 기쁨과 고통과 착각을 동시에 선사하기도 하는 이것, 사랑……. 이제 어디로도 도망치지 않아. 이미 선택했어. 출가 승려가 아닌 이상, 그것을 선택하지 않을 어떤 명분도 핑계도 내겐 더 이상 없지. 내가 버렸거나 떠난 많은 것들 중 유일하게 가치 있는 것. love is all you need, 노랫말은 맞는 말이야.

그런데 사랑이란 뭘까, 그게 무엇인지 감히 내가 어떻게 단언하겠어. 유년기 언젠가 love is a need로 잘못들은 가사를 흥얼거린 적이 있었지. 어쨌든 사랑은 충족됨으로써 끝나는 게 아니라 계속 결여된 채로 남아 있는 '필요'일 거야. 다른 누군가로 대체될 수 없는 그 결여로 서로를 원하는 간절함.

사랑을 한다는 것은 1.감정의 변덕에 함몰하지 않도록 유연한 힘을 발휘하는 것 2.간절함을 지켜가는 것 3.상대의 고통을 외면하지 않는 것 4.상대의 행복을 바라는 것 5.기쁨과 슬픔을 함께 하는 것.

일상 혹은 삶과 더불어 사랑을 나눈다는 것은 어떤 걸까, 당황스러울지도 모를 그 놀라운 여정은 이제 그녀와 함께 한다면 알아갈 수 있겠지, 사랑에도 완성이란 게 있을까⋯⋯. 다음 날 아침 욕실 거울에 비친 얼굴에서 지훈은 하룻밤 사이 생겨난 이마 위 일곱 개의 주름을 보았다.

창밖의 대지와 산과 나무, 공기, 어디에나 봄소식이 전해지고 있었지만 매년 찾아오니 별일 아니라는 듯 그저 가만히들 있는 듯했다. 바람이 한번 일렁이자 부서진 빛이 사방으로 튀었고, 서로들 속삭이며 부산하게 들썩이는 모습이 슬쩍 드러났다. 카메라를 들고 산책에 나섰다. 연둣빛 꽃잎처럼, 손가락을 펼친 아기의 보드라운 손처럼 모습을 드러낸 잎새들. 그 내밀한 속살을 향해 렌즈를 가져갔다. 실핏줄처럼 가는 잎맥들이 퍼진 이파리. 땅 밑에서 자양분을 흡수할 뿐 아니라 햇빛에서 받은 에너지를 합성하며 어린 잎들은 분주하게 풀과 나무의 성장에 한몫하고 있었다. 연약한 푸른 맥박이 전해질 듯 나뭇가지에 살며시 손을 얹었다. 생명의 숨결과 함께 그녀를 떠올렸다. 잎들은 머잖아 초록이 더해지고, 나무는 곧 화려한 변신을 시작할 거야. 4월이 한창 무르익으면 저 언덕 아래로 연분홍 살구꽃들이 바람에 나풀거리며 웃고 있겠지. 살구꽃 향기 하나만으로도 우리는 또 다른 세상을 경험할 수 있어, 눈에 보이는 세상의 틈새 너머로 수많은 세계가 있어. 오직 마음만으로도, 견고하고 부조리한 눈앞의 세계가 조각조각 깨어져 나가면서 경이롭고 눈부신 빛의 세계가 펼쳐진다는 것을 너는 금방 알게 될 거야. 그래도 나는 너를 흥미로운 여러 세계로 이끌고 싶어. 그 모든 것을 통해서도 결국 우리는 온전한 빛에 이를 수 있으니까.

함께 음악을 듣자. 비록 추운 겨울이라 해도 눈 감고 귀 기울인다면 그 선율에 실려 우리는 미묘하고 아름다운 세계로도 베토벤이 제시한 운명적이고 웅장한 세계로도 빠져들 수 있어. 바하의 음율도 빼놓을 수 없지. 또 나는 너를 데리고 클럽에 가서 춤도 추겠어. 우린 아직 젊어. 넌 노래 속의 섹시 레이디가 되고 나는 강남 스타일 오빠가 되어 신나게 놀자. 강하고 빠른 리듬 속에서 고요에 이르는 신비도 경험하자. 우리는 개그 프로를 보며 웃음을 터뜨릴 거야. 때론 노인처럼, 게으른 아이들처럼, 너와 나만의 소파에 앉아, 납작해진 평면의 상자 속에서 채널이 바뀔 때마다 시시각각 펼쳐 보이는 이야기와 세상을 경험하자. 그리고 네가 원할 때 우리가 직접 여행을 다니고 모험을 찾아 나서자. 나의 빼마, 너의 몸과 마음을 쉬게하고 세상의 기쁨으로 채우자. 그리고 너의 조국을 도울 수 있는 방법들을 찾아보자. 보이지 않는 수많은 세계가 있듯이, 눈앞의 현실속에도 수많은 길이 있잖아. 거짓에 굴복하지 않고 진실에 서명할수 있는 날을 향해 가는 길 말이야.

*

그녀는 카트만두에 있는 학교에 근무 중이었고, 며칠 후면 작은 호수로 떠날 예정이었다. 고향 인근에는 언니 오빠와 조카들이 있을 테지만, 20여 년을 헤어져 지냈고 이미 부모님도 없는 그곳으로 돌아가 어떻게 살려는 건지. 그는 설명하지 않는 그녀에게 더 묻지 않았다. 대신 언제 그런 결정을 했는지 지나가는 말로 물었다.

―2월 말쯤요.

―얼마 안 됐군요.

가볍게 대꾸했다. 그녀의 시선이 닿지 않는 곳에서 그의 이마에 잡힌 주름은 더욱 깊어졌다. 2월 13일 백 번째 분신이 보드나트 대탑 앞에서 있었다. 그 꿈을 꾼 것은 그로부터 십여 일이 지난 새벽. 그녀는 당시도 지금도 그 도시에, 어쩌면 탑에서 멀지 않은 곳에 있었다.

―며칠 늦어졌지만, 어쨌든 새로운 선생님이 곧 올 거예요.

―그녀가 늦어져서, 내가 당신과 대화할 시간을 더 얻은 셈이군요 ~ 예정과 계획은 늘 변경되곤 하죠!!

그는 느낌표를 두 개나 넣었다. 그리고 언젠가 네팔에 사진을 찍으러 가고 싶다고 말했다. 간혹 스튜디오 촬영 일정들이 갑자기 취소되기도 하는데 그러면 언제든 어디로든 바로 여행을 떠나기도 한다고 운을 띄웠다. 다음은 네팔일 수도 있다는 말에 그녀는 깜짝 놀란 듯했고, 반가워하는 듯도 했고, 뭔가를 걱정하는 듯도 했다.

그는 서울로 향했다.

"대표님 어서 오십시오! 예정대로 움직이시던 분이 어쩐 일이십니까?"

갑자기 출근한 그를 태우가 깍듯한 태도로 맞으며 놀렸다. 지훈은 개의치 않고 예정된 스케줄 일부를 변경하거나 취소할 수 있는지 알아보았다. 일정 하나가 불가피했다. 배우가 외국에 나가 있어 목요일에나 돌아오고, 태우에게 미룰 수도 없는 계약이었다. 당분간 새로운 약속은 잡지 않도록 했다.

"형, 대체 이번엔 또 무슨 급 꿍꿍이야?"

약간은 불만스런 얼굴로 묻는 태우에게 그는 대답 대신 서류를 내밀었다.

"지난번에 말했던 너와 나 사이의 계약서야."

귀찮은 듯이 받아들었던 태우의 표정이 내용을 훑어보면서 환해졌다.

"갑 중심이 아니라 을을 위한 발라드잖아! 완전 좋아……, 근데 이 마지막 단서는 뭐야? 형의 부재 시, 연락 두절 시, 을에게 부여한 이 권리와 의무 사항들……."

태우가 미심쩍은 얼굴로 물었다.

"인생에는 만약이란 게 있으니까."

"아 싫어 못해, 권리도 의무도! 설명을 먼저 듣지 않으면!"

"웃지 않겠다고 약속하면! 그리고 내가 돌아올 때까지 입을 다물어준다면 말해줄게. 이 이야기의 시작엔 이미 니가 있었으니까."

"무어라? 오호! 기대 만발! 당근 약속하지."

지훈이 입을 열었다.

"사랑을 찾아 떠나려는 거야."

웃지 않겠다던 태우가 박장대소할 듯 양손을 펼쳤고 입은 크게 벌어졌다. 그러나 지훈의 진지한 얼굴에 웃음 대신 짧은 한숨을 뱉었고, 엇갈리게 모아쥔 양손을 무릎 사이로 늘어트렸다.

"뭐지, 이 뜬금없는 선언은? 저녁 술자리도 아니고. 형! 난 지금 맨정신인데……."

태우는 이루지 못했던 사랑과 다람살라 친구들에 대한 이야기도 조금은 알게 됐다. 대낮이라도 그냥 넘길 수 없다며 술 한 잔씩을 따라 잔을 부딪쳐 축복했고, 부러운 눈빛으로 바라보기도 했다. 작은 호수로의 여행은 로맨틱하기까지 했다. 지훈의 설명엔 중요한 이야기가 빠져 있었다.

오두막으로 돌아온 그는 밤늦도록 또 메시지를 주고받았다. 주말 내내 메시지가 오갔다. 수업 후 여분의 짧은 시간들을 이용해 조곤조곤 이야기를 나눴던 그 시절처럼. 학교에서 한 아이가 말썽을 부려 속상했고, 어떤 괴짜 녀석의 뜻밖의 글짓기에 감동해 눈물이 났다는, 오두막에 전구 하나가 깨졌다는, 겨울과 봄 사이 대통령이 바뀐 한국은 들뜬 봄과 길고 침통한 겨울이 어깨를 맞대고 있다는, 서로의 하루와 세상의 소식들에 대한 수다들, 유행하는 농담들…… 스마트폰의 작은 창을 통해 그가 그녀에게 전한 것이 비록 세레나데는 아니었지만, 그 시간 말하여 지지 못한 마음과 애틋함을 그녀도 느꼈으리라.

즈뗌므, 티아모, 이히리베디히, 워아이니, 아이시떼루, 폼락쿤, 밀류떼, 세니 세비요룸, 마이 툼 세 피아르 카르타 홍…… 여행지에서 한번쯤은 궁금해지는 그 나라의 말. 지훈은 티베트어로 사랑이라는 단어도, 나는 당신을 사랑합니다 라는 표현도 몰랐다. 다람살라에 머물던 내내 그것의 티베트어 표현을 물어본 적이 없었다. 숙제를 할 때면 교재의 예문에도 없는 엉뚱하고 재기발랄한 작문을 하면서도 그것이 들어간 문장은 시도조차 해본 적이 없었다. 사랑은, 머리를 거쳐 글이나 입으로 뱉어지기 전 마음속 깊은 곳으로 감췄다. 이제야 비로소 묻고 싶었지만 그녀가 이 가느다란 고리를 끊고 닿지 않을 저 너머로 물러서버릴까봐 그러지 못했다.

일요일 오후 그가 나를 찾아왔다.

가끔 숲 사이로 언덕을 넘어 걸어오곤 했었다. 무더운 여름 날 자동차로 읍내에 다녀오는 길에는 팥빙수를 사들고 들른 적도 있었다. 긴 산책 끝에 우연히 내 집 앞에 이르게 됐다는 처음처럼 그날도 소리 없이 마당 가에 우뚝 서 있는 그를 발견했다. 반가운 마음으로 차를 대접했다. 모처럼 구웠던 쿠키도 곁들여 냈다. 그에게선 별말이 없었다. 아마도 지난번에 너무 많은 이야기를 해서 우리는 당분간 말없이 지내도 될 것 같다고 내가 실없는 농담을 했다.

"빼마와 연락이 닿았어요."

"어머나, 연락이 닿았군요!"

그 사이에 있었던 일들을 담담히 들려줬다. 마당에서 덤불을 태우다 보았던 것에 우리는 어떤 짐작도 말도 꺼낼 수 없었다. 사랑이든 무엇이든 이름 붙이며 설명할 수 있을 뿐, 들여다볼수록 정작 그것이 무엇인지는 알 수 없어진다. 어쩌면 지훈은 이것을 공이라 부를지도 모르겠다. 내가 흥미로워할 것 같아서 그렇게 자세히 이야기해준걸까. 발길 닿는 대로 걷다보니 내 집 앞에 이르렀다는 말도 다시 생각해보게 하는, 보이지 않는 세상의 비밀 몇 가지를 간파하고도 시치미 떼고 있는 것만 같은 장난꾸러기.

"그녀를 찾아서, 꼭 함께 돌아와요."

그를 배웅하며 내가 할 수 있었던 말은 이것뿐이었다.

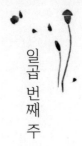

일곱 번째 주

변경된 일정을 소화하느라 하루 종일 일하고 유리방으로 올라
온 참이었다.

—지훈, 새 선생님이 도착했고 나는 학교를 그만뒀어요.

그는 숨을 크게 들이마셨고, 가볍게 답했다.

—드디어 그녀가 왔군요! 아이들은 당신이 떠나는 것에 슬퍼하지
않던가요?

—그녀가 매우 상냥한데다 미인이라서 아이들의 슬픔이 줄었죠!
곧 기쁨이 늘어갈 거예요~

아이들도 그녀도 헤어짐에 눈물 흘렸을 텐데 그녀는 농담을 잊
지 않았다.

—중학생 남자아이들이라면 충분히 상상이 되네요~

—하하, 나를 보며 얼굴이 붉어졌던 녀석들이 이젠 그녀 때문에
얼굴이 붉어지겠죠~

그녀가 덧붙였다.

—우리는 서로 많이 그리울 테지만 아이들의 기억 속에 좋은 선

생님으로 남기를 바랄 수밖에요.

이번에는 미소를 거두고 정색을 한 그녀의 모습이 눈앞에 보이는 듯했다.

그가 뭐라 쓰기 전에 먼저 메시지가 왔다. 그녀는 마침내 그에게도 작별을 고하고 있었다. 망설임 없이 통화 버튼을 눌렀다. 채팅앱의 메시지로만 대화했을 뿐, 전화는 처음이었다. 갑자기 걸려온 국제전화를 그녀는 받지 않았다.

"헬로우."

되풀이되는 수신음을 이기지 못하고 전화를 받은 듯, 약간은 미심쩍고 거리를 두는 음성이었다. 지난 며칠의 친밀함 대신 둘 사이에 가로놓인 6년의 세월이 느껴졌다. 그것을 급히 건너뛰며, 그가 다정하게 답했다.

"뻬마, 따시델레!"

"오, 지훈……"

그녀의 음성과 숨소리가 몸을 관통하는 전류처럼 그를 훑고 지나가며 숨이 멎는 듯했다. 감탄사처럼, 속삭이듯, 오, 지훈…… 서양과 달리 한국에서는 성을 앞에 붙이는 것에 대한 그녀식의 유머 혹은 장난이기도 했던, 오. 티베트어의 높고 낮은 두 종류 오가 높낮이가 없는 한국어의 오와는 다르다는 그의 설명에, 익숙하지 않은 중간음의 오를 신중하게 발음하다보니 영어 감탄사도 아니고 낮고 묵직한 티베트어 감탄사 오도 아닌 속삭임이 돼버리곤 했던, 그래서 정작 그에게 와닿을 때는 귓가에 불어온 봄의 입김처럼 날아온 새의 깃털처럼 간지럽고 따스했던 오.

"제발, 며칠만 더 대화해줘요."

소리 없이 긴 숨을 내쉰 지훈이 부탁했다.

"난 이제 더 이상 누구의 선생님도 아닌걸요. 당신은 왜 갑자기 아이처럼 그렇게 사정조로 말하는 거죠?"

그녀는 6년의 세월을 금방 뛰어넘은 듯 차분하면서도 경쾌하게 말했다. 그는 또 다시 그녀 앞에서 어쩔 줄 몰라 했다. 그러나 예전처럼 당황하지 않았고 곧 빙그레 미소 지으며 입을 열 수 있었다.

"그래요, 난 당신 앞에서 아이가 되나보군요. 어쩌면, 당신이 나보다 훨씬 나이가 많을 지도 모르니 너그럽게 이해해줘요!"

그녀가 웃었다. 경쾌한 왈츠 같은 웃음소리 뒤에 침묵의 4분의 3 박자가 느리게 흘렀다.

"오, 지훈……"

그녀는 다시 내쉬는 숨과 함께 작은 소리로 지훈을 불렀다.

"당신 목소리를 들으니 기쁘군요."

뒤늦은 자각에 천천히 반응하는 듯, 그를 향하는 동시에 자기 자신을 향해서도 말하는 듯했다.

"당신이 기쁘다니 내가 오늘 밤 내내 말을 해야겠군요!"

이번엔 그가 침착하고 경쾌하게 받았다.

"당신 영어는 예전보다 확실히 좋아진 거 같아요. 하지만 티베트어는 거의, 잊었겠죠?"

"자랑할 만한 학생이 못 돼서 유감이에요."

"음, 하지만 당신은, 기억에 남을 만한 학생이었어요."

"빼마, 오늘 밤 내내 통화하는 것도 좋겠지만, 며칠만, 나흘만,

더 나하고 연락해요. 요즘에 매일 밤 당신과 대화하다가 이렇게 갑자기, 당신이 처음부터 말했던 거라 갑자기라고는 할 수 없지만, 이 독신 남성에게는 큰 상처가 되는군요."

"지훈, 이 스마트폰은 친구에게 이미 주기로 했어요. 좋아요, 이틀 더 당신의 연락을 받을게요. 하지만 곧 명의도, 번호도, 친구의 것으로 바뀔 거예요."

"알았어요, 좋아요! 그럼 이틀 동안 내 목소리를 들려줄게요."

그가 포기하는 듯 가볍게 말했고, 목소리를 들려준다는 말에 그녀가 낮게 웃었다.

"떠나기 전까지 이제 어떻게 시간을 보낼 건가요?"

"짐도 집도 거의 정리가 됐어요. 도시에서 멀리 떨어진 사원에 갔다가 돌아올 계획이에요. 그러면 하루 이틀은 게스트하우스에 묵고……"

그가 지체하지 않고 물었다.

"보드나트 대탑 근처요?"

"어, 어떻게 알았죠? 음, 아마도, 떠나기 전에, 코라를, 돌아야죠."

그녀의 음성에서 분명한 균열을 느꼈지만 지훈은 모른 척 다음 말을 던졌다.

"멋진 계획이군요! 이제 퇴직했으니 내일은 낮에, 당신의 점심시간 후 쯤에 연락할까요?"

"언제든 상관없어요, 휴가나 마찬가지니까. 한 손으로 모모를 먹고 다른 손으로는 전화를 받을 수도 있죠. 어쩌면 당신의 저녁 식사 시간이겠군요, 어쨌든 좋아요, 편한 시간에 하세요."

그녀가 애써 경쾌하게 말했다. 슬픔이 밀려왔다. '네팔과 한국, 스마트폰의 창 이쪽과 저쪽에서나마 그녀는 떠나기 전 나와 마지막 식사를 나누려는 걸까.'

*

금요일 아침 8시 25분 카트만두행 비행기에 올랐다. 여권에는 여행사를 통해 신청해놓은 중국 관광 비자가 이미 첨부돼 있었다. 그녀를 설득해 한국으로 함께 올 수 있다면 좋겠지만, 그럴 수 없다 해도 작은 호수까지 동행할 생각이었다. 초충 인근의 대도시까지 서울에서 비행기로 겨우 서너 시간 거리지만 네팔에서 버스로 간다면 며칠이, 항공편을 이용한다면 라싸에서 갈아타는 연결 시간에 따라 하루 이틀 소요될 터였다.

서울에 계속 머무르며 예정된 촬영들을 다 마쳤다. 밤늦게까지 일하고 새벽에 일어나 공항으로 향했다. 비행기가 이륙하자 곧 잠들었다. 스튜디오 작업 틈틈이 아직 시작하지 못한 '도시의 춤' 프로젝트를 생각했다. 잠깐씩 시간이 날 때 카메라를 들고 빌딩숲을 거니는 사이 어렴풋했던 생각과 영감이 형체가 되어 윤곽을 드러냈다. '숲의 노래'와 연작이 되기에 충분해 보였고, 이제 시간 여유만 되면 언제든 곧, 작업을 시작해도 될 듯했다. 도시는 단지 콘크리트와 그 속의 철골로 이루어진 부동의 회색 공간만으로 이루어진 게 아니었다. 꼼짝할 수 없는 거대한 조직망 속에 기계적이고 신경질적인 삶만이 되풀이되는 공간이 아니었다. 살아 있는 사람들의 활력과 삶의 에너지가 곳곳에서 쉴 새 없이 번쩍이고 물결치며 아름다운 무늬를 만드는, 또 다른 가능성과 잠재력이 숨 쉬는 공간이기도 했다. 지훈은 그 색과 율동을 동시대의 도시인에게 표현하고 함께 나누고 싶었다. '포착할 수 있는 진실과 기쁨의 빛을 사진으로 전하는 것 말고, 사랑하는 것 말고, 슬픈 신기루 혹은 거대한 농담처럼 펼쳐진 이 세상에서 내가 할 수 있는 게 뭐가 있겠어!' 태어나고 자란 이 도시가 완전히 새롭게 느껴지는 흥미로운 작업이 될 것 같았다. 숙제 하나를 마친 듯 기분이 상쾌했지만, 또한 그 밑에 풀리지 않고 맴도는 석연치 않은 것이 더 확연히 느껴졌다. 무시할 수 없는 이것이 무엇인지 잘 생각해보면 알 수 있을 것 같기도 했다. 얼른 생각을 돌렸다. '결코 알 수 없어, 모든 것은 순간순간 움직이며 변화되니까!' 거기에 어떤 부정적인 짧은 생각의 흔적도 보태고 싶지 않았다.

깊은 잠에서 깨었을 때 두 눈 가득 히말라야가 들어왔다. 장관, 맑은 날씨 덕분이었다. 오른쪽 창가 좌석을 내준 항공사 직원 덕분이기도 했다.

'네팔 시간으로 12시 25분 도착, 재빨리 이동한다면 그녀와 오늘 점심을 함께 할 행운을 누릴 수 있을까?' 하지만 카트만두에서 그녀의 그림자도 발견하지 못할 가능성이 크다는 것 또한 명백한 사실이었다. 마지막 통화 후 사흘째 연락이 끊긴 상태였다. 그럼에도 마음은 담담함을 유지하고 있었다. 어깨에 멘 크지 않은 배낭이 짐의 전부였던 그는 빠른 걸음으로 입국장으로 향했다.

가는 빗방울이 떨어지기 시작했다. 차창 너머 거리의 풍경은 인도를 떠올리게 했지만, 택시 기사는 보다 순박해 보였고 바가지를 씌울 기세도 없었다. 공항에서 말했던 대로 한 시간이 못 되어 도착했고, 약속된 500루피만 받았다. 비는 멈춰 있었다. 도로변에 차를 세운 기사는 대탑으로 향하는 길목을 가리키며 문이 있어서 자동차는 들어갈 수 없다고 했다. 알아듣기 쉬운 영어는 아니었지만 그는 친절했다. 문은 새벽에 열려 저녁 9시쯤 닫히며, 그 안으로 들어가면 게스트하우스와 식당들이 대탑 주위로 둘러서 있다고 설명했다.

늦은 점심을 때우러 티베트식당을 찾았다. 오랜만에 맛보는 발렘에 버터와 꿀을 발라 입에 넣고 우물거리다가 울컥 목이 메였다. 눈앞의 탑은 생각했던 것보다 거대했고, 주변은 다양한 인종의 관광객과 순례객으로 복잡했다. 그 속을 헤매며 탑을 오르락내리락했다. 염주를 들고 탑 둘레를 도는 티베트인들을 모두 살폈지만 그녀는 없었다. 먼지 앉은 유리창 밖을 두 눈으로 부지런히 살피며, 만날 수 있다는 확신의 감로를 마시듯 식은 차를 입에 넣고 천천히 목을 축였다.

어두워지기 전 다시 탑으로 올라간 그의 마음은 지쳐 있었다. 하얀 탑의 꼭대기에 그려진 두 개의 커다란 눈, 지혜의 눈을 등지고 서서 사방을 살폈다. 크게 뜬 그의 두 눈에도 카메라의 망원렌즈에도 그녀의 모습은 잡히지 않았다. 경전이 인쇄된 오색의 천조각들, 타르초가 머리 위에서 펄럭였다. 바람에 실려 세상으로 전해진다는 진리의 소리가 무엇인지 지훈의 귀에는 아무것도 들리지 않았다. 한 컷도 누르지 않았던 카메라를 가방에 넣고, 점퍼 깃을 올려 싸늘한 바람을 막았다.

무모한 여행……. 너무 늦은 것인가, 즉시 비행기를 타고 카트만두로 왔어야 했을까, 그런 돌발적인 행동을 했다면 나를 피하고 말 았겠지, 충분히 멀리 있다고 여겼기 때문에 그렇게라도 대화를 주고 받을 수 있었을 거야, 누구의 잘못도 아냐. 그런데 삶은 이렇게 어긋 나기만 하는 걸까.·어둠 속 침대에 누운 그는 잠을 이루지 못했다. 비행기에서 보았던 웅장한 히말라야가 떠올랐다. 다람살라에서 매 일 보던 설산 봉우리가 빙산의 일각이었다면, 낮에 본 것은 수면 위 로 솟아오른 진정한 국면이었다. 그러나 시선도 감탄도 매우 짧았 고, 마음은 곧 그녀에게로 향했었다. 하나의 흐름 속에 여러 가지가 가능하다는 자신감에 부풀었던 것이 엊그제 같은데, 동시에 두 가지 에 집중하지 못했다, 그런데 동시에란 뭘까, 그게 가능한 건가, 절대 적 의미의 동시란 설정될 수 없어……. 그의 생각은 또 다시 먼 곳 으로 흘렀고 서서히 가속을 멈추다 잠들었다.

기억의 바다 속에 흩어져 있던 다람살라에서의 99일이 꿈결을 타고 편린처럼 솟아 반짝였다. 시장통 끝자락, 그 한 귀퉁이에서 만 났던 모두의 얼굴이 의식의 수면 아래서 출렁였다. 귀한 경전을 받 은 답례로 사진을 찍어 액자에 담아 선물하자 은백의 머리에 온화 한 미소를 띠고 배우처럼 잘생긴 자신의 얼굴을 바라보던 책방 주 인, 거리로 향한 나무 문 사이로 새어든 오후의 햇살에 만감이 깃 들던 그의 눈빛. 개성 있는 각진 얼굴에 하얀 강아지를 가슴에 안고 다니면서 지훈의 시선을 늘 피하기만 하던 아가씨. 게스트하우스에 커다란 개와 함께 기거하며 매일 함께 산책하던 서양 노인의 깔끔하 게 면도한 마른 얼굴과 두 달 반쯤 낮이 익자 시선을 맞추고 인사를 건네기 시작했던 그 느린 미소. 사원에서도 길에서도 다시 마주치지 못해 건네줄 수 없었던 치미와 어린 친구들의 사진. 베이커리 보이즈와 희망카페의 이웃들 그리고 물론, 그녀……. 돌아갈 수 없는 날들이 견고한 벽처럼 막아섰고 높은 파도가 되어 그를 덮쳤다. '어디에도 실체가 없는 빼마, 향기조차 조건에 의지해 발생할 뿐인 연꽃. 그녀를 대상으로 하는 이 깊은 그리움이 어디서 왔는지 먼 과거 누구의 애착과 어리석음에서 비롯되었는지 내가 다 알 수 없다 해도, 이렇게 간절하다면 그것을 존중해야 할 사연이 있어. 더 이상 넘어설 이유도 피할 이유도 없지.' 그의 의식 한 가닥은 잠결에서도 꿈결에서도 생각이 이어졌다.

\*

새벽 어스름 속에 방을 나섰다. 탑 둘레를 도는 티베트 사람들을 하나씩 붙들고 얼굴을 확인하는 대신 그들처럼 두 손을 모으고 코라를 돌며 기도했다. 틈틈이 고개를 돌려 뒷사람의 얼굴을 확인하고, 앞사람의 뒷모습도 다시 살피면서.

날이 밝아 사람들을 식별할 수 있을 때까지 탑 주변을 맴돌다가 게스트하우스로 돌아와 창가에 앉았다. 밖이 잘 보이는 2층에 방을 얻었지만, 탑이 너무 커서 어디서도 한눈에 전체를 볼 수는 없었다. 다시 밖으로 나가 우연히 만나기를 기대하는 한편으로 그녀의 연락을 기다려야 했다. "당신이 허락한 이틀의 기회를 한 번만 사용할게요. 내일은 전화하지 않을 테니 그 대신 다음 주 토요일에, 당신 것이든 친구의 것이든 한 번만 내게 연락해줘요. 사원이 그렇게 멀고 외진 곳에 있다니 걱정이 돼요. 잘 다녀왔다고, 꼭 연락해줘요." 작별 인사를 나눌 때까지도 그녀는 답하지 않았다. 식당과 기념품점들이 문을 열기 시작했다. 방에서 나와 찻집으로 향하면서도 눈길은 탑 둘레의 티베트 사람들을 살피고 있었다. 안쪽 코라로 향하는 여자의 모습이 눈에 들어왔다. 슬몃 옆얼굴이 스친 것도 같지만 제대로 본 것은 뒷모습뿐이었다. 무언가에 끌리듯 지훈의 발걸음은 그쪽으로 향했다. 그녀는 이미 안으로 사라져 보이지 않았다. 다급한 마음이 든 지훈은 청바지에 베이지색 재킷의 여인을 찾아 빠른 걸음으로 안으로 들어섰다. 안쪽 코라 길은 좁은 공간 사이사이에 오체투지하는 사람들을 피해 걷느라 빨리 움직일 수가 없었다. 혹시 그 여인이 섞여 있을지도 몰라 바닥에 엎드린 이들의 뒷모습에도 시선을 던지며 급한 마음으로 한 바퀴를 돌고, 계단으로 올라가 발길이 닿을 수 있는 탑의 전부를 찾아다녔다. 그러나 뒷모습의 그녀는 감쪽같이 사라져 보이지 않았다.

뒤늦게 허기와 피로를 느끼며, 창밖이 잘 보이는 식당에서 간단히 아침 식사를 했다. 방에 들어가 눕는 대신 카메라를 들고 다시 밖으로 나왔다. 달리 할 게 없었다. 탑 주변을 서성이다가 벤치에 주저앉았다. 어제는 보지 못했던 대탑의 장엄함과 순례객들의 경건한 신앙심이 눈에 들어왔다. 다양한 관광객들의 모습도 흥미로웠다. 그녀를 찾아야 한다는 생각에서 벗어나 천천히 걸어다니며 사진을 찍기 시작했다. 시간이 빠르게 흘렀다. 햇빛의 변화 속에 오후가 됐다.

비둘기 한 마리를 따라 카메라 방향을 틀었다. 청바지에 자주색 셔츠의 여인이 손바닥의 빵 부스러기를 비둘기에게 주는 모습이 앵

글 안에 들어왔다. 그녀가 카메라를 향해 고개를 돌렸고, 천천히 한 손을 들었다. 지훈은 눈 앞의 카메라를 내렸다. 빼마가 벤치에서 일어섰다. 그들은 천천히 서로를 향해 걸음을 옮겼다.

"헬로우!"

그녀가 미소 띤 얼굴로 손을 내밀었다. 손을 마주 잡은 그의 입은 그러나 열리지 않았다.

"아까부터 당신을 보고 있었어요."

그녀가 다시 말했지만, 그는 악수한 손을 풀지도 입을 떼지도 않았다.

"미안해요. 아침에 탑에서, 당신이 누군가를, 아마도 나를, 찾아다니는 것을 보고도 숨어버렸어요."

그녀가 손에 들고 있는 베이지색 재킷을 들어 보이며 다시 미소 지었다. 밝은 햇살 아래 빼마의 눈동자는 여전히 신비롭게 반짝이고 있었다. 6년 전보다 더 성숙하고 아름다워진 그녀의 얼굴을 보며 그는 간신히 고개를 끄덕였고, 이름을 부를 듯 입술을 움직였지만 소리가 되어 나오지 못했다. 그는 잡고 있는 손을 더 강하게 쥐었다.

"지훈, 당신은, 점심 식사를 했나요?"

그가 고개를 저었다.

"여기서 제일 좋은 티베트식당으로 안내할게요. 멀리서 온 당신에게 내가 아주 푸짐한 식사를 대접할 거예요. 다람살라에서는 항상 당신이 우리들에게 밥을 샀죠."

그녀는 재킷을 든 왼손으로 식당 방향을 가리켰다. 그제야 그는 악수했던 손을 풀었고, 둘은 걸음을 뗄 수 있었다.

비둘기와 사람들 사이로 걸음을 옮기던 그녀가 곁에서 따라오는 그의 손을 살며시 잡았다. 그는 모든 상념을 물리치며 그 손의 온기 속으로 빠져들었다.

\*

"우리는 저 탑을 자룽카숄이라고 불러요."

식사를 마친 후, 차를 마시며 그녀가 말했다.

"자룽카숄?"

그가 되묻자 테이블보 위에 손가락으로 글자를 써 보이며 뜻을 말했다.

"자룽, 해도 된다고, 카숄, 말해버렸소."

탑 이름 치고는 낯선 뜻이었다.

"옛날에 이곳에 자지마가 살았어요."

"자지마?"

"자, 지, 마. 새, 키우는, 여인!"

이번엔 한 음절씩 끊어 뜻만 말해줬다.

"그렇군요! 근데 한국말로 자지마! 라고 하면, 잠들지 말라는 뜻이에요."

그녀가 재밌다는 듯 웃었고, 그도 그녀의 얼굴을 보며 따라 웃었다. 그가 왜 갑자기 이곳에 나타났는지 그녀는 묻지 않았다. 그가 찍은 사진들을 보고 싶어했고, 카메라에 저장돼 있던 오두막 근처 사진들과 대탑에서 찍은 사진들을 보여주자 호기심을 갖고 하나

하나 들여다보며 질문도 했다. 음식들이 나왔고, 둘은 한동안 말없이 식사만 했다. 하고 싶은 말이 너무 많았던 탓인지 그는 아무 이야기도 꺼내지 못했지만, 침묵도 어색하지는 않았다. 함께 식사하는 시간의 행복만을 느꼈다. 6년 전 그녀가 조분조분 설명하고 그가 귀 기울이던 매일매일의 평온한 수업처럼, 주어진 한 시간의 수업만이 전부인 듯 다른 생각 없이 집중하고 즐거웠던 그때처럼. 둘은 정답게, 접시가 다 빌 때까지 음식을 맛있게 먹었다.

"어느 날 자지마가 왕에게 허락을 청했어요."

그녀가 말을 이었다.

"이곳에 탑 하나를 쌓아도 되겠냐고요. 이 초라한 여인이 뭘 할 수 있을까 싶어서 왕은 대수롭지 않게 여기고는 맘대로 하라고 했죠. 그런데 하루하루 날이 가고 달이 가면서 점차 커다란 탑이 지어지고 있는 거예요. 사람들이 왕에게 몰려갔어요. 미천한 여인이 감히 신성한 탑을 그것도 엄청난 규모로 짓고 있으니 그만두라는 명령을 내려달라고요. 왕이 직접 와보고는 깜짝 놀랐죠. 하지만 사람들에게 말했어요. 내가 이미 그녀에게 '해도 된다고 말해버렸소.' 자지마는 결국 이 거대한 탑을 혼자 힘으로 완성했어요."

탑에 얽힌 여러 전설 중 티베트에 전해오는 이야기라고 그녀는 덧붙였다. 창문 너머 자룽카숄로 향했던 지훈의 시선이 다시 그녀에게로 돌아왔을 때, 그는 흠칫했다. 그녀는 6년 전의 그녀가 아니었다. 여리고 가냘픈 얼굴이 아니었고, 물결치며 흔들리는 눈동자가 아니었다. 햇빛에 그을린 얼굴은 강인해 보였고, 검푸르게 빛나는 눈동자는 고요함 속에 단호했다. 밀려드는 두려움에 그의 마음속 말들이 흩어지고 있었다.

"나는 어제, 점심 무렵, 여기 도착했어요. 다른 곳에 가지 않고 계속 근처에 있었는데. 당신은, 언제 왔나요?"

"어제 새벽에요. 탑 입구의 문이 잠겨 있어서 열릴 때까지 조금 기다리다가 들어왔어요. 게스트하우스 방에서 쉬고 기도하고 『입행론』도 읽고, 시내로 나가 친구와 저녁을 먹고 돌아왔어요."

그녀가 차분히 말하고 찻잔을 입으로 가져갔지만, 눈동자에 퍼지는 옅은 파문을 그는 놓치지 않고 보았다. 그녀가 근무했던 학교가 어디인지를 묻지는 않았지만, 대탑에서 한 시간 거리에 티베트인들의 큰 거주지가 있다는 것을 그도 인터넷을 통해 알고 있었다. 학교와 사원, 중국에서 넘어오는 망명자들이 인도로 가기 전에 거치는 센터 등이 모여 있는 그곳의 친구들 집으로 가지 않고 여기 머무는 것은 범상한 일이라고 할 수 없었다. 그녀와의 대화 사이에 가로놓인 말과 의미의 간극, 자지마!와 새 키우는 여인 만큼의 거리를 어떻게 좁혀야 할지 모른 채로 그는 말을 이었다.

"사원이 있는 곳은 분명히, 매우 아름다웠겠죠?"

"그래요. 마치 꿈속에서 보는 것처럼, 맑은 호수와 깊고 높은 산들을 지나야 했죠."

"그래도 길은 몹시 험했을 것 같은데, 위험하지는 않았나요?"

그녀가 조심스레 입을 열었다.

"법회에서 화이트 타라보살의 관정을 받았었죠, 우리 다 같이……"

관세음보살의 눈에서 떨어진 두 방울의 눈물이 변해 그린 타라와 화이트 타라가 되었다. 그 두 명의 여성 보살 중 하나인 화이트 타라의 축복과 힘을 전수받는 관정. 가르침의 내용만을 기억하고 되새겼던 지훈은 법회 마지막 날 있었던 티베트의 이 금강승 전통 의식은 까맣게 잊고 지냈다. 화이트 타라보살은 갑작스런 위험과 사고를 막아주고 생명을 보호해준다고 했었다. 무조건 수명을 길게 해준다기 보다는 각자의 업이나 깨달음을 향한 사명을 완수하고 생을 잘 마칠 수 있게 도와주는 수호신과도 같았다.

"타라보살에 대한 믿음 덕분에 위험에 대한 두려움이 줄어들게 되고, 또 그런 마음으로 어려움에 대처하면 더욱 잘 헤쳐나갈 수 있게 되죠."

작은 호수까지의 위험한 길을 동행하겠다는 말을 꺼낼 타이밍이 둘 사이를 비껴갔다. 괜찮아, 더 중요한 말을 먼저 하는 게 순서니까. 그가 해야 할 말을 꺼내기 전, 그녀가 서늘한 눈빛으로 그를 불렀다.

"지훈! 당신은 떠나야 해요."

"어디를, 어디로?"

"당신이 속한 곳으로요. 사진을 찍을 만한 네팔의 어떤 풍경을 찾아서요. 혹은 히말라야 트레킹이나 어디든. 그리고 한국으로요."

"난, 그럴 수 없어요. 왜냐하면, 나는 당신과 함께 어디든…… 당신이 가는 곳에 함께 하게 해줘요."

"당신은 그럴 수 없어요."

"아니, 난 그럴 수 있어요!"

그의 음성이 높아졌다. 손님들이 빠져나간 빈 홀을 가로질러 보온병을 들고왔던 종업원이 주춤하다가 찻물을 더 부어주고 주방으로 돌아갔다. 그가 낮은 소리로 천천히 입을 열었다.

"뻬마, 나는 당신을 사랑해요."

그녀 눈동자에 이는 슬픈 떨림에 그의 시선이 떨구어졌다.

"제발, 늦었다고 하지 말아요."

그녀가 테이블 위로 천천히 손을 뻗어 그의 손등 위에 얹었다.

"늦은 게 아니라, 당신은 현명했어요. 6년 전 그때……"

'현명이라니, 약삭빠른 놈이었다고 나를 원망해야 해.'

"그때 우리가 서로의 마음을 확인했다고 해도 그래도 결국, 나는 조국의 현실과 함께 했을 거예요…… 마찬가지 결정을 했을 거예요……"

그녀의 말은 아직 끝나지 않았지만, 그는 손을 빼내며 벌떡 일어섰다. 결정, 결정이라구?

\*

불같이 뜨거운 것이 그의 가슴에서 터질 듯 흘러나와 그녀에게로 전해졌다. 식당에서 나온 그는 발걸음을 재촉했고, 그녀의 손을 꽉 잡고 놓지 않았다. 그녀는 뿌리치려 하지 않았다. 빠른 걸음으로 묵묵히 따라왔다. 여기서 갈 곳이라곤, 자룽카숄뿐이었다. 그녀를 찾아 헤맸던 탑의 곳곳을 손을 잡은 채로 함께 걸었다. 걸음이 차츰 느려졌다. 잠시 난간에 기대섰고, 계단에 걸터앉았을 때는 하늘과 햇살과 바람을 함께 느낄 수 있을 만큼 마음을 가라앉힐 수 있었다.

"저 커튼 뒤에 제 3의 눈이 있어요."

지혜의 눈 위에 드리워진 커튼을 가리켰던 그녀의 손길이 지훈에게로 향했고, 검지 손가락으로 그의 미간 조금 위를 살짝 눌렀다. 그녀의 미소를 따라 그도 미소 지었고, 머리 위로 펄럭이는 오색의 타르초가 바람을 타고 온 세상에 전하는 소리에 함께 귀 기울였다.

탑에서 내려온 둘의 발걸음이 처음 만났던 벤치로 향했다.

"지훈, 내 마음속에는……"

"작은 호수, 초충이 있죠."

그가 말했다.

"당신에게 말하지 못했던 것이 또 있어요."

그가 그녀를 바라보았다.

"얼어붙은, 작은 소녀가 있어요."

그녀는 조용조용 말을 이으며 히말라야를 넘어오던 이야기를 들려줬다.

여름에는 눈이 녹아내려 사고 위험이 크기 때문에 망명은 언제나 겨울에 이루어졌다. 어른도 아이도 동상에 걸리는 경우가 많았고, 나중에 손발을 자르는 고통을 겪기도 했다. 낮에는 중국군의 눈을 피해야 했기 때문에 주로 밤에 걸었다. 2006년 낮에 국경을 넘던 티베트인이 중국군의 총에 사망한 사건도 있었다. 마침 히말라야를 등반하던 한 서양인이 그 상황을 목격해 비디오 카메라에 담았고, '중국 군인들이 마치 사냥꾼처럼 티베트인들에게 총을 쏘았다'고 증언했다. 다람살라에 머물던 시절 지훈도 그 동영상을 본 적이 있다.

하얀 눈밭에 점점이 길게 늘어서서 걸음을 옮기던 한 무리의 사람들. 총알이 날아와 누군가 쓰려졌고, 뛰기 시작한 나머지 사람들의 모습이 흰 눈 위에서 슬로모션처럼 펼쳐졌던 영상.

92년 겨울, 어린 빼마는 총상도 동상도 없이 무사히 국경을 넘을 수 있었다. 일행은 달빛에 의지하고 별빛으로 방향을 가늠하며 한 달 반을 걸었다. 아이는 그녀 혼자였고, 두 명의 20대 초반 여자와 길에 밝은 두 명의 인솔자를 포함해 여섯 명의 남자들로 이뤄진 소규모 그룹이었다. 낮에는 자고, 어두워질 무렵부터 걷기 시작해 밤새 걸었다. 날이 밝아올 무렵이 되면 잠잘 곳을 마련했다. 어느 날 그녀는 잠결에 조금 일찍 눈을 떴다. 아직 지지 않은 태양에 눈이 부셨다. 그녀를 사이에 두고 꼭 끌어안고 잠든 두 명의 언니들 틈에서 어린 빼마가 몸을 일으켰다. 일행이 몸을 숨겨 잠든 커다란 바위 뒤편에서 소변을 보고 되돌아가려던 그녀는 눈 속에 혼자 누워 있는 소녀를 발견했다. 이곳에 도착해 잠자리를 살피던 새벽녘 그들의 플래시 불빛이 닿지 않았던 곳에 소녀가 있었다. 예쁜 장신구를 단 머리카락이 옆으로 늘어져 있었고, 기울어가는 햇살을 받아 볼은 발그레해 보였다. 이 아이가 대체 누군지 궁금한 생각이 떠오르기도 전에, 얼른 몸을 기울여 뺨에 손을 대고 말했다. "너도 일어나, 우리 저녁 먹고, 또 가야해. 곧 어두워질 거니까……" 말을 마치기 전 그녀는 이미 흐느끼고 있었다. 차갑게 얼어붙은 아이의 얼굴을 어루만지며 "눈을 떠"라고 중얼거렸고, 아이의 몸을 흔들며 "어서 눈을 떠! 우리하고 같이 가자!"라고 소리치기 시작했다. 어른들이 달려왔다. 소리치며 우는 입을 틀어막아야 했다. 그녀의 외침이 메아리가 되어 중국군을 불러올까 두려웠다. 몸부림치는 그녀를 둘러메고 어두워지기도 전에 황급히 길을 나섰다. 일행은 식사를 못한 채로 걸음을 옮겼고, 그녀는 그들의 어깨 위에서 한동안 기절해 있었다.

"소녀는 다섯 살쯤 됐을 거예요. 그 또래면 다른 어른들 손에 보내졌다기보다 가족과 함께 가던 길이었을 거예요. 병에 걸려서든 추위 때문이든 아이가 죽고, 부모는 끔찍한 슬픔 속에 거기 남기고 떠났겠죠. 소녀 위로 눈이 내리고, 녹고, 그렇게 얼마의 시간이 흐른 뒤 우리 일행이 거기 도착해 얼어붙은 시신 근처에서 잠들었을 테고요."

물기 어린 목소리가 낮아졌고 침묵이 흘렀다. 선명히 각인된 기억을 담담한 시선으로 마주 보며 그녀가 다시 말했다.

"소녀의 속눈썹은 길고 까맸어요. 눈꺼풀을 깜빡이며 금방이라도 눈을 뜰 것 같았죠. 흑진주처럼 까맣고 맑은 눈동자에 서로의 얼굴을 비춰보며 놀던 내 고향 어린 친구들처럼, 눈을 뜨고 나를 바라볼 것만 같았어요."

그녀는 자신의 이야기를 더 들려줬다.

"나는 당신이 알고 있는 것보다 두 살쯤 어려요. 내가 또래들보다 조금 컸기 때문에 아버지가 인도로 보낼 때 열 살로 올려서 말씀하셨죠. 여비를 마련하려고 집에서 키우던 가축과 곡식을 팔던 것도 기억나네요. 양 열 마리와 보리를……"

벤치에 너무 오래 앉아 있었다. 이제 어디로 가야 할까.

"당신 게스트하우스는 어디인가요? 우리 그리로 가요."

그의 생각을 읽기라도 한 듯 그녀가 말했다.

"오, 당신의 짐은 이것뿐이군요!"

방 안에 들어선 그녀가 의자에 널부러져 있는 배낭을 보고 웃으며 말했다. 벽에 걸어놓은 추리닝 한 벌과 욕실에 둔 세면도구, 작은 카메라 가방마저 그의 어깨에 걸려 있으니 배낭은 텅 비어 짐이랄게 없었다. 문을 닫고 돌아선 그는 마주 웃지 않았고, 천천히 다가서며 손을 내밀었다.

"빼마!"

"지훈!"

끝없이 열리고 닫히는 시공 속에 또 다른 현실이 펼쳐지려 했다. 마주한 시선이 불러온 떨림과 균열 속으로. 둘만의 행복을 위한 다른 세계, 천 갈래 만 갈래, 수없이 많은 경우의 수들. 간절함에 비해 가야할 곳에 대한 그의 명분과 확신이 부족한 탓이었을까, 단지 그녀가 조금 더 빨랐던 걸까. 필요했던 한걸음을 내딛지 못한 사이, 그녀 눈동자가 창밖 어디로도 그에게로도 아닌 곳으로 향해지며 파문이 잦아들고 고요해졌다. 오래된 영혼처럼 깊은 눈빛으로, 한편 낯선 사람처럼 그를 보고 있었다. 허공에 뜬 그의 두 손이 중력을 의식하기라도 한 듯 맥없이 떨궈지는 것을 그녀가 살며시 감쌌다. 닿은 듯 만 듯 잡았던 손을 놓더니 침대가에 걸터앉았다. 그녀를 물끄

러미 바라보며 그는 속마음을 다시 가다듬고 있었다. 그녀가 말없이 옆자리를 톡톡 쳤다. 망설이던 그가 신중한 몸짓으로 다가가 곁에 앉았다. 작정한 듯 그녀가 입을 열었다.

"언제부터, 어떻게 인지는 몰라도, 난 당신이 알고 있는 것 같아요."

"무엇을……"

슬픔과 두려움 속에 그가 물었다.

"당신도 나도 결코 말하지 않은 것을. 나는 단 한 사람, 사원에 있는 스님께만 말했어요. 하지만 학교 선생님들 중 가장 가깝게 지내던 친구가 어느새 알고 있다는 것을 나 역시 알고 있어요. 갑자기 학교를 그만둔다고 했을 때부터 눈치챘던 것 같아요. 작년 한 해, 그렇게 많은……"

1년 내내 이어졌던 85명의 분신. 나흘에 한 번씩은 발생했던 그 하나하나의 희생. 숨막히는 고통이 그녀의 침묵 속에 그대로 전해지면서, 가다듬었던 그의 생각과 말이 흩어졌다.

"티베트에서 희생이 이어지는 동안 네팔에 있는 우리들은 촛불을 들고 여기 자룽카숄을 돌면서 조용히 기도했어요. 우리는 여기서도 목소리를 높일 수 없으니까요. 그 한 해를 서로 위로하며 가깝게 지냈고, 어제 저녁 함께 마지막 식사를 했어요. 그녀는 울었죠. 헤어질 때까지 결코 말하지 않았지만, 우린 서로 알고 있어요. 지훈! 사원에서 스님도 눈물을 흘리셨고 처음엔 말리셨지만, 결국엔 내 결정을 존중해주셨어요. 얼어붙은 소녀가 마음속에 자리한 이후 나는 조국의 현실에서 분리될 수 없었고, 이것이 나의 길이에요."

그녀가 해야 할 말을 마쳤다. 눈앞에 닥쳐온 현실에 그는 눈물을

삼켰다. '안 돼, 울지 마, 나는 그녀를, 설득해야 해!'

"지훈!"

다시 그녀가 먼저였다.

"달라이 라마가 인도로 망명한 이후에도 티베트에서는 무장투쟁이 이어졌어요. 소규모의 비정규 부대가 오랫동안 중국군에 대항해 전투를 벌였죠. 1970년대에 네팔로 근거지를 옮긴 그들을 제거하기 위해 중국은 네팔 정부에 압력을 행사했고, 우리 투사들은 죽음을 각오하고 대항하려 했어요. 하지만 네팔에 망명 와 있는 수천의 티베트인들 안전에 문제가 될 수 있었죠. 그때 그들에게 카세트 테이프 하나가 전달됐어요. 달라이 라마의 음성이었어요. 무기를 버리고 평화롭게 살기를 당부하는. 게릴라 대장은 눈물을 흘리며 무기를 버렸어요. 부대원들 모두 엉엉 울었다고 해요. 전투를 포기한 게릴라 대장은 결국 스스로 목숨을 끊었어요. 티베트 사람들은 그분을 너무나 따르고 존경하기 때문에 그 말씀을 거스를 수가 없었죠. 그분은 모두를 아끼세요. 그분도 그들만큼 우셨을 거예요. 부대원들이 계속 싸웠다 해도 우리는 독립을 얻지 못했을 거고, 그들은 한 명도 남김없이 전멸당했을 테니까요. 우리 부대는 너무나 소규모고 중국군은 끝도 없이 많으니까요. 티베트인 모두를 죽일 수 있을 만큼요. 중국과의 역학관계 속에 해외에서의 지원도 끊겼고, 20년간 이어졌던 우리의 전쟁은 결국 그렇게 끝났어요."

그녀는 천천히 말하고 있었지만, 길게 이어지는 영어를 알아듣기 위해 그는 애써 집중해야 했다.

"한국전쟁에 전 세계가 보였던 관심과 도움이 우리에겐 없었어요. 카르마를 믿는 어떤 사람들은 그것이 우리의 카르마라고 말하기도 해요. 우리가 과거에 지은 악행이나 잘못에 대한 댓가라고요. 하지만 그거야 말로 어리석고 잘못된 관념이에요. 접근하기 어려운 티베트의 지정학적인 위치와 국제적인 실리관계가 바로 카르마예요. 그것을 악용한 중국 공산당 정부의 거대한 탐욕과 불의가 원인이고, 그것이 티베트의 죽음이라는 결과를 낳고 있어요. 또 어떤 이들은 우리가 종교적이고 영적인 세계에만 관심이 있어서 나라를 잃었다고도 하죠. 하지만 남의 집에 쳐들어온 이웃의 잘못을 거론하지 않고 몽둥이를 준비 못한 집주인에게 잘못을 돌리는 건 옳지 않아요. 우리보다 훨씬 열정적이고 현실적인 한국도 20세기 초에 나라를 잃은 경험이 있고, 2차 대전의 종전이라는 국제관계 속에서 나라를 되찾았잖아요. 미안해요, 당신의 나라를 예로 들어서요. 하지만, 어쩌면 당신은 우리의 입장을 좀 더 이해하기 쉽지 않을까요?"

그는 고개를 끄덕이면서도 속으로는 저항했다. 그가 해야 할 말, 다른 이야기를 찾고 있었다. 그녀는 입을 다물기라도 하면 다른 감정 다른 생각으로 빠져들기라도 할 듯이 말을 멈추지 않았다.

"한국이 나라를 빼앗길 때 일본에서 작성했던 일방적인 문서가 있었듯이, 지훈, 우리에게도 17조항이라는 것이 있어요. 당시 티베트의 왕이었던 달라이 라마의 정식 인가를 받지 않은 일방적인 위조 문서였죠. 중국이 주장하듯 티베트가 독립국이 아니라 원래 중국의 일부였다면, 주권과 외교권을 빼앗는 그런 17조항을 그들 스스로 작성할 필요가 없었겠죠! 일방적으로 강요했던 그 17조항에서 군사와 외교적 주권은 빼앗아도 종교적인 자유와 달라이 라마의 지위와 티베트의 정치구조는 예전처럼 존속한다고 명시했으면서도, 그들은 자신들이 작성한 계약서마저 지키지 않았죠."

그의 얼굴을 보며 천천히 시작했던 말들 속에서 그녀는 침착함을 되찾으며 스스로에게 집중했고, 점점 낮고 빠르게 이어지는 자신의 이야기에 빠져들고 있었다. 그를 향한 그리움과 사랑은 그녀 깊은 곳으로 안전하게 몸을 숨겼다. '하지만 이렇게는……, 너는 나에 대한 마음을 완전히 숨길 수도 다 없앨 수도 없어.' 그는 생각했다. 둘의 시선은 슬픔처럼 내려앉는 창밖 어둠을 향했다.

"당신도 알듯이 티베트 불교는 서쪽에서, 인도에서 왔어요. 지금의 아프가니스탄에서 태어났던 파드마삼바바와 인도 날란다 대학의 전통을 잇는 스승들에 의해 소승, 대승, 금강승 모두가 체계적으로 전승됐고, 산스크리트 문자에서 티베트 문자로 번역됐죠. 우리의 동쪽에 있던 중국과는 의복이나 차 등의 교류가 있었을 뿐이에요. 티베트의 세력이 강화됐던 7세기에 송첸캄포 왕의 왕비들중 하나로 중국의 공주 한 명이 왔고, 그녀의 혼수품에 불교 관련 물품들이 조금 있었을 뿐인데, 지금은 역사를 왜곡하는 빌미가 되고 있죠. 당신이 자랑스러워하는 간결하고 과학적인 한글이 만들어지기 전에 한국 사람들은 한자를 사용했지만, 티베트는 아프가니스탄 인근 지역의 샹슝문자를 썼어요. 중국하고 역사와 문화를 공유하지 않았죠. 우리의 학자 툰미 삼보타가 7세기에 티베트 문자를 만들었고, 그때부터 인도의 산스크리트 경전을 번역한 티베트어 경전으로 네팔과 부탄, 인도의 시킴과 라다크, 몽고까지 거대하고 정교한 하나의 불교문화를 형성해 왔어요. 20세기 중반에 동쪽의 낯선 이웃이 갑자기 쳐들어와 신성한 사원을 파괴한 것이 어떤 의미일지 당신은 상상할 수 있을까요…… 우리가 암도와 캄이라 부르던 티베트 북동부와 남동부의 많은 지역이 아예 중국의 성에 편입되어 이제 지도에서 이름조차 사라졌어요. 서장자치구라 불리는 축소된 지역만이 겨우 남았죠. 사람들은 살해당하고, 험악했던 시절에 티베트 여성들은 강제로 불임 수술도 당했어요. 티베트는 전방위로 사라져가고 있어요. 나라나 구획은 변화하는 것이고 불교적 내세관에서 궁극적으로 중요한 게 아닐 수도 있어요. 다음 생에 그들이 티베트인으로 티베트인이 중국인으로 태어날 수도 있으니까요. 하지만 살아 있는 국경, 문화, 말과 글을 강제로 파괴하고 역사를 왜곡할 때 많은 고통이 발생하고 결국은 가해자와 피해자 모두에게 나쁜 카르마가 형성되죠."

그녀의 영어를 그는 중간중간 놓치고 있었다. 그러나 의도만은 더 강하게 전해졌고 거기에 압도된 듯 그는 힘이 빠져나가는 자신을 느끼며 속으로 웅얼거렸다. '나도 이제는 알아. 당신의 조국에 대해 많이 알고 있단 말야.' 그녀가 다시 천천히 입을 열었다. 말은 더 이상 그도 아니고 그녀 자신을 향해서도 아닌 어딘가로, 스스로 풀려가고 있는 듯했다.

"20년간의 외로운 전쟁이 끝난 후 우리에게 무기를 든 더 이상의 전투는 없었어요. 그리고 우리는 일반 시민들을 상대로 하는 테러는 하지 않아요. 혹시 당신도 그 기사를 봤나요?"

아직 답할 수 없는 질문이었다. 그는 손을 뻗어 침대 곁의 스탠드를 켰다. 그녀의 말이 이어졌다.

"몇 년 전에 위구르족 소녀가 우르무치에서 베이징으로 가는 항공기에 불을 붙이려다 체포된 적이 있죠. 소녀의 억울함과 분노는 이해할 수 있을 거 같아요. 하지만 그녀의 시도가 실패해서 무고한 사람들이 다치지 않은 것은 정말 다행이죠. 우리는 평화적인 시위만을 할 뿐인데 그것조차 무참히 짓밟혔어요. 그동안 얼마나 끔찍한 고문과 실종이 있었는지 안다면 아마 당신도 큰 충격을 받을 거예요! 우리가 더 이상 무엇을 할 수 있겠어요? 평범한 사람이라도 부당함에 좌절과 분노를 표현하지 않을 수 없고, 불의에 맞서 저항하는 건 옳은 일이에요. 타인을 해치지 않고 스스로를 불태워 희생하는 방법은 불교의 오랜 전통에도 있는 것이죠. 침묵한다면, 진실은 점점 왜곡되고 파묻혀서 거짓을 진실로 받아들이고 점차 거짓에 익숙해지겠죠. 그건 모두에게 옳지 않아요. 고귀한 정신이 깃들 곳이 점차 사라지고 있어요…… 티베트의 위치와 지위가 지정학적으로 경제적으로 당장 중요하지 않다 해도, 타인을 희생시키지 않는 우리의 정신이 지닌 가치는 모두에게 소중하잖아요! 세계는 점점 중국을 중심으로 우리의 고통을 외면하고 있어요. 티베트는 지금 그 어느 때보다 더한 절망과 고립을 느껴요."

그는 그녀의 단호한 결의에 맞서 설득할 다른 이야기를 찾아낼 수 없었다. 그녀의 이야기가 공하다면 그의 이야기도 공할 것이기에, 말이 들어설 수 없었다. 그녀의 의지가 의미를 차지하면 그의 설득이 의미를 잃을 것이고, 그의 설득이 의미를 차지하면 그녀의 의지가 의미를 잃을 것이기에, 입이 열리지 않았다. 다만 속으로 외치고 있었다, '그만해, 제발 그만둬, 나도 다 안다구! 당신은 지금 내게 너무 많은 말을 하고 있어. 여길 봐, 창밖은 어두워지고, 닫혀 있는 문 안에 너와 나, 침대에 걸터앉은 사랑하는 젊은 남녀가 있을 뿐이야.' 떨구어진 그의 얼굴은 눈물로 젖어갔다.

"나의 희생은, 거짓에 대한 저항이에요. 티베트의 현실을 세상에 호소하는 거예요! 또 다른 동포 누군가의 희생을 지금 내가 대신하고, 이런 희생이 더 이상 발생하지 않을 수 있기를 모두에게 간청하는 거예요! 그리고 다음 생에는 더 자비롭고 지혜로운 사람으로 태어나 많은 이들에게 도움을 주기 위한 나의 개인적 기도이기도 해요."

말을 마치며 두 손을 모은 그녀가 지훈을 보았다. 그의 눈물을 본 그녀는 고개를 돌렸고, 자리에서 일어섰다. 창가에 선 그녀는 띄엄띄엄 속삭이듯, 힘겹게, 다시 이야기 속으로 들어갔다.

"카르마란 변화시킬 수 없는 운명을 뜻하는 게 아니죠, 우리는 좋은 카르마를 쌓아야 해요. 지속적인 억압과 불의와 거짓이 불러올 나쁜 결과들에 굴복하지 않는 희생적 저항과 노력은 세상에 선한 변화를 가져올 거예요. 나는 이미 모든 준비를 마쳤어요. 친구집에 남긴 짐 속에 녹음테이프가 있어요. 당신이 주고 간 휴대용 카세트, 거기에 나의 뜻을 남겼죠. 지난 2월 바로 실행하려 했는데, 학교에 제재나 불이익이 생길까봐 먼저 선생님 신분을 정리했어요. 중국정부는 승려의 분신은 달라이 라마의 지시에 의한 것이라고 거짓 보도하고, 일반인의 분신은 가정불화로 왜곡하면서 남은 가족을 돈으로 회유하고 듣지 않으면 형벌을 가하죠. 하지만 네팔에 있는 나는 이제 홀가분한 신분이에요. 울지 말아요, 지훈, 당신에게는 정말 미안해요. 가족과 어린 아이들을 남기고 떠난 엄마나 아빠들도 많죠. 사랑하는 이를 남기고 떠난 젊은이들도 많을 거예요. 비록 슬퍼도 동포끼리의 연대 속에 남은 이들은 개인적인 아픔을 극복할 것이고, 훗날 우리가 자유를 찾은 후에 아이들은 자랑스러워할 거예요. 나의 학생들도, 몹시 슬퍼하겠지만 가슴속에 티베트인의 정체성을 새기며 나를 이해할 거라고 믿어요. 그러나 지훈, 내가 생각하지 못했어요, 티베트인이 아닌 당신의 입장은 다를 수도 있다는 것을, 당신에게는 슬픔뿐일 수도 있다는 것을……"

그녀가 다가왔다. 뺨에 흐르는 눈물을 닦아주는 따뜻한 손길이 느껴졌다. 고개를 들자 단호함 대신 한없이 부드러워진 얼굴이 앞에 있었다. 맑고 깊은 두 눈에서는 끊임없이 눈물이 흘러내렸다. 둘은 울고 있는 서로의 얼굴을 감쌌다.

검고 가는 머리칼에 따스한 피부에 얼굴을 묻었다. 그녀의 여린 몸이 이렇게 가까이 있어도, 마음의 장벽을 허물어도, 서울과 라싸 사이에 가로놓인 저 대륙의 험준하고 붉은 산맥과 메마르고 너른 들과 날카롭고 깊은 협곡과 검은 강들을 뛰어넘어 작고 푸른 그녀의 호수에 함께 이를 수는 없었다.

돌아가겠다고 약속해요, 그녀가 속삭였다. 그래, 그래, 무엇이든 당신이 말하는 대로 할게, 탄식처럼 낮은 소리로 그도 속삭였다.

한없이 길고도 짧은 시간이 지났다.

부은 눈으로 시선을 떨군 채로, 둘은 빵 한 조각과 차 한 잔으로 저녁 식사를 마쳤다. 그리고 함께 코라를 돌았다. 한 바퀴를 마치고도 그는 걸음을 멈추지 않았다. 그녀가 주춤하면서 뒤처졌지만 그는 돌아보지 않았다. 배낭을 늘어트린 그의 등을 바라보던 그녀가 조용히 걸음을 떼었다. 그렇게 다시 한 바퀴, 그리고 또 한 바퀴를 돌았다. 아홉 시가 가까워지고 있었다. 그녀가 말없이 입구로 걸음을 옮겼고, 그가 무거운 걸음으로 뒤따랐다.

그녀가 택시 기사에게 행선지를 말했다. 그가 뒷좌석에 올랐고, 그녀가 문을 닫았다. 그가 얼른 차창을 열었다. 둘은 그렇게 잠시 서로를 바라보았고, 차가 출발하자 서로의 모습은 어둠 속에 멀어져 더 이상 보이지 않았다.

택시는 그녀가 일러준 대로 고급 호텔들이 늘어선 거리로 들어섰다.

모든 것이 빛을 잃은 듯했다. 그 꿈을 꾼 후로 지난 7주 동안 잠에서 깨지 않은 채로 또 다른 낯선 꿈속에서 허우적거린 걸까. 격렬한 아픔 속에 마음을 가다듬으려 애썼다.

그녀와의 사랑은, 우리가 서로를 매일 보았던 99일 그리고 오늘 하루, 100일을 채워도 일어날 수 없는 기적인가. 감히 그녀를 말릴 명분도, 다리를 붙잡고 매달릴 자격조차 없다. 그 기회를 나는 이미 오래전에 놓쳤다. 마음속 얼어붙은 소녀를 우리의 온기로 함께 녹일 기회를, 너의 조국을 위해 다른 방식의 헌신을 할 수 있는 기회를.

넌 결코 사랑하지 않는 남자와 결혼하지도 어쩌면 아이를 잃는 슬픔도 겪지 않았을 거야.

"당신이 다람살라에 머물던 3개월 동안 나는 정말 혼란스러웠죠. 당신의 눈빛과 말과 태도에 설레고 당황했던 것을 당신은 전혀 몰랐겠죠. 슬픔과 기쁨이 번갈아가며 나를 휘저었어요. 야크 우유를 휘저으면 버터가 남지만, 당신이 떠난 후 내겐 허전함과 슬픔만 남았죠. 내가 너무 바보였어요, 당신이 한국에 돌아가 승려가 될지도 모른다는 생각도 했으니까요." 자룽카숄 위로 떠가는 구름을 보며 그녀가 조용히 웃었고, 그는 그녀의 웃음이 짓궂게만 느껴졌다. "결혼을 하고 나서야, 장에 대한 감정이 남녀 사이의 깊은 사랑이 아니란 것을 깨닫게 됐어요. 그도 마찬가지였던 것 같아요. 우리는 친구처럼 잘 지냈어요. 하지만 그와 내가 너무나 다른 삶에 속해 있고 서로 다른 방향을 보고 있다는 것 역시 분명해졌죠. 동포들의 현실과 너무 동떨어진 삶을 사는 내 자신이 점점 더 어색해졌어요. 그래도 그가 경험하게 해준 안락함에 감사해요. 따뜻하고 멋진 집, 예쁜 옷들, 색다르고 풍성한 음식들. 한동안은 푹신한 소파에 앉아 매일 책만 읽기도 했어요. 다양한 책들, 소설책, 역사책. 덕분에 한국에 대해서도 조금은 알 수 있었죠……. 영화도 많이 봤어요, 사운드 오브 뮤직은 세 번이나!" 세 번이란 말을 하며 조금 쑥스러운 듯 맑은 소리로 웃었다. 웃고 있었지만 그녀 눈동자의 푸른 호수는 찰랑이며 곧 넘쳐흐를 것만 같았고, 그는 이제 노을이 지는 벤치에서 일어나 어디로든 가고 싶었다. 그녀를 설득할 수 있는 곳으로, 과거에서도 세상에서도 멀리 떨어진 둘만의 공간으로, 그가 원하는 것이 그녀의 머릿속 마음속 어딘가에서 길을 잃지 않고 흘러나올 수 있는 곳으로.

어두운 창밖을 보며 서 있을 수도, 소파에 앉을 수도, 침대에 누울 수도 없었다.

호텔 방은 안락했고, 욕실도 고급스러웠다. 온몸으로 쏟아져 내리는 따뜻한 물줄기가 지친 몸과 마음을 달래주는 듯했다. 그러나 피부에 닿는 이것이 뜨거운 불꽃이라면.

간신히 샤워를 마치고 카메라에 담긴 그녀의 모습을 보았다. 자룽카숄에서 내려오기 전에 사진 하나를 찍었다. "뭘 찍은 거죠?" "탑 위에 부는 바람을 찍었어요." 카메라를 돌리자 그녀가 기꺼이 고개를 끄덕였다. 연달아 눌렀던 몇 번의 셔터로 남겨진 활짝 웃는 얼굴, 단호한 눈빛, 바람에 날리는 머리카락, 장난스런 표정. 부드러운 미소로 렌즈 너머를 바라보는 눈길을 다시 마주했다. 지훈, 나도 당신을 사랑해요. 거기 담겨 있던 말이, 소리내지 못했던 소리가 가슴으로 흘러들었고 귓가를 울렸다.

소파 위에 명상자세로 앉아 깊은 숨을 쉬기 시작했다. 평온과 고요 속에 충만한 기쁨 그리고 마음의 빛을 향해, 무한처럼 펼쳐진 시간에 머물렀다. 어느새 새벽이 가까워졌다. 6년 전 첫날은 단 1분에 불과했고 길게 느껴지기까지 했지만, 이제 이처럼 세 시간이 금세 흘렀다. 이렇게 가만히 앉아서라면 3천 년도 가능할 것만 같았다. '완전한 깨달음이란⋯⋯, 현실의 어떤 상황에서도 빛의 마음으로 말하고 행동하는 것, 잠결에도 꿈결에도 그것을 잃지 않는 것, 이곳에 있으면서 동시에 저곳에도 편재함으로써 제한된 경계를 넘어서는 존재가 되는 것이다!' 갈 길이 멀다 해도 6년 전 그날처럼 자신감이 솟았다.

다시 그녀가 떠올랐다. 서서히, 슬픔이 차오르기 시작했다.

생각을, 고뇌를 차단해야 하는가. 세상을 한순간에 바꿀 수는 없지만, 내 마음은 즉시 바꿀 수 있다. 여기서 뒤돌아서서 비행기를 타고 떠날 수 있다. 그녀가 부탁했던 대로 그녀를 잊고 행복하게 잘, 살 수도 있다. 또 다른 여인과 어떤 열정적인 사랑마저 할지도 모른다. 혼자만의 안락을 향유하고, 그 혼자마저도 사라진 빛 속에 머물거나, 먼 미래를 기약할 수도 있다. 사랑을 몸과 마음에서 일어나는 호르몬의 일시적이며 불연속적인 화학반응이나 물리적 작용으로 규정하고 다시는 하지 않을 수도 있다…… 돌아가면 사진을 찍으며 살아가겠지, 남자 평균수명을 채운다면 앞으로 40년을. 수천 장의 사진들이 어느 한 장의 사진보다 의미 있다고 말할 수 없고, 한 순간을 외면한 긴 삶이 짧은 생보다 의미 있다고 할 수 없음에도……. 푸, 난데없이 콧바람 속에 웃음이 흘러나왔다. 못 알아듣는 지훈에게 '쬐, 쬐!(cut, cut!)' 하며 나무 베는 동작을 하던 희망카페 노부인의 손짓이 떠올랐다. 생각의 흐름을 단칼에 잘라냈다.

물결 무늬 커튼, 경전을 넘기는 손가락, 가녀린 둥근 어깨, 자룽카솔 가까이의 어느 방에서 지금 고요히 경전을 읽고 있는 그녀는, 조국에 대한 헌신을 택했다. 그는 사랑을, 그녀를 택했다.

'그것이 없다고도 있다고도 말하지 마, 그러면 여기 꽃처럼 아름답고 신비로운 사랑이 피어날 테니. 그것이 고통이라 피해간다면, 길 위에서 한 걸음도 나아가지 못하리라.'

\*

문이 열리기를 기다렸다. 호텔에서 택시를 타고 자룽카숄로 돌아왔다. 배낭에 걸터앉은 여행객, 바닥에 쭈그려 앉은 청년, 작은 보따리를 품에 안고 커다란 가방 위에 엉덩이를 걸친 티베트 아줌마가 서서히 몸을 일으켰다. 입구의 문이 열렸고 그들 뒤에 서 있던 지훈도 안으로 향했다.

발걸음 소리, 낮은 기도 소리, 벌써 코라를 돌기 시작하는 신심 깊은 티베트인들이 있었다. '내가 어떻게 떠날 수 있겠어. 하지만 돌아오지 않기로 약속해 놓고 이렇게 금방 눈에 뜨이면⋯⋯.' 새벽 어스름 벤치에 앉아 있던 그가 주변을 두리번거리며 일어섰다. 게스트하우스로 향했다. 눈치 빠른 종업원이 체크아웃했던 방 열쇠를 다시 내주고 팁을 두둑이 챙겼다.

그 전날 밤도 제대로 자지 못했고, 지난밤에는 한숨도 자지 않았지만 머리는 명징했다. 그래도 대체 무엇을 어떻게 해야 좋을지 여전히 알 수 없었고, 생각되어 지지도 않았다. 침대에 누웠다. 시간이 흐르고 있었다. '근처 큰 사원들을 돌며 혼자 기도할 시간이 더 필요할 것 같다고 했지. 그러면⋯⋯, 내일? 모레? 나는 경건한 헌신의 훼방꾼에 불과한가!' 생각의 물결이 넘실거리며 마음의 고요를 깨기 시작했고 피로가 밀려왔다.

시간이 앞으로만 흐른다고? 아니야! 시간은 뒤로도 흐르지. 제자리에서 뱅글뱅글 맴돌기도 해! 그러니까, 결국엔 삶이란 그냥 이런 거라고? 사랑이, 그녀가, 한 인간이, 현실에 저항하고 불에 타 죽는 것쯤 무심히, 쿨하게 돌아서라고? 수없이 겹치고 겹쳐진 모두의 꿈과 삶 속에 사랑은 길을 잃을 수밖에 없는 거라고? 그녀를 그리워하며 홀로 늙어간다고? 다음 생을 기약하라고? 영화 속 주인공처럼 천년의 사랑을 이루라고? 그때는 이미 지훈이 아니고 빼마도 아닐 텐데, 다른 유전자와 다른 이름 다른 상황에 놓인 남녀에게 그들의 길 대신 이 못 다 이룬 꿈을 쫓아 살게 하라고? 위대한 유산처럼 물려주라고? 그들이 이루는 게 더 멋지다고? 그럼 무슨 이타일 수도 있으려나? 천만에! 그렇게는 못 해! 청산하지 못한 빚처럼, 끝내지 못한 숙제처럼 발목에 차일런지 누가 알겠어! 비겁함과 두려움마저 패키지로 원플러스원 한 세트로 물려지고 말 거야! 초조함 속에 창가를 서성이는 그의 머릿속에 분별이, 생각이, 개념들이, 점차, 맹렬히, 뛰어나왔다가 사라지고 있었다. 기다리지 마, 미루지 마, 반복하지도 마, 이것이 바로 천년 전 그 사랑이야!

날이 밝아지며 사람들의 모습이 보이기 시작하는데, 갑자기 졸음이 몰려왔다. 침대에 주저앉았다. 안 돼, 자지 마! 깜박 눈이 감겼다. 몸을 적시는 기름 냄새가, 라이터 불 켜지는 소리가? 화들짝 놀라며 눈을 뜬 순간, 창밖에 불길이 보였던가? 창가에서 떨어져 나온 그는 문을 박차고 계단을 달려 내려갔다.

몇몇 사람은 제자리에서 발을 굴렀고, 몇몇은 얼어붙는 발걸음을 떼어 불붙기 시작한 여인에게로 향하려 했다. 사람들의 입에서 탄식과 흐느낌이 흘러나왔고, 소리가 되지 못한 고함이 목에 막혀 우우— 울음 같은 울림으로 퍼지고 있었다.

뛰고 있는 자신의 몸이 불에 휩싸이기라도 한 듯, 얼굴은 눈물과 콧물로 범벅되었고 견딜 수 없는 뜨거움으로 가슴은 타들어갔다. 다른 모든 감각은 마비된 듯 아무것도 느낄 수 없었다. 아니 엄청난 고통뿐이었다. 어른거리는 불길이 눈에 들어왔다. 광장을 가로질러 달려가는 그의 눈에 그녀의 모습이 보였다. 두 손을 모으고 불길에 휩싸이는 연꽃호수, 그녀를 발견한 그의 입에서 천둥처럼 무서운 고함이 터져나왔다.

"빼마아!"

그녀가 그를 보았다, 일렁이는 불 속에도 타지 않을 듯 호수처럼 떠 있는 눈동자.

오, 지훈.. 그녀의 입술이 움직였다. 빼마, 너는 이 상황에도 유머를 잃지 않는구나. 농담으로 나를 웃겨도 나는 돌아서지 않아. 뜨거운 불길 속에 너 혼자 두고 떠날 수 없어.

손등으로 눈물을 훔치고 전력을 다해 뛰어가는 지훈은 이미 뜨거운 혼돈에서 벗어나 있었다. 머릿속에서는 더 이상 어떤 생각도 떠오르지 않았고, 몸은 다만 그녀를 향해 뛰고 있었다. 한순간 한순간 살아 있는 서로의 심장에서 전해지는 고동과 맥박이 가까워지고 있었다. 견고해 보이던 세계의 틈이 벌어졌고 경계가 사라졌다. 마음의 빛으로 모든 세상이 환하게 빛났다.

참고서적

텐진 갸초, 『달라이 라마 자서전』, 심재룡 옮김(정신세계사, 2003).

인그램, 폴, 『티베트 말하지 못한 진실』, 홍성녕 옮김(알마, 2008).

# 바람의 기록

박경희 **장편소설**

**1판 1쇄 인쇄** 2016년 2월 24일

**1판 1쇄 발행** 2016년 2월 26일

**펴낸이** 안성호 | **편집** 이소정 조경민 강별 | **디자인** 이보옥

**브랜드** 이리 | **출판등록** 2005년 8월 9일 제 313-2005-00176호

**펴낸곳** 리젬 | **주소** 04018 서울시 마포구 동교로9길 9 102호

**대표전화** 02-719-6868 | **편집부** 070-4616-6199 | **팩스** 02-719-6262

**홈페이지** www.ligem.net | **전자우편** iezzb@hanmail.net

© 박경희, 2016

이 도서의 국립중앙도서관 출판예정도서목록(CIP)은 서지정보유통지원시스템 홈페이지(http://seoji.
nl.go.kr)와 국가자료공동목록시스템(http://www.nl.go.kr/kolisnet)에서 이용하실 수 있습니다.
(CIP제어번호: CIP2015030340)

ISBN 979-11-85298-69-6